까까머리 유년의 섬마을 사계

까까머리 유년의

섬마을 사계

삶과 사유(思惟)의 글들이
향수(鄕愁)를 자극한다.

박정호 지음

바른북스

글쓴이의 말

우리는 인생에서 이루고자 하는 삶의 목표를 가지고 이를 성취하고자 부단히 노력하며 살아간다. 나에게도 오래전부터 일종의 버킷 리스트처럼 이루고자 하는 삶의 목표가 하나 있다. 그것은 내 삶의 여정 속에 그리움으로 남아 있는 이야기들을 모아 엮은 한 권의 책을 써 보는 것인데 지금 실행에 옮긴다.

반백 년 이상의 짧지 않은 나의 삶 속에서 내가 배우고 느끼며 경험한 삶의 궤적(軌跡)들과 사유(思惟)들을 여러 형태의 장르에 담아 펜 가는 대로 담백하게 써 보려고 한다. 나는 작은 섬마을에서 태어나 가난한 유년 시절을 보내고 육지로 나와 대학 공부를 마친 후 현재까지 생기발랄한 아이들과 함께 즐거운 배움의 길을 걸어오고 있다.

2019년 어느 봄날, 내 삶 속에서 그때그때 기록해 둔 식견과 경험의 잡동사니들을 한데 모아 한 권의 책으로 엮기 위해 고되지만 설레는 작업의 첫발을 내디뎠다. 사십여 년 전 대학 노트에 적어 놓았던 짧은 글에서부터 일상 속에서 경험하고 느낀 소소한 삶의 이야기들까지 내 컴퓨터 파일 속에 저장해 둔 여러 종류의 글들을 찾고 정리하여 많이 부족하지만, 용기를 내어 이 책을 출판한다.

나는 이 책을 통해 언제나 상상만 해도 마음의 위안이 되고 가슴 뭉클해지는 유년의 고향과 정겨운 것들에 대한 아련한 추억을 되새기려 시간 여행을 떠난다. 여행에서 얻은 견문과 감상, 일상 속의 사색을 적은 마음 편지, 어린 날의 나를 키워낸 섬마을 살이, 세상사에 대한 사유를 담은 단상, 우리 땅의 정겹고 흥미로운 지명(地名) 이야기 등에 관하여 가슴 깊은 그리움을 담아 한 단어 한 단어 정성으로 꾹꾹 눌러쓴 내 인생의 편지를 띄운다.

　혹시라도 이 글을 읽는 사람 중에 자신만의 소중한 삶의 이야기를 글로 써 보고 싶지만 주저하며 아직 실행에 옮기지 못했다면 나의 도전을 본보기 삼아 꼭 용기를 내어 도전해 보기를 권한다.

목차

글쓴이의 말

1. 여행 견문기

12   국토 기행, 한라에서 백두까지
19   바다의 계림, 하롱베이
27   세계 7대 불가사의, 앙코르 와트
41   가족과 함께한 힐링의 시간, 후쿠오카
62   삼학도 전설의 현장을 찾아서

2. 마음 편지

74   썰물
76   비 내리는 부두에 서서
78   항행기(航行記)
80   화순 할머니
82   여명의 노래
83   고사목(枯死木)
86   봄 마중
88   여름 봉하에서
90   기도 나무와 집돌
92   오월의 산
94   儒達心(유달심)
95   貴子送軍(귀자송군)
96   막내에게 부치는 인터넷 편지

3. 유년의 섬 살이

112   어머니의 한평생을 돌아보며

118   까까머리 유년의 섬마을 사계(四季)

155   섬마을 전래 한국 전통 음식 만들기 초간단 비법

4. 나의 단상(斷想)

178   사색이 남긴 말

183   '모든 학생' 중심의 교육 현장을 다녀와서

186   함께 사는 세상 만들기, 다문화 교육 연수를 마치며

190   변혁의 시대, 우리 교육의 지향점과 교사의 자세

193   교권 회복에 대한 단상

197   아, 세월호 그 간절한 기원

201   연안 여객선 안전 운항과 해상교통 발전을 위한 제언

5. 지명(地名) 이야기

210   고운 우리말과 정겨운 문화를 간직한 지명

241   경기도 일원의 지명 탐구

260   독도(獨島)의 지명 유래

264   제주 성산읍 '섭지코지' 지명 탐구

269   신안 장산도 지명의 국어학적 고찰

1.
여행 견문기

국토 기행, 한라에서 백두까지

바다의 계림, 하롱베이

세계 7대 불가사의, 앙코르 와트

가족과 함께한 힐링의 시간, 후쿠오카

삼학도 전설의 현장을 찾아서

국토 기행, 한라에서 백두까지

2005년 07월 20일~08월 15일

2005년 한 해, 우리의 주요 화두(話頭) 중의 하나는 '광복 60년'이라는 말일 것이다. 8월 15일을 전후하여 남과 북은 광복 60년을 기념하는 다채로운 행사를 치러 통일을 향한 겨레의 소망을 국내외 동포들에게 알렸다. 나도 뜻깊은 민족 통일의 염원에 작은 마음이나마 보태기 위하여 국토 기행을 떠난다. 이번 여정을 통해 한라에서 백두까지 이 땅에 뿌리를 내리고 반만년의 역사를 거느려온 겨레의 소중한 발자취를 온몸으로 느껴보고 싶다.

이번 국토 기행은 내 생애 처음으로 경험하는 여행이고 나름대로 의미를 두고 찾아가는 길이라서 자못 기대와 설렘이 크다. 부끄럽지만 나는 지금까지 사십여 년의 짧지 않은 인생에서 국가와 민족에 대하여 진지한 성찰의 시간을 가져 본 일이 없음을 고백한다. 나의 이번 여정이 늦게나마 조국에 대해 한 개인이 추구하는 신념을 확고히 하고 정체성을 다지는 기회가 되었으면 한다.

까까머리 유년의 섬마을 사계

　목포에서 제주로 가는 카페리 선박에서 나는 남녘의 끝자락에 우
뚝 솟아 어머니 품속같이 포근하고 온화한 자태를 보이는 한라산을
생각한다. 예부터 한라산은 금강산, 지리산과 더불어 우리 민족에
게 삼신산의 하나로 불렸는데 오늘도 그 신령함을 간직한 채 너그
러이 북녘의 백두산을 그리워하며 산행객을 맞이할 것이다.

　제주 도착 이틀째 아침, 맑은 날씨여서 여간 다행스럽다. 우리 한
라산 산행팀은 승합차를 타고 이십여 분 달려 5.16도로 성판악휴게
소에 도착한다. 각자 도시락과 마실 물을 배낭에 넣고 한라산 산행
을 시작한다. 능선을 따라 완만하게 조성된 성판악 코스 등산로는
산행이라기보다 산책에 가까운 느낌을 주어 출발부터 상쾌하다.

　산행 두 시간쯤 지나 우리 일행은 진달래밭 대피소에 도착하
여 한잔의 커피를 곁들인 잠깐의 휴식과 기념 촬영을 한 후, 더위

와 피로도 잊은 채 백록담을 향해 발걸음을 재촉한다. 드디어 해발 1,950m 한라산 정상 백록담이다. 먼저 오른 삼삼오오 등산객들이 9.7km를 걸어 정상에 도달한 성취감과 뿌듯함을 만끽하고 있다. 한라산 동능 정상에 우뚝 선 나는 물이 마르기 직전인 백록담의 수면을 보고 상념 한다. '어쩌면 이 백록담이 저 천지를 애타게 그리다가 야위어 가는 애처로운 몸짓이 아닐까?' 정상에서의 감회를 접고 다시 우리 일행은 탐라계곡을 통해 관음사로 하산하던 중 나무 그늘을 찾아 꿀맛 같은 도시락을 즐긴다. 하산하는 등산로 주변에 핀 산수국이 고상한 자태를 뽐내며 지친 나에게 힘을 북돋운다. 한라산 해발 1,000m 이상에서만 자생하는 아름다운 산수국을 잊을 수 없어 카메라에 담는다. 그럭저럭 우리 일행은 8.7km의 짧지 않은 등산로를 따라 무사히 하산을 마친다.

까까머리 유년의 섬마을 사계

이제 나는 한라산 백록담에서의 감회를 간직한 채 백두산 천지를 향해 길을 나선다. 목포 MBC TOUR '백두산·북경 문화 탐방' 여정 중, 8월 15일에 '광복 60년'을 기념하여 오르는 백두산 천지 등정은 나에게 큰 기대와 설렘을 갖게 한다. 다만 우리 땅을 밟으며 백두산에 오르지 못하는 것이 유감일 뿐이다. 인천 공항을 출발하여 북경 수도 공항에 내린 우리 일행은 때 이른 저녁 식사를 마친 후 중국 길림성 연변 자치주 연길행 비행기에 오른다. 두 시간여의 야간 비행 끝에 연길 공항에 도착한 다음 공항버스로 이동하여 숙소인 연길시 백산 호텔에 여장(旅裝)을 푼다.

다음 날인 8월 15일, 설레는 마음으로 아침 일찍 버스에 오른 우리는 5시간 남짓을 달려 장백산(長白山, 백두산) 입구에 이른다. 나는 버

스에서 내려 중국 공안의 삼엄한 검문을 받을 때 심한 비애를 느낀다. 우리의 조국 강산을 보러 남의 나라를 거쳐 찾아가야 하는 현실이 비감스럽다. 다시 버스를 타고 삼십여 분 남짓 달려 천지 입구에 도착한 후, 곧장 지프차로 갈아타고 이십 분쯤을 달려 꿈같은 백두산 천지에 오른다.

"아아 민족의 성산(聖山) 백두여! 저 남녘 한라의 간절한 소망을 여기에 심노라. 부디 성령을 다해 오늘을 노래하여라. 삼천리 금수강산에 울려 퍼지도록……."

누가 이 장엄함을 인간의 언어로 욕되게 하였던가? 진실로 오천년 한민족 역사의 터전이요 발원이라 할만하다. 문득 "까마득한 날에 하늘이 처음 열리고…… 비로소 큰 강물이 길을 열었다."라는 이

까까머리 유년의 섬마을 사계

육사의 시 구절이 떠오른다. 우리 일행은 천지 조망의 감동을 뒤로
한 채 장백폭포(비룡폭포)로 향한다. 장백폭포의 장쾌함은 한 마디로
이백의 「망여산폭포」에 나오는 시구 "비류직하삼천척(飛流直下三千尺)
의시은하낙구천(疑是銀河落九天)"에 견줄만하다. 이 폭포를 만든 것이
천지의 물이라 생각하며 일행이 폭포를 감상하고 온천욕을 즐기는
동안 나는 혼자서 천지 수면을 향해 발걸음을 재촉한다.

　장백폭포에서부터 삼십여 분 남짓 달리다시피 하여 천지와 대면
한 나는 이마에 흐르는 땀을 닦으며 형언할 수 없는 감흥에 사로잡
힌다. 마침 천지 수면에는 우리나라 어느 고교 선생님들과 학생들
로 이루어진 여행객들이 천지 감상을 마치고 '天池' 표지석 앞에서
단체 사진을 촬영하고 있다. 뜻깊은 날에 그것도 천지에서 교육 동
지들과 학생들을 만나 무척 반갑다. 나는 두 손 모아 천지의 물을
한 움큼 떠 머리에 적신다. 멀리 정상에서 내려다본 천지가 한민족
의 굳센 기상을 느끼게 했다면 직접 수면에서 대하는 천지는 훗날
세계를 호령할 겨레의 웅지를 준비하고 있는 듯하다. 또, 나는 머지
않아 현실로 다가올 통일의 굳은 언약을 여기 천지에서 듣는다.

　백두산 천지 여정을 마친 우리 탐방객은 다음 목적지인 길림성
연변 자치주 용정시 윤동주 유적과 도문시 두만강 국경 지대를 향
해 버스에 몸을 싣는다.

　이번 「국토 기행, 한라에서 백두까지」를 통해 한 개인으로서 국가와 민족의 소중함을 마음에 새기고 직접 체험하는 성찰의 시간을 갖고자 했던 소기의 성과를 거두고 돌아갈 수 있어서 발걸음이 가볍다. 지난 7월 20일 한라산 정상에 오른 이후, 8월 15일 백두산 천지에 오르기까지 한 달여 동안 나는 평생토록 잊지 못할 가슴 벅찬 감동과 소중한 추억을 간직한 채 이번 여정을 끝맺는다. 아울러, 나의 이번 여정에 인연이 되었던 사람들과 소중한 시간을 아끼지 않고 끝까지 함께 하며 안내해 준 목포 MBC 여행사업팀 팀장님께 깊이 감사드린다.

바다의 계림, 하롱베이

2008년 01월 29일~01월 31일

서기(瑞氣) 가득한 무자년 새해가 밝았다. 새해를 힘차게 출발하기 위하여 가족 여행을 계획하던 중, 'ㅇㅇ투어'에서 1월 말경에 떠나는 베트남•캄보디아 여행 상품을 찾게 되었다. 이번 여정의 핵심은 세계 문화유산인 베트남의 '하롱베이'와 세계 7대 불가사의의 하나라는 캄보디아의 '앙코르 와트' 유적을 찾아가는 것이다.

저녁 8시 무렵 인천 공항을 출발하여 다섯 시간여의 비행 끝에 하노이 '노이바이 공항'에 내린 우리 일행은 현지 가이드와 만나 숙소인 '탕로이 호텔'로 이동하여 여장을 푼다. 이 호텔은 호수 위에 지어진 건물인데 평소 열대 기후인 하노이에 적합한 주거 양식이라 생각되어 이채롭다. 그런데 이게 웬일인가? 이상 기온에 비까지 내려 추운 날씨에 따뜻한 객실이 그립건만 난방이 전혀 되지 않아 새우잠을 청할 수밖에 없단다. 여행 시작부터 고행이다.

자는 둥 마는 둥 잠에서 깨어나 아침을 먹기 위해 식당으로 향한
다. 나는 뷔페식으로 진열된 여러 가지 음식 중에서 베트남 사람들
이 아침 식사로 즐기는 쌀국수 '퍼(PHO)'를 한 그릇 가져와 먹는다.
약간의 향이 느껴지는 것 말고는 맛이 그런대로 괜찮다. '퍼(PHO)'는
쇠고기를 넣은 '퍼보(Pho Bo)', 닭고기를 넣은 '퍼가(Pho Ga)', 해물을
넣은 '퍼하이산(Pho Hai San)' 세 종류가 전통적인데 요즘은 다양한 퍼
가 새롭게 개발되어 입맛에 따라 골라 먹을 수 있단다.

일찍 아침을 먹고 버스에 오른 우리 일행은 호찌민 묘를 관람하
기 위해 하노이 시내로 이동하면서 거리마다 물밀듯 쏟아져 나오는
오토바이 행렬에 경탄을 금치 못한다. 하노이는 가히 오토바이의
천국이라 할만하다.

호찌민 광장 옆에 도착하여 묘소 관람을 위해 입구에서 경비원의

까까머리 유년의 섬마을 사계

삼엄한 검열을 받는다. 카메라를 비롯한 전자제품이나 금속류를 입구에 맡기고 호찌민 묘에 들어서는 순간 느껴지는 분위기는 경배에 가까울 정도로 엄숙하고 장중하다. 베트남 사람들에게는 호찌민이 국부로서 숭앙의 대상일지 모르나 나 같은 외국인 관광객에게는 한낱 여행국의 역사 속 인물 정도로나 기억될 뿐인데 우리에게도 엄숙한 경배의 태도를 요구하는 것이 호들갑스럽고 못마땅하다. 베트남에 사회주의 국가를 세운 호찌민의 시신을 방부 처리하여 전시한 묘를 관람하고 광장으로 나와 기념사진을 찍는다. 그런데, '호찌민 광장'의 사방을 둘러보면 마치 북경의 '천안문 광장'의 축소판처럼 느껴진다. 주변의 의사당, 국부 묘, 국부 기념관, 국가 기관 등의 시설물들과 국기인 금성홍기가 더욱 그런 인상을 느끼게 한다. 생각해 보면 중국, 베트남, 북한 등 현존하는 사회주의 국가들에서 주로 발견되는 정치 문화의 한 단면인 것도 같다.

이제 우리는 이번 베트남 여정의 압권이라고 할 만한 하노이 북동쪽 180㎞ 지점에 자리 잡은 '하롱베이'를 향해 버스에 오른다. 차창 밖으로 보이는 베트남식 가옥 구조가 퍽 인상적이다. 하나같이 건축물들의 폭이 좁게 지어졌다는 점이다. 가이드의 설명에 따르면 건축물의 폭을 좁게 짓는 것이 세금을 줄이는 방법이라나……. 하노이(河內)에서 하롱베이(下龍灣)까지 왕복 2차선 고속도로를 우리나라의 삼환 기업이 만들었다니 자랑스러울 뿐이며 지금 이 순간에도 세계 곳곳을 누비는 한국 기업들의 활약상에 찬사를 보낸다. 차창 밖으로 곡창 지대를 가늠케 하는 드넓은 논, 뿔이 긴 물소, 한국산 중고 차량, 오토바이 행렬이 도로변을 따라 계속된다. 다만 길가나 강변에 마구 버려진 쓰레기 더미가 인상을 찌푸리게 하여 아쉬울 따름이다.

까까머리 유년의 섬마을 사계

어느덧 하노이에서 네 시간여 버스를 달려 '하롱베이' 선착장에 도착한다. 우리는 곧장 2,000여 개의 섬이 저마다 기암괴석을 뽐내고 있는 바다의 계림, 하롱베이를 관람하기 위해 배에 오른다. 하롱은 용이 내려온다는 뜻인데 전설에 의하면 해적들의 침입으로 고통받던 땅에 용이 내려와 보석들을 뱉어 기암이 되고 이 기암들이 외부의 적을 막았다고 전한다. 유네스코 지정 세계 문화유산인 하롱베이는 바다지만 파도가 없어 잔잔한 수면 위로 솟아오른 기묘한 형상의 섬들이 천하 절경의 경관을 자랑한다. 뱃전에 서서 섬들 사이를 지나며 보는 경치는 여기가 바로 무릉도원의 현장이 아닌가 하는 착각에 빠지게 한다. 특히, 한자어 '산(山)'의 형상으로 우뚝 서 있는 '산(山) 모양의 섬'과 다정하게 마주 보고 서 있는 '사랑 바위'는 단연 백미다.

배는 어느 섬에 도착하여 여행객들을 토해 낸다. 섬의 중턱에 '항승손(Hang Sung Sot)'이라는 석회암 동굴이 있어 동굴 내부를 관람한다. 동굴 속의 남근석, 귀부암은 관람객에게 탄성을 자아내게 한다. 이곳의 석순은 일반 동굴에서 흔히 발견되는 종유석과는 다른 종유석이란다. 동굴 관람을 마치고 배에 오른 우리 일행은 잠깐의 항해 끝에 호찌민의 별장이 있었다던 '다오 티톱 섬'에 내린다. 이 섬에는 일화가 하나 전해 온다. 1962년 호찌민이 러시아 우주인 '티톱'과 함께 휴양을 왔는데 절경에 매료된 '티톱'이 섬을 자신에게 팔라고 하자, 호찌민이 이 섬은 개인의 것이 아니고 인민의 것이므로 팔 수 없다고 거절하면서 다만 티톱과의 우정을 생각하여 섬의 이름을 '다오 티톱 섬'으로 부르게 되었단다. 작은 섬이지만 남쪽에 모래사장이 있고 산책로를 낀 산이 있어 휴양지로 손색이 없어 보인다. 십여 분 남짓 걸어 섬의 산정(山頂)에 올라 조망해 보는 경치는 한 폭의 산수화를 보는 듯 장관이다. 이렇듯 신비한 자연의 아름다움을 보면서 나는 형언할 수 없는 조물주의 조화에 새삼 외경심을 갖는다.

다음 날 아침 다시 하노이로 이동하기 위해 하롱베이 '미쓰린 호텔'에서 나와 버스에 오른다. 달리는 차 안에서 가이드는 베트남의 역사, 문화, 정치, 생활상을 비롯한 여러 가지에 대하여 마치 베트남학을 전공한 교수처럼 자상하고도 신나게 들려준다. '라이따이한'의 내력과 그들의 삶을 말할 때는 한 편의 드라마를 보는 것 같이 극적이다.

누구나 여행을 하면서 한 번쯤 느끼는 일이겠지만 가급적 현지의 문화를 많이 체험하고 돌아가야 한다는 생각에 마음이 초조해진다. '아오자이(전통 의복)', '퍼(쌀국수)'와 함께 베트남의 명물로 통하는 '씨클로(자전거 택시)'를 비가 내리는 바람에 타지 못하고 이틀 동안의 짧은 베트남 여정을 마무리해야 할 시간이 다가오고 있어 못내 아쉽다. 여행 출발 전 아이들과 함께 베트남에 가면 씨클로를 꼭 한번 타 보자고 약속했건만 차창 밖으로 연신 내리는 비가 원망스럽다. 이런저런 생각을 하는 사이 버스는 벌써 하노이 시내에 접어들어 교통 체증에 시달리고 있다.

정오 무렵 고무를 가공해 만든 침구류 매장을 둘러본 다음, 하노이 서호 부근에 있는 베트남 전통 음식 뷔페식당 '쎈(Sen)'으로 자리를 옮겨 현지식을 체험해 본다. '쎈(Sen) 레스토랑'은 하노이에서도 손꼽히는 맛집으로 유명하단다. 식당에 들어서자 갖가지 베트남 음식들이 진열대를 따라 길게 놓여 있는 가운데 음식을 고르기 위해 차례를 기다리는 손님들로 발 디딜 틈이 없다. 최근 베트남 전통 음식이 세계적인 음식으로 각광을 받고 있다고는 하지만 향이 강한 음식들이 많아 비위가 좋지 못한 나에게는 그리 즐거운 식사 시간이 아니다. 이곳 '쎈(Sen)'에서 여러 종류의 베트남 전통 음식을 맛보는 것을 끝으로 2박 3일간의 베트남 여정을 마무리한다. 점심 식사를 마친 우리 일행은 다음 목적지인 캄보디아 시엠레아프로 가기 위해 곧장 하노이 '노이바이 공항'으로 향한다.

세계 7대 불가사의, 앙코르 와트

2008년 02월 01일~02월 03일

하노이 공항에서 출국 수속을 마치고 시엠레아프행 비행기로 이동하면서 께름칙한 기분과 함께 마음 한구석이 불안해진다. 이유인즉 탑승할 비행기(PMT air)가 PMT 항공 소속 캄보디아 국적기로서 6개월여 전 시엠레아프 부근에서 추락 사고를 일으켜 20여 명의 한국인 여행객을 희생시킨 일이 생각났기 때문이다. 기우(杞憂)도 잠시 이륙한 비행기는 두 시간을 날아 앙코르 유적지의 관문인 시엠레아프 공항에 우리 일행을 내려놓는다. 트랩에 서는 순간부터 느껴지는 이곳의 더운 열기가 불과 두 시간 전까지만 해도 겨울 점퍼를 입고 다녀야 했던 하노이의 추운 날씨와는 사뭇 대조된다.

공항을 나와 시엠레아프 시내로 이동하면서 보는 캄보디아의 풍경은 이국적 정서를 물씬 느끼게 한다. 우선 건물의 형태가 베트남과는 달리 큼직큼직하고 직선적이며 서양적인 구조이다. 아마도 근대에 인도차이나 지역을 점유했던 프랑스가 남기고 간 역사의 흔적이 아닐까 짐작해 본다. 사람들의 생김새도 베트남 사람들이 중국인의 모습과 닮았다고 한다면 캄보디아 사람들은 인도인을 많이 닮은 모습이다. 저녁으로 한국인이 운영하는 한식당에서 상추쌈과 매콤한 김치를 곁들여 먹으니 입맛이 개운하다. 흡사 우리나라의 어느 고장을 여행하다가 먹는 밥맛처럼 친숙하고 정겹다. 식사를 마치고 식당 주인과 담소를 나누던 중에 그가 내가 사는 목포와도 인연이 깊은 사람이라는 것을 알게 되어 무척 반갑다. 이역만리 타국에서 외로움도 아랑곳하지 않고 굳세게 살아가는 의지의 한국인, 나는 그의 사업이 번창하기를 마음속으로 기원하면서 숙소인 '캐마

까까머리 유년의 섬마을 사계

라 호텔'로 이동하여 여장을 푼다.

시엠레아프에서 난생처음 맞이하는 새 아침이다. 텔레비전을 켜고 채널을 이동시켜 보니 반가운 'YTN'이 며칠 동안 전혀 알지 못했던 한국 소식을 알려 준다. 일찍 아침을 먹고 캄보디아 여정의 핵심인 '앙코르 유적지'를 관람하기 위해 가벼운 차림으로 더위와의 싸움도 대비한 채 버스에 오른다.

앙코르 유적은 9세기부터 13세기까지 이 지역에 자리 잡고 번성했던 '크메르 왕국'이 남긴 힌두교와 불교 문화유적으로서 평야 지대에 엄청난 양의 돌을 옮겨와 축조한 사원 중심의 유적이다. 앙코르 유적지 주변 $40km$ 이내에는 변변한 돌덩이 하나 없다는데 크메르 왕국 당시 어디서 어떻게 그 많은 돌덩이를 옮겨와 사원을 건축했는지 역사가들의 말마따나 불가사의한 일이다.

이 유적은 크메르 왕국이 멸망한 14세기 이후부터 1860년 프랑스의 동식물학자 '앙리 무어'가 발견하기까지 5~6세기 동안 밀림 속에 잠들어 있었다고 하니 이 또한 신비스러울 따름이다. 현재까지 290여 개의 앙코르 유적이 발견되었는데 아직도 밀림 속에 숨겨져 발견되지 않은 유적들이 상당수 존재할 것으로 추정하고 있단다. 오늘 찾아가는 '앙코르 와트', '타프롬 사원', '앙코르톰', '프놈바켕'은 앙코르 유적을 대표하는 유적들이란다.

　이제 그럼 앙코르 유적으로 들어가 보자. 앙코르 유적지 앞에 도착하여 간단한 통과 의례(한 사람씩 사진에 찍힌 다음 인식표 패용)를 마친 다음 첫 번째로 세계 7대 불가사의 중 하나이며 유네스코가 정한 세계문화유산이기도 한 '앙코르 와트(Angkor Wat)'를 둘러본다. 캄보디아어로 '앙코르'는 '도시'를, '와트'는 '사원'을 뜻하는 말이라고 하니 이를테면 크메르 왕국 시절의 도시 사원을 관람하는 것이리라.

　입구에서부터 웅장한 석조 건축물들과 머리 일곱의 뱀신 '나가라자' 조각상이 나를 압도한다. 앙코르 와트는 12세기(1150년) '수리야바라만 2세' 때 완성된 사원으로서 면적이 해자를 기준으로 가로 1.3km, 세로 1.5km에 달하며 높이는 3층으로 이루어져 있다. 흥미로

까까머리 유년의 섬마을 사계

운 것은 층마다 다른 세계의 모습을 벽화로 정교하게 조각해 놓은 점이다. 1층은 지옥계, 2층은 인간계, 3층은 천상계로 각 세계의 모습을 현란하고 생동감 있게 조각해 놓아 크메르 예술의 극치를 보는 듯하다. 회랑(回廊)처럼 길게 뻗은 벽면에 신들의 모습, 전쟁하는 장면, 천국과 지옥의 세계 등을 새겨 놓은 벽화들이 끝없이 이어진다. 벽화들을 하나하나 가리키며 들려주는 가이드의 정성 어린 해설을 듣는 둥 마는 둥 연신 카메라의 셔터를 눌러 댄다. 생각해 보건대 축조 당시 변변찮은 도구들로 어쩌면 이렇게도 아름답고 정밀하게 조각할 수 있었을까 신비스러울 따름이다. 세 시간여 동안 관람하면서 느낀 앙코르 와트의 감동을 뒤로 한 채, 우리 일행은 다음 목적지인 '타프롬 사원'을 향해 발걸음을 옮긴다.

미국 여배우 '앤젤리나 졸리'가 주연한 영화 「툼 레이더」의 촬영 장소로도 널리 알려진 타프롬 사원이다. 이곳은 다른 앙코르 유적지와 달리 발견 당시부터 전혀 개보수하지 않고 있는 그대로 보존해 오고 있어서 정글 속에 묻혀 있던 앙코르의 분위기를 가장 실감나게 보여 준다. 사원 축조 당시에는 없었을 것으로 보이는 '스펑나무'가 세월이 흐르고 사원이 점점 허물어져 가던 중에 석벽의 틈새에서 자라나 한동안 돌벽을 무너뜨렸을 것으로 보이나, 놀랍게도 그 뿌리가 다시 사원의 벽과 기둥을 휘감아 붙잡고 있는 모습이어서 여간 신기하다. 또, 석벽을 자세히 들여다보면 구멍이 나 있는데 이것은 커다란 돌덩이를 코끼리를 이용해 다른 곳으로부터 운반해 온 흔적이란다. 사원의 내부를 둘러보는 시간 내내 마치 내가 고고학자가 되어 긴 세월 동안 잊힌 크메르 왕국의 문명을 파헤치는 탐험가인 양 착각에 빠진다. 위대한 자연의 섭리 앞에 저절로 머리가 숙어진다. 자연과 함께 공존하는 타프롬의 가르침을 가슴에 새기며 버스에 오른다. 아, 타프롬이여!

한식당 '명가'에서 점심을 먹은 후 한낮의 더위를 피하고 몸의 피로를 달래기 위해 숙소로 돌아와 잠시 휴식을 취한다. 꿀맛 같은 오침에서 깨어나 상쾌한 기분으로 다시 '앙코르톰'을 향하여 오후의 여정을 시작한다. 지금 찾아가는 앙코르톰은 사원이 아니고 해자로 둘러싸인 지역 전체를 의미하는 곳인데 가로세로 각각 3km의 거대한 정사각형 유적이란다. 여기에는 '바이욘 사원', '레퍼왕 테라스 (일명 문둥이왕 테라스)', '코끼리 테라스', '바푸온 사원' 등의 유적이 남아 있단다. 우리 일행을 태운 버스는 이내 앙코르톰 남문 앞에 우리를 내려놓는다. 남문은 앙코르톰 유적의 5개 출입구 중에서 가장 보수가 많이 된 곳이라고 하는데 남문의 조형물인 사면의 얼굴상과 코끼리상이 입구에서부터 나를 압도한다. 남문을 지나 다시 소형 버스를 타고 가다가 곧장 '코끼리 테라스' 앞에 내린다.

먼저, '레퍼왕 테라스'에 올라 문둥병에 걸려 손가락 발가락이 떨어져 나간 흉물스러운 모습의 레퍼왕 조각상을 관람한 다음, 아래로 내려와 좁은 통로를 따라 지옥 세계의 악신들을 조각해 놓은 조형물을 둘러본다. 조형물 하나하나를 정교하게 조각하여 퍼즐 맞추듯이 배치해 놓은 솜씨에 말문이 막힐 뿐이다. 통로를 빠져나와 건너편 '코끼리 테라스'로 이동한다. 잠시 그늘진 테라스 계단에 앉아 앞쪽에 펼쳐진 광장을 물끄러미 바라보니 지난날 융성했던 크메르 대제국의 찬란한 역사가 영화 속의 장면들처럼 연상되어 흘러간다.

이제 앙코르톰 유적의 백미라고 하는 '바이욘 사원'이다. 이 사원은 12세기 말 '자야바르만 7세'가 건립한 불교 사원으로써 커다란 바위산 모양이다. 앙코르 유적지 중에서 가장 이상적인 사원의 하나로 손꼽힌다. 또한, 앙코르 유적 중에서 유일하게 우물을 갖추고 있는 사원으로도 유명하다. 사원 내부는 크고 작은 50여 개의 탑이 복잡하게 자리하는 구조이다. 바이욘 사원의 탑에는 관세음보살의 모습을 한 '자야바르만 2세'의 웃는 얼굴이 새겨져 있는데 이는 부처와 동일시된 왕의 위력을 세상에 과시하기 위한 것이라고 한다. 회랑의 벽면에는 크메르 왕국 당시의 역사적 사건들과 생활상이 부조로 조각되어 있다. 불교를 도입하여 불심으로 왕국의 국론을 통합하고 백성들을 보살폈던 위대한 왕 '자야바르만 7세'의 선정(善政)에 경배를 드리며 사원을 나선다. 바로 앞쪽에 '바푸온 사원'이 우뚝 서 있다. 황금 사원으로도 불리는 이 사원 앞에는 크메르 왕국 당시 임금의 목욕탕으로 쓰였던 사각형의 연못이 있다. 연못의 돌담 가장자리에 낀 이끼가 제국의 흥망성쇠를 말해 주는 듯하다.

까까머리 유년의 섬마을 사계

앙코르톰 관람을 마치고 나서 앙코르의 아름다운 일몰을 보기 위해 해발 67m 높이의 산정에 세워진 사원 '프놈바켕'에 오른다. 이 사원은 9세기 후반 '야소바르만 1세'가 '시바 신'에게 바치는 사원으로 지어졌다고 한다. 캄보디아어로 '프놈'은 '산'을 뜻하는 말이므로 우리는 지금 '바켕산'에 오르는 것이다. 정상에 올라 일몰을 기다리는 동안 시원한 바람을 맞으며 더위에 지친 몸을 식히는 맛이란 땀을 흘려 본 사람만이 느낄 수 있는 희열이다. 정상에서 북동쪽으로 멀리 '쿨렌산'이 보이는데 이 산에서 앙코르 유적을 만든 돌덩이들을 가져왔을 것으로 추정하고 있단다. 해가 지기 시작하면서 산정의 프놈바켕 사원이 서서히 황금색으로 변하는 신기한 모습을 연출한다. 참으로 아름답고 황홀한 광경이다.

바켕산에서 하산하여 버스에 오른 우리 일행은 '앙코르 파워' 레스토랑으로 자리를 옮겨 압살라 민속 쇼를 관람하며 저녁으로 현지식 뷔페를 즐긴다. 석식을 마치고 숙소로 돌아와 로비 앞에서 5달러에 삼십 분을 빌리는 조건으로 '툭툭이(오토바이 택시)'를 타고 야간 시내 구경을 나선다. 베트남에서 타지 못했던 '씨클로' 대신 '툭툭이'를 타고 시엠레아프의 밤거리를 달리는 내내 아이들은 마냥 신이 나 있다. 툭툭이는 시내 중심가를 지나 외국인 관광객들로 북적대는 '올드 마켓' 주변의 카페 거리를 유유히 달린다. 마치 지금 유럽의 어느 도시 거리를 내달리는 착각이 든다. 특히, '레드 피아노'는 영화 「툼 레이더」 제작팀이 즐겨 찾았던 노천 레스토랑이다. 이곳이 유명해지면서 주변에 비슷한 유럽식 레스토랑이나 바들이 속속 생겨나 지금의 카페 거리를 형성하게 되었단다. 시장 거리를 지나 강변을 끼고 달리던 툭툭이는 벌써 우리를 숙소 앞에 내려놓는다.

까까머리 유년의 섬마을 사계

시엠레아프에서 맞이하는 두 번째 아침이다. 오늘이 이번 여행의 마지막 여정이라고 생각하니 왠지 아쉽다. 늦은 아침을 먹고 가방을 챙겨서 숙소 앞에 대기 중인 버스에 오른다. 버스는 '완투 라잇 사원' 부근의 유골 전시관 앞에 멈추어 선다. '작은 킬링필드'로도 불리는 이곳에서 '크메르 루지'의 잔악한 학살 만행을 담은 사진 자료들을 본다. 문득 1980년 신군부 세력이 자행한 5.18 광주 학살의 만행이 대비된다. '론놀' 정부를 무너뜨리고 정권을 잡은 '크메르 루지' 반군 지도자 '폴 포트'가 1975년부터 1978년까지 약 삼년 반 동안 악명 높은 대학살을 자행한 비극의 역사가 떠오른다. 당시 관료, 부자, 지식인 등 사회 지도층 인사들을 닥치는 대로 고문 처형했는데 이들의 유골들을 모아 역사의 교훈으로 삼고자 전시관을 지어 전해 오고 있단다. 특히, 수도 프놈펜에 있는 '툴슬랭 박물관'은 킬링필드의 아픈 역사를 고스란히 간직해 오고 있는 대표적인 전시관이란다. 나는 역사의 희생양이 되어 스러져간 수많은 원혼의 백골 앞에 서서 명복을 빈다.

다음 목적지인 캄보디아 특산품 매장과 '아티산 앙코르 공예 학교'를 관람한 후, 한식당 '청송'으로 옮겨 반주를 곁들인 점심을 먹는다. 여행의 막바지가 되어 그런지 옆자리에 앉은 일행들이 서로서로 아쉬운 마음을 주고받는다. 정년 퇴임하셨다는 교장 선생님 내외분, 조그마한 IT 사업을 하신다는 사장님 부부, 신세대 차림의 두 아주머니, 예비역 공군 장성 출신의 장군님 내외분, 소래포구의 다정다감한 젊은 부부, 노모와 동행한 세 모녀분, 모두 여행지에서 만난 사람들이지만 경우 바르고 정이 많은 사람이라고 느껴져 내 마음도 아쉬워진다.

점심을 먹고 버스에 오른 우리 일행은 이번 여행의 마지막 코스인 '톤레샵 호수'를 향해 달린다. 경제 규모로 보아 빈국에 속하는 캄보디아에서도 가장 가난하게 살아가는 곳이 톤레샵 호수 수상촌 사람들이란다. 호숫가에 나무를 가로세로 엮어서 만든 허술한 집들이 비포장도로 양편으로 즐비하게 늘어서 있다. 차창 밖으로 보이는 풍경은 흙탕물에서 헤엄치는 아이들, 잡아 온 생선을 배에서 하역하는 어부들, 당장이라도 무너져 내릴 것 같은 집에서 낮잠을 자는 사람들, 여기저기에 쌓인 오물 쓰레기 더미 등이 빈민촌의 풍경을 생생하게 보여 준다.

버스는 삼십여 분을 달려 수상촌 선착장 앞에 멈춘다. 얼굴이 검게 탄 어린이들이 우르르 몰려든다. 작은 바구니에 바나나, 음료수 따위를 담아 들고 서서 원 달러를 애처롭게 외쳐 댄다. 아이들의 애

까까머리 유년의 섬마을 사계

원을 뒤로 한 채 톤레샵 호수를 관람하기 위해 곧장 배에 오른다. 한참을 달린 배는 망망대해처럼 끝없이 펼쳐진 황톳빛 수면 위에 버티고 서 있는 '선상 카페'에 우리를 내려놓는다. 큼직한 배를 개조해 만든 선상 카페에서 캔맥주를 한 캔 들이키며 그물망 잠자리 '해먹'에 누워 기념사진을 찍는다. 어린 딸아이와 만삭의 임산부가 작은 조각배에 몸을 실은 채, 노를 저으며 다가와 애절하게 원 달러를 외쳐 대는 모습을 도저히 외면할 수 없다. 톤레샵 호수 수상촌 사람들의 가련한 삶과 이것도 볼거리라고 찾아오는 관광객의 사치가 대비되어 마음이 씁쓸하다.

수상촌 관람을 마치고 시내로 돌아와 쇼핑 매장을 둘러본 다음 저녁으로 캄보디아 현지식인 '수끼(Suki)'를 먹는다. '수끼(Suki)'는 한국의 '샤브샤브'와 비슷한 요리인데 준비된 재료를 끓는 육수에 넣어 익힌 다음, 꺼내어 소스에 찍어 먹는 음식이다. 특별한 맛은 느껴지지 않으나 그런대로 먹을 만하다. 식사를 마치고 잠깐의 휴식을 취한 뒤 공항으로 이동해 이틀 동안 관광지를 따라다니며 안내해 준 'ㅇㅇ투어' 현지 여행 팀장 그리고 현지 가이드 'ㅇ나'와 기약 없는 이별의 악수를 나눈다. 출국 수속을 마치고 자정 무렵 인천행

아시아나 항공기에 오른다. 이제 나는 '하롱베이'에서 본 위대한 자연의 아름다움, 그리고 '앙코르 유적'에서 느낀 인간 문명의 찬란함을, 잊지 못할 감동과 소중한 추억으로 간직한 채 이번 여정을 끝맺는다.

가족과 함께한 힐링의 시간, 후쿠오카

2019년 02월 15일~02월 18일

   2019년 2월 15일, 아침 일찍 일어나 목포역에서 5시 27분 출발하는 KTX를 타고 세 시간여를 달려 서울역에 내린다. 서울역에 도착하여 먼저 나와 기다리던 큰아들과 반갑게 만나 꼬마김밥으로 간단히 아침 식사를 때운다. 요기를 마친 우리는 조금 늦게 도착한 작은아들과 합류하여 인천 공항으로 향하는 공항 철도를 타고 사십여 분 남짓 달려 인천 공항 제1터미널에 내린다. 곧장 와이파이 도시락을 대여하여 출국 수속을 마치고 공항 내 면세점에서 쇼핑을 즐기다가 이른 점심을 먹은 후 비행기 탑승을 위해 지정된 게이트로 이동하여 대기한다. 12시 출발 예정이던 후쿠오카행 항공기가 공항 사정으로 이륙이 지연되는 바람에 한 시간 남짓 더 기다렸다가 13시경에 이륙한다. 인천 공항 이륙 시간이 지체되어서인지는 모르겠으나 우리를 태운 비행기는 비행 예정 시간보다 훨씬 빠르게 후쿠오카(福岡) 공항에 무사히 착륙한다.

　일본 입국 수속을 마치고 짐을 찾아서 후쿠오카 공항역을 오가는 공항버스를 타고 십여 분쯤 달려 지하철역에 내린다. 나는 여행 출발 전에 미리 공부해 둔 간단한 일본어 회화 실력을 이제부터 발휘할 차례라고 생각하니 다소 긴장된다. 지하철역에 들어서는 순간 '가다가나'로 표기된 지명이나 상호가 시야에 들어와 순간 머리가 멍해진다. 여기서 두 정거장만 가면 도착하는 '하카타(博多)역'인데도 우리가 타야 하는 지하철 노선을 곧바로 알지 못해 안내 데스크에 묻는다. 안내원은 '하치 데구치(8번 출구)'라고 하지만 8번 출구를 찾기가 여간 쉽지 않다. 나의 이런 노력을 작은아들은 비웃기나 하듯 미로 같은 8번 출구를 찾아 거침없이 우리를 이끈다. 나는 조금 어색하고 민망해진다. 그도 그럴 것이 작은아들은 작년 3월에 후쿠오카성 일원에서 펼쳐졌던 벚꽃 축제를 보러 이미 이곳을 다녀온 경험이 있다. 작은아들의 안내로 하카타역에 무사히 내린 우리는 먼저 짐을 맡기기 위해 '레지던스 하카타 오피스'로 향한다. 잠시 짐을 맡기는 데도 천 엔을 받는다. 일본인들의 정확한 셈법은 여기서도 빛난다.

짐을 맡기고 나와 나카스강 다리를 건너 '캐널시티(Canal City)' 쇼핑몰 구경에 나선다. 오후 4시가 되자 분수 쇼가 펼쳐진다. 캐널시티는 매시간 정각이 되면 매장 앞을 흐르도록 만든 수로에 형형색색의 조명 장치를 설치해 두고 분수 쇼를 펼치는데 어찌나 장관인지 관광객들의 탄성이 여기저기서 쏟아진다. 나도 이 멋진 광경을 놓치지 않기 위해 연신 카메라의 셔터를 누른다. 아뿔싸 금방이라도 비를 뿌릴 듯이 흐린 하늘이 기어코 제법 굵은 빗줄기를 퍼부어 댄다.

캐널시티를 나와 근처 편의점에 들러 우산을 사서 쓰고 저녁을 먹으러 가려는데, 아내가 내가 입고 있는 옷이 무겁고 더워 보인다며 가볍고 편하게 입을 옷을 사러 가자고 한다. 다시 빗속을 걸어서 캐널시티 쇼핑몰 의류 매장에 들러 가벼운 옷 한 벌을 산 후, 큰아들의 안내에 따라 근처에서 저녁으로 우동을 먹기 위해 우동 맛집 '타이라'를 찾아갔으나 아쉽게도 영업이 끝나 버렸단다. 그냥 포기할 수가 없어 주변의 또 다른 우동 맛집 '에비스야'를 찾아갔건만 여기도 영업이 끝나 아쉬운 마음으로 발걸음을 돌린다. 일본은 음식점을 비롯한 대부분의 상점이 오후 6시를 기준으로 하여 하루의 영업을 마감한단다. 가히 일본판 저녁이 있는 삶의 모습이 아닌가 싶다.

흔히 후쿠오카는 온천을 즐기는 휴양과 맛있는 음식을 골라 먹는 미식 체험을 위해 찾아오는 여행지라고 한다. 후쿠오카는 맛의 천국이라 할 만큼 맛있는 음식들로 넘쳐나는데, 특히 멘타이코돈(명란덮밥), 스테에키돈(스테이크 덮밥), 우나기돈(장어 덮밥), 카루비우동(갈비 우동), 돈코츠라멘(돼지 뼈 국물로 끓인 일본식 라면), 카츠돈(돈가스 덮밥), 스시(생선 초밥) 등이 별미란다. 나는 이번 여행에서 이 음식들을 모두 한 번씩 먹어 볼 생각이다.

어쨌든 저녁은 먹어야 하겠기에 다음날 먹기로 한 '멘타이코돈(명란덮밥)'을 먹기 위해 구글 지도를 보며 목적지를 안내하는 작은아들을 따라 유명 맛집을 찾아간다. 다행히도 이곳은 영업이 종료되지 않아서 멘타이코돈을 먹을 수 있어 안심이다. 어디서나 맛집이라면

으레 그렇듯이 이곳에서도 기다리는 사람들로 긴 줄이 늘어서 있다. 우리 차례가 되자 2층으로 올라가 멘타이코돈를 먹는다. 그러나 내 입맛에는 기대했던 맛과 달리 미각을 매료시키는 맛은 아니고 평범한 맛이다.

　저녁을 먹고 맡겼던 여행 가방을 찾아 빗속을 걸어서 3박 4일 동안 지낼 숙소인 '레지던스 호텔 하카타 12'에 도착한다. 매년 2월은 졸업 시즌으로 가족 단위의 해외여행이 성수기여서 저렴한 가격에 좋은 호텔을 예약하려면 3~4개월 전에 숙소를 예약해야 한단다. 그런데 우리는 이런 사정도 모르고 느긋하게 있다가 겨우 한 달여 전에 숙소를 예약하려고 보니 고급 호텔 예약은 매진이란다. 그렇다고 하룻밤 자는 데 백만 원이 넘는 특급 호텔을 구할 수도 없어하는 수 없이 콘도형 호텔을 예약하고 왔는데 생각보다 쾌적하고 편리한 시설들이 잘 갖추어져 3박 4일 동안 머무는 데에 불편함이 없을 것으로 보인다. 이내 짐을 풀고 씻은 다음, 아침 4시부터 시작

한 하루의 피곤한 여정을 마무리하듯 곤한 잠에 빠져든다. 다음 날 아침 일어나 보니 큰아들은 내가 코를 심하게 고는 바람에 한숨도 못 잤단다. 큰아들한테 많이 미안하다.

아침 일찍 일어나 산책 겸해서 숙소 주변 거리를 걷다가 밤새도록 내 코 고는 소리에 잠을 설친 큰아들이 생각나서 '귀막이용 스펀지(미미센)'를 사기 위해 편의점에 들른다. 본래 나는 편의점에 대해 좋지 않은 경험이 있어서 우리나라에서도 지금까지 딱 한 번 가 보고 그 후로는 들어가 본 적이 없다. 하지만 귀막이용 스펀지를 사기 위해 우연히 들어간 이곳 편의점에서 난생처음 색다른 경험을 하게 된다. 음식 백화점을 방불케 하는 다양하고 신선한 음식들과 진열대에 놓인 수많은 생필품이 내 눈을 사로잡는다. 나로서는 정말로 별천지에 온 느낌이다. 물건값도 시중에서 판매하는 같은 제품의 가격보다 훨씬 저렴하다. 일본인들이 생필품을 저렴하고 손쉽게 구매할 수 있는 최적의 장소로 편의점을 주로 이용한다는 말을 들으

까까머리 유년의 섬마을 사계

니 실감이 난다. 우리나라 편의점과는 비교할 수 없이 호감이 간다.

편의점을 나와 근처 학교 운동장을 보니 토요일이라 등교하는 학생들은 보이지 않으나 그 학교 야구부로 보이는 30여 명의 야구 선수들이 아침 운동에 열심이다. 그런데 야구부 학생들이 하는 운동이 야구가 아닌 축구 경기이다. 이것은 야구에서 캐치볼이나 타격 연습 전에 하는 일종의 준비 운동일 것이라고 생각하며 지켜봤는데 내 짐작이 틀리지 않았다. 삼십여 분 정도 지나자 본격적인 캐치볼과 타격 연습을 시작한다. 내가 여기서 야구부 운동 연습을 유심히 지켜본 것은 젊은 시절 내가 가장 잘했던 운동 종목이고 지금까지도 가장 좋아하는 운동 종목이기 때문이다.

이틀째 여행을 위해 숙소를 나선 우리 가족은 하카타역으로 이동하여 지하철을 타고 텐진(天神)역에 내린다. 텐진역 주변 '텐진 중앙 공원'에 들러 기념사진을 한 장 찍고 곧장 후쿠오카현 최대 번화가인 텐진의 '다이묘 거리'로 발걸음을 옮긴다. 듣던 대로 수많은 인파로 북적댄다. 거리를 걷다가 'ZARA'라는 옷가게에 들어가서 잠시 쇼핑을 한 다음 점심

을 먹기 위해 근처에 있는 유명 맛집인 'Red Rock'으로 이동한다.

아직 12시가 되지 않았는데 어김없이 긴 줄로 장사진이다. 우리 가족도 긴 줄에 꼬리를 물고 서서 기다린다. 분명 맛집은 맛집인가 보다. 특이한 점은 출입구 밖에 음식 주문 자판기가 설치되어 있어 돈을 넣고 주문하려는 음식 메뉴를 누르면 티켓이 나오는데 이것을 가게 안의 점원에게 건네면 몇 분 안에 주문한 음식이 손님의 식탁에 놓인다. 우리 가족은 이 집 대표 메뉴인 '스테에키돈(스테이크 덮밥)'을 주문해 먹는다. 나와 아내는 김치에 국물이 있는 밥이 간절하지만 두 아들은 너무 맛있다며 엄지 척이다. 점심을 먹은 뒤 소화도 시킬 겸 해서 디저트 카페로 유명한 'Cafe del SOL'에 들러 팬케이크와 커피를 즐긴다. 'Cafe del SOL'은 '태양의 커피'라는 뜻의 스페인어 가게 이름이란다.

카페를 나와 텐진역 주변 시내 거리를 한참 동안 걸어서 도착한 곳은 '후쿠오카성'이다. 성 앞에 넓게 펼쳐진 잔디밭이 나를 압도한다. 잔디밭을 빙 돌아 한참 만에 후쿠오카성 동문 터 앞에 선다. 성벽을 바라보니 석축의 구조가 마름모꼴로 돌을 세워서 쌓은 전형적인 일본식 석축 구조이다. 석축을 마름모꼴로 쌓으면 쌓인 돌들이 서로 맞물려 버티는 형태여서 사각형으로 쌓았을 때보다 훨씬 견고하고 오래도록 허물어지지 않는다는 말을 나는 어린 시절 동네 어른들에게서 들은 바 있다. 생각할수록 일본인의 세밀한 토목 건축술의 지혜가 엿보인다.

까까머리 유년의 섬마을 사계

　본래 후쿠오카성은 4층으로 나뉘는데 47개의 성루가 있었으며 성읍의 무가 저택을 포함하면 도쿄돔의 53배 규모의 거대한 성이란다. 이곳 동문 터는 4층 가운데 산노마루와 니노마루를 이어 주는 문인데 이곳을 통해 니노마루, 혼마루, 천수대로 성내를 올라가는 중심 통로였단다. 과거 산노마루에는 번주를 받드는 중신들의 저택이 있었다고 한다. 후쿠오카성은 축성 당시에는 방대한 규모의 성이었지만 지금은 47개의 성루 중에 '기넨 야구라 성루' 하나만이 혼마루 동북 방향 모퉁이에 현존할 뿐이다. 새삼 세월이 무상할 따름이다. 동문 터를 지나 오르는 통행로 양편으로 길게 늘어서서 수줍은 꽃망울을 내민 매화나무를 보니 머지않아 3월 말쯤 벚꽃이 만개하는 후쿠오카성의 환상적인 광경이 눈에 선하다. 따스한 봄날 하얀 벚꽃잎이 흩날리는 이 길을 가족과 함께 다시 걸을 수 있다면 얼마나 좋을까? 나의 기분 좋은 상상을 시샘이라도 하듯 새봄의 전령 홍매화가 꽃망울을 내밀며 우리 가족을 반긴다. 이곳에서는 매년 3월 말부터 4월 초까지 벚꽃 개화 시기에 벚꽃 축제가 열리는데

상춘객들에게 손꼽히는 관광 명소로 알려져 국내외 관광객들로 북적인단다.

후쿠오카성을 둘러보고 나서 성 아래쪽에 넓게 조성된 호수인 '오호리(大濠) 공원'으로 발걸음을 옮긴다. 오호리 공원은 하카타만(灣)으로 이어지는 습지로 후쿠오카성 축성 당시 성을 보호할 목적으로 하카타만의 북쪽을 매립하고 정비하였는데 나머지 성벽이 천연 해자로 이루어지면서 오호리라고 불리게 되었단다. 원형으로 호수의 수변을 감싸고 있는 산책로와 달리기를 할 수 있도록 우레탄 트랙을 깔아 만든 운동로가 퍽 인상적이다. 자전거를 타고 원형의 넓은 호수를 한 바퀴 신나게 달리고 싶다.

시민들의 건강한 삶을 위해 관청이 시민의 입장이 되어 세심하게 배려하여 만든 시설물이리라 생각하니 다시금 선진국의 면모가 느껴진다. 내가 보기에 오호리 공원은 도심에 위치하는 호수라는 점에서는 배트남 하노이의 '호안끼엠' 호수와 흡사하며, 호수를 관통하는 인공 산책로와 교각이 조성된 점에서는 중국 북경의 '이화원'과 닮은 꼴이다. 호수 산책로 옆의 작은 수로에서 언뜻 보기에는 모형처럼 생긴 실물의 재두루미가 사람들의 시선은 아랑곳하지 않고 서 있는 모습이 신기해서 연신 카메라의 셔터를 누른다. 특히 호수를 관통하는 인공 산책로와 4개의 교각을 가족과 함께 한가롭게 거니는 맛이란 평생 잊지 못할 인생 추억으로 남으리라.

오호리 공원을 나와 '다자이후 텐만구(太宰府天滿宮)'로 가기 위해 지하철 텐진역에서 '니시테츠텐진선' 탑승구를 찾아 전철에 오른다. 한참을 가다가 '후츠카이치역'에서 내려 환승한 다음, 또 한참을 달려 '다자이후역'에 내린다. 역의 출구를 빠져나와 처음으로 바라본 역의 광장이 옛 도시에 내린 듯 고색창연하고 고즈넉하다. 다자이후 텐만구는 학문의 신을 섬기는 일종의 신사인데 우리나라로 치면 이율곡이나 이퇴계 선생 같은 대학자가 유배되어 지낸 곳이란다. 역에서 십 분 남짓 걸어 올라가면 도착하는 다자이후 텐만구를 향해 가다가 길가 양쪽으로 늘어선 '우메가에모찌(매화떡)' 상점에서 떡을 한 봉지 사 먹는다. 말랑말랑한 떡살과 달달한 단팥소가 환상의 궁합을 이루어 입안이 황홀하다. 절의 경내에 들어서자 웅장한 사찰 건축물들과 수령이 수백 년은 넘어 보이는 고목들이 이곳의 역사를 말해 주는 듯하다. 절의 한쪽에는 합격 기원, 건강 기원, 성공 기원 등의 문구를 내걸고 소원을 들어준다는 기념품이나 부적을 파는 상점들이 늘어서 있다. 기왕 여기까지 왔으니 나도 기념품을 하나 사서 우리 가족의 소망을 담은 글귀를 적어 매달아 본다. 왠지 모르게 한결 마음이 안정되고 평온해진다.

다자이후 텐만구 관람을 마치고 서둘러 전철에 오른 우리 가족은 올 때와 반대로 다자이후역을 출발하여 후츠카이치역에 내려서 환승한 다음 텐진역에 도착한다. 그런데 환승을 위해 후츠카이치역에 내리면서 승차권을 한 장 열차 좌석에 두고 내렸든지 중년의 한 아주머니가 얼른 주워들고 내려와 우리에게 건넨다. 순식간에 벌어진 일이라서 얼떨결에 감사의 인사도 전하지 못해 아쉽다. 지난번 오사카 여행에서도 경험한 일이지만 유달리 일본의 중년 아주머니들은 타인에 대한 친절함이 생활화된 분들이라 생각되며 그 친절을 받아본 나로서는 고맙고 존경스럽기까지 하다. 이 글로나마 후츠카이치역에서 승차권을 주워 우리에게 건네준 친절한 후쿠오카의 한 아주머니께 감사의 인사를 전한다.

　텐진역에 내려서 밖으로 나오니 해가 져서 어둑어둑하다. 저녁으로 '우나기돈(장어 덮밥)'을 먹기 위해 나카스강가 도로변에 자리 잡은 '요시즈카 우나기야 식당'으로 향한다. 우나기돈(장어 덮밥)은 내가 후

쿠오카에서 지금까지 먹어 본 음식 중에 가장 맛있는 음식이다. 맛있는 저녁을 먹은 후 큰아들과 나는 식당 근처에 있는 면세점 '동키호테'로 들어가 선물로 살만한 물건들을 찾기 위해 매장을 둘러본다. 한편 아내와 작은아들은 'SK Ⅱ' 화장품 매장으로 이동하여 필요한 화장품을 산 후 '동키호테'로 다시 돌아와 야간에만 선다는 나카스강가의 포장마차촌으로 향한다. 포장마차에서 새어 나온 '돈코츠라멘' 국물의 역한 냄새가 코를 찌른다. 포장마차마다 손님들로 발 디딜 틈이 없다. 여기저기서 들려오는 왁자지껄한 소음과 음식, 담배, 술 냄새 등으로 번잡하고 역하다. 얼른 여기를 벗어나고 싶어 서둘러 근처의 '캐널시티'로 이동하여 커피를 주문해 손에 들고 쇼핑몰을 거쳐 숙소로 향한다. 숙소 앞에 이르러 간식거리와 몇 가지 생필품을 사기 위해 편의점에 들른다. 일본의 편의점은 판매 상품이 다양하고 가격이 저렴하여 내가 이번 여행 중에 부담 없이 자주 찾는 상점이다. 한국의 편의점과는 판매 물건이나 가격 면에서 비교 불가이다.

여행 셋째 날 아침이다. 일찍 일어나 근처의 편의점에 들러 부드러운 빵으로 요기를 하고 커피를 마시면서 숙소 주변 산책을 즐긴다. 10시 무렵 우리는 숙소를 출발하여 하카타역과 기온역 사이에

까까머리 유년의 섬마을 사계

있는 우동 맛집 '에비스야'에 찾아가서 아침 겸 점심으로 카루비우
돈(갈비 우동)과 카츠돈(돈가스 덮밥)을 주문해 먹는다. 특히, 이 집의 대표
메뉴인 갈비 우동은 맛이 일품이다. 식사를 마치고 '모모치 해변'을
구경하기 위해 기온역으로 이동하여 지하철을 타고 가다가 니시진
역에 내린다. 니시진역을 빠져나와 바다 쪽으로 길게 조성된 해안
수로 옆의 산책로를 따라 한참을 걸어서 모모치 해변에 도착한다.

해변에 우뚝 솟아 있는 후쿠
오카 타워의 웅장함이 우리를
압도한다. 후쿠오카 타워는 후
쿠오카현 제정 100주년을 기
념하여 1989년에 완공했단다. 그 높이가 무려 234m에 달하는 해변
타워이다. 맑은 날에는 주변의 여러 섬까지 볼 수 있어 관광 명소로
인기가 많단다. 그런데 자세히 들여다보니 타워의 상층부에 10여
개 이상의 대형 안테나가 설치되어 있어 물어보니 이것은 'rkb 방

송국'과 'TNC 방송국'의 송수신용 안테나라고 한다. 일반적으로 고도가 낮은 지역에 방송국이 위치하면 송수신의 장애가 발생하는데 이를 극복하는 방법으로 높은 타워를 활용한다는 발상이 신선하다. 나는 여기서 또다시 일본인들의 세밀한 지혜를 엿본다.

주변의 지형지물을 충분히 활용하여 새로운 시설물을 만들어내는 지혜로움이 감탄스럽다. 그리고 후쿠오카 타워는 일본 프로야구 구단 '소프트뱅크'의 홈구장인 '야후 재팬돔'이 근처에 자리 잡고 있어서 후쿠오카의 새로운 랜드마크로 각광을 받고 있단다. 모모치 해변에 들어서면 가장 먼저 눈에 들어오는 것이 '마리존'이라는 유럽풍의 건물이다. 이 건물은 마치 이탈리아나 그리스 배경의 서양 영화 속에 나오는 고급 별장 같은 느낌이 든다. 해변 바다에 구조물을 설치한 다음, 그 위에 건축해서 아주 이색적인데 이곳은 주로 웨딩 촬영 장소나 결혼식장으로 이용되고 있단다.

　　　　　　　　　　까까머리 유년의 섬마을 사계

모모치 해변을 구경하고 나와 거리를 걷던 중 후쿠오카 체류 3일 동안 어디를 가나 쓰레기 하나 보이지 않고 하나같이 세밀하고 견고하게 지어진 건물들을 보며 문득 이런 생각이 든다. 일본인들의 높은 시민 의식과 정밀한 건축 기술은 세계 어느 나라에 견주어 보아도 단연 으뜸일 것이리라. 평소 지진이 많은 나라여서 그런지 몰라도 누대에 걸쳐 축적해 온 그들만의 건축술 경험이 오늘날의 정밀하고 견고한 일본 건축술을 만들어 낸 토대가 되지 않았나 싶다. 타국민의 입장에서 일본의 선진 건축술에 부러움과 찬탄을 금치 못할 뿐이다. 다소 생뚱맞은 소리인지는 모르겠으나 한일 양국은 역사 문제나 영토 문제로 오랫동안 갈등과 대립을 지속해 오고 있지만 이와는 별개로 일본 시민들의 높은 질서 의식과 그들의 장인 정신만은 우리가 본받아야 할 가치가 아닐까 생각해 본다.

이런저런 생각을 하며 걷다 보니 어느덧 니시진역이다. 니시진역에서 열차를 타고 텐진역에 내린 다음, '미츠코시 백화점' 지하상가에 있는 '호루몬야키(곱창 구이)'로 유명한 맛집 '텐진호루몬'을 찾아가 점심을 먹기 위해 줄을 선다. 한참 만에 우리 차례가 되어 들어가 자리에 앉는다. 눈앞에서 직접 철판에 볶아낸 소곱창과 숙주나물을 밥과 일본식 된장국 '미소'를 곁들여 먹는다. 맛은 좋지만 질겨서 먹기가 조금 불편하다. 점심 식사를 마친 나와 두 아들은 미츠코시 백화점 뒤에 있는 '케고신사(警固神社)' 경내를 둘러본 다음 백화점 쇼핑을 마친 아내와 합류하여 유명 커피 전문점 '꼬닐리오'를 찾아 골목을 거닌다. 구불구불한 골목을 지나 꼬닐리오에 도착한 우리는 커피를 주문해 손에 들고 다음 목적지인 '피시맨'을 향해 소화도 시킬 겸 해서 천천히 걷는다.

'피시맨'은 주점 겸 횟집으로 '이자카야(선술집)'라고도 부르는데 오후 5시가 되어야 영업을 시작하므로 하는 수 없이 밖에서 기다린다. 영업이 개시되자 우리 가족은 계단식 생선회를 4인분 주문해 먹는다. 그런데 이곳이 한국의 생선 횟집과 다른 점은 주점이라는 명목으로 별도의 안줏값으로 추가 비용을 요구한다는 것이다. 처음으로 접하는 음식문화라서 어리둥절하다. 이 상황에서 일본어를 능

까까머리 유년의 섬마을 사계

란하게 구사하여 분명히 항변하지 못한 점이 가족들에게 부끄러울 뿐이다. 마치 외국인 관광객인 우리에게 바가지를 씌우는 것 같은 느낌이 들어 몹시 불쾌하다. 그럭저럭 생선회를 먹고 나와서 근처의 면세점을 둘러본 후 숙소로 돌아와 오늘의 여정을 마무리한다.

오늘은 후쿠오카 여행 마지막 날이다. 아침 일찍 일어나 씻고 오늘도 어김없이 숙소 근처의 편의점으로 향한다. 해물 우동으로 요기를 하고 학교 옆 거리를 걷는데 마침 월요일이라 등교하는 학생들이 보여 마냥 정겹다. 검은색 교복을 입고 삼삼오오 분주하게 등교하는 학생들의 면면이 너나없이 생기발랄하다. 그런데 남학생들이 입고 있는 교복을 자세히 들여다보니 사십여 년 전 내가 고등학생 시절에 입고 다녔던 교복처럼 목을 감싸는 각이 선 라운드형 깃이 선명한 검정 교복이다. 지난날 내가 입고 다녔던 검정 교복은 오른쪽 깃에 로마자 학년 배지를, 왼쪽 깃에 학교 배지를 달았던 것으로 기억한다. 가끔 세탁이라도 해서 깜박 잊고 배지를 달지 못한 상태로 등교하면 규율부에게 적발되어 교문 앞에서 벌을 서야 했던 옛 시절이 그리워진다. 남학생들의 검정 교복이 갑자기 불러온 추억 소환이다. 아! 흘러가 버린 나의 학창 시절이여, 추억이여.

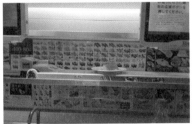

아침 산책을 마치고 숙소로 돌아와 10시쯤 짐을 싸서 1층 로비에서 체크 아웃을 한 후, 하카타역 근처에 있는 '스시(생선 초밥)' 가게 '우오베이'를 찾아간다. 가게 앞에 이르니 아직 영업 개시 전이란다. 마냥 거기에 서 있을 수도 없어 하카타역 1층 커피숍으로 자리를 옮겨 커피를 마시며 시간을 보낸다. 11시 10분경 모형 자동차가 실어다 주는 스시를 먹기 위해 다시 발걸음을 재촉한다. 방금 영업이 시작된 모양이다. 가게 안은 아직 손님들이 그리 많지 않다. 가게 안의 구조가 마치 한국의 PC방을 연상케 한다. 좌석 앞의 모니터를 보고 각자 스시를 종류별로 주문 클릭하면 조금 있다가 모형 자동차가 회전 레일을 타고 주문한 스시 접시를 싣고 와 멈춘다. 그러면 손님들은 각자 자기 앞에 멈춘 스시 접시를 내려서 먹는다. '스시' 맛이 입맛에 잘 맞고 맛있을뿐더러 주문 배달 시스템이 재미있어 기억에 오래 남을 것 같다. 이른 점심을 먹은 후 후쿠오카 공항행 지하철을 타기 위해 하카타역으로 이동하여 역 앞에서 가족사진을 한 장 찍는다. 하카타역을 출발한 열차는 눈 깜박할 사이에 우리를 후쿠오카 공항역에 내려놓는다. 곧장 공항버스를 타고 후쿠오카 공항 국제선으로 이동하여 출국 수속을 마친 다음, 공항 면세점에 들러 바쁘게 서두르며 친지들에게 전할 몇 가지 선물을 산다. 우리는 각자 필요한 선물을 구입한 후, 인천행 비행기 탑승을 위해 지정된 게이트로 이동하여 대기한다.

　최근 삼한사미(三寒四微)라고까지 하는 우리나라 날씨와는 전혀 다르게 이번 3박 4일 동안의 후쿠오카 여행은 비가 내린 첫째 날을 제외하고는 3일 내내 맑고 쾌청한 날씨여서 기분 좋게 가족 여행을 즐길 수 있었다. 또다시 찾아오고 싶은 후쿠오카라는 호감을 마음속에 지닌 채 귀국하게 되어 매우 흡족하다.

　끝으로, 세대 차이가 느껴지는 부모와 함께 한 마디 불평도 없이 즐거운 마음으로 여행하며 빈틈없는 스케줄 관리와 찾아가는 여행지마다 꼼꼼하게 안내해 준 두 아들에게 고마움을 전한다. 아울러, 힐링의 시간이 된 3박 4일간의 후쿠오카 가족 여행을 무사히 마칠 수 있도록 여행 내내 우리 가족을 지켜 주셨던 신에게 두 손 모아 감사드린다.

삼학도 전설의 현장을 찾아서

2003년 01월

2003년 1월, 우리 모둠은 지역 전설을 하나 선정하여 현장 답사하고 조사한 내용을 바탕으로 보고서를 작성한 후, 발표하는 과제 수행을 위하여 전라남도 목포 지역에 전해 오는 '삼학도(三鶴島) 전설'을 찾아 떠난다.

토요일 오전 8시, 네 사람으로 이루어진 우리 모둠은 신 선생님과 내가 먼저 대학 정문 앞에서 만나 승용차를 타고 출발한다. 뒤이어 박 선생님과 범 선생님은 8시 30분경 시 외곽의 남구 효천역 앞에서 만나 합류한다. 목포로 내려가는 길에 박 선생님이 준비해 온 토스트와 따뜻한 커피로 즐거운 아침 식사를 하며 모두 박 선생님의 정성에 감동 어린 박수를 보낸다.

9시 50분경 목포에 도착한 우리는 과제 수행에 필요한 물품을 구매하기 위해 목포 ○○마트에 내린다. 그런데 이상하게도 마트 주차장에는 자동차가 한 대도 보이지 않는다. 쉬는 날이 아닐까 하는 생각에 차를 돌려 나가려고 하는데 매장 안쪽을 보니 쉬는 날 분위기는 아닌 것 같다. 우리는 일단 차에서 내려 들어가 보기로 한다. 매장 안으로 들어간 우리는 실소를 금할 수 없었다. 그때 시간은 9시 55분이고 매장의 개장 시간은 10시여서 아직은 개장 전이었으므로 주차장에 차가 없던 것이었다. 서로의 아둔함을 질타하며 캠코더용 비디오테이프와 전설 구연자에게 드릴 음료수 한 상자를 사들고 마트를 나온다.

본래 우리의 목적지는 삼학도를 한눈에 조망할 수 있는 유달산이었지만 기왕 목포까지 왔으니 목포의 여기저기를 살펴보고 가야 한다는 나의 제안으로 우리 모둠은 ○○마트에서 가까운 갓바위로 향한다. 갓바위는 큰 갓을 쓰고 있는 사람 모양의 바위이다. 비슷한 형상의 바위 2개가 나란히 서 있는데 여기에는 슬픈 전설이 전해온다. 그것은 '갓바위 전설'인데 이야기를 요약하면 이렇다.

병든 아버지의 치료비를 마련하기 위하여 객지에 장사하러 나가 있던 아들이 지나가던 스님으로부터 아버지가 위급하다는 일깨움을 듣고서 황망히 집으로 뛰어갔으나 이미 아버지의 몸은 싸늘한 시신이 되어 있었다. 이를 한탄하며 아버지를 갓바위 부근 양지바른 곳에 모시기로 하였는데 그만 실수를 하여 관이 벼랑 아래 바다로 떨어져 버렸다. 그 후 아들은 천하에 가장 큰 죄를 지었다고 하여 큰 삿갓을 쓰고 하늘도 보지 않고 추위와 더위는 물론 음식도 먹지 않은 채 그 자리에서 용서를 빌다가 돌이 되었다고 한다.

까까머리 유년의 섬마을 사계

갓바위의 슬픈 전설을 뒤로한 채, 우리는 일제 시대 당시 '일본영사관'과 '동양척식주식회사 목포지점'으로 각각 사용된 근대 문화유적을 둘러보기 위해 그곳으로 향한다. 목포 유달동 일원에는 유독 일본식 근대 건축물이 많이 남아 있다. 이는 목포가 일제 시대 당시 조계지였으며 호남의 중심지 역할을 했다는 것을 보여주는 단서이기도 하다. 특히, '구 동양척식주식회사 목포지점'은 일제 시대 당시 토지 경영, 부동산 담보 대부 등의 사업을 통해 우리나라의 경제를 지배하고 수탈했던 곳이다. 현재의 건물은 한동안 방치되어 오다가 1999년에 전라남도 기념물 제174호로 지정되었고 일제 강점기에 우리 민족이 겪은 역사의 질곡을 되새기는 산 교육장으로 활용하기 위해 '목포근대역사관'으로 복원을 추진하고 있단다.

'구 동양척식주식회사 목포지점' 건물 근처에 요즘 인기리에 방영되고 있는 드라마 「야인 시대」의 '하야시'의 집으로 나오는 드라마 속 배경을 찾아가 본다. 이곳 입구에는 '이훈동 정원'이라고 쓰여 있는 안내판이 서 있다. 집 안으로 깊숙이 들어가지는 못하지만 밖에서 보더라도 그 규모를 짐작할 수 있을 만큼 넓고 큰 일본식 정원을 갖춘 대저택이다. 저택 주위를 맴도는 우리를 수상하게 보았는지 할아버지 한 분이 우리를 따라다니면서 동정을 살피기 시작한다. 우리는 기회다 싶어 서로 눈빛을 교환하기 시작한다. 내가 먼저 말을 꺼내 할아버지께 여쭈어 본다.

"어르신, 이 동네에서 오래 사셨어요?"

할아버지는 그렇다고 하시며 어디서 왔냐고 물으신다. 나는 거창하게 포장하여 우리의 신원을 밝힌다. 할아버지께서도 마음이 놓였는지 그때부터는 이곳 동네 이야기에서부터 자신이 살아온 삶의 이야기까지 하나둘씩 늘어놓는다. 조금은 지루하기도 했으나 할아버지께서 우리의 과제 수행에 도움을 줄 수도 있겠다 싶어 그분의 말씀을 끝까지 경청한다. 할아버지의 말씀이 끝나자 우리는 조심스럽게 이 근처에 전해 오는 전설을 알고 있는지 물었다. 우리의 노력이 헛되지 않게 할아버지는 '삼학도 전설'에 대하여 소상히 알고 계셨다. 우리는 이내 할아버지의 전설 이야기에 푹 빠져 맞장구까지 치며 듣는다.

목포 지역의 대표 전설인 '삼학도 전설'을 간략히 요약하면 다음과 같다.

까까머리 유년의 섬마을 사계

유달산에 한 청년(선비 혹은 도사)이 수도하고 있었는데 산 아랫마을에 사는 세 처녀가 물을 기르기 위해 유달산에 오르내리다가 이 청년을 보고 사모하게 되었다. 세 처녀가 자신을 사모하고 있음을 알아 버린 청년은 수도에 방해가 되므로 하루는 세 처녀를 불러 이르기를, "내 수도가 끝날 때까지 바다 건너에 있는 섬에 가 살고 있으면 찾아가겠다."고 약속했다. 이 약속을 믿고 세 처녀는 배를 타고 섬을 향해 떠나가게 되었는데 뒤늦게 이를 후회한 청년은 세 처녀에게 되돌아오라고 알리기 위해 철궁을 들어 올려 떠나가는 배를 향해 쏘았다고 한다(혹은 일부러 쏘았다고도 한다). 그러나 그만 화살은 배에 맞았고 구멍이 뚫려 배가 물속으로 가라앉았다. 이때 세 처녀는 학으로 변하여 솟아오르다가 지금의 삼학도 자리에 내린 뒤 3개의 섬으로 변했다고 한다.

이제 '삼학도(三鶴島) 전설'의 구체적인 증거물을 찾아 나서 본다. 전설 속의 이야기를 종합해 보면 이 전설의 증거물이 되는 몇 가지 구비 조건이 세워진다.

첫째는 세 처녀가 물을 길었다는 점으로 보아서 샘이나 우물의 흔적이 남아 있어야 하고, 둘째는 선비가 수도(修道)하고 있었다는 점으로 미루어 수도하기 좋은 위치여야 하며, 셋째는 세 처녀가 물을 길으러 오르내리다가 선비의 수도하는 모습에 반했다는 점으로 보아 수도 터 근처에서 샘이 그리 멀지 않은 곳에 있어야 한다는 점이다.

이러한 조건을 염두에 두고 '삼학도 전설'의 증거물을 유달산 일원으로 한정하여 후보 지역을 찾아보면 크게 두 가지로 압축된다.

하나는 유달산 중턱에 있는 사찰인 달성사의 '옥정(玉井)'이라는 샘이다. 이 우물은 전설 속의 세 처녀가 이곳에서 물을 길었다는 이야기가 전해 오고 있는 곳이다. 또한, 근처에 선비가 수도하기 좋은 장소인 '미륵불' 암각 바위가 있는데, 세 처녀가 타고 가는 배를 향해 선비가 여기서 활을 쏘았다는 이야기가 전해 오는 곳이다. 이러한 점을 근거로 달성사 일원을 첫 번째 유력 후보 지역으로 상정해 볼 수 있다.

다른 하나는 일등바위 아래(해변 쪽)에 자리한 옛 절터이다. '대성전 터'라고도 하는 이곳은 사람들이 쉽게 찾을 수 없는 곳에 자리 잡은 공터로써 수도하기 매우 적합한 장소이다. 지하 석굴에 '향천정(香

까까머리 유년의 섬마을 사계

泉井)'이라는 샘이 남아 있다. 또한, 그 근방에 비를 피하여 좌선하기 좋은 조그만 동굴과 '약수정(藥水井)'이라는 샘터의 흔적이 남아 있어서 이 일대의 지형적 특성과 남아 있는 흔적을 근거로 두 번째 유력 후보 지역으로 상정해 볼 수 있다.

　그러면, 이제 본격적으로 '삼학도 전설'의 증거물을 찾아 발걸음을 옮긴다. 삼학도 전설의 이야기 중에 우리가 중점을 두고 찾아야할 증거물은 세 처녀가 물을 길었다는 샘, 선비가 수도하고 있었다던 곳, 그리고 선비가 활을 쏘았다는 장소 등이다. 이제 우리가 찾는 삼학도 전설의 증거물은 명확해졌다. 현장 답사 전 찾아본 문헌자료에서도 목포의 유달산 자락에 자리 잡은 '달성사'가 가장 유력한 후보 지역이었다. 우리는 일단 그곳을 향해 발걸음을 재촉한다.

　먼저, 우리는 달성사에 도착하여 세 처녀가 물을 길었다는 샘 '옥정(玉井)'을 찾는다. 때마침 달성사의 보수 작업으로 주위가 혼잡스러워 '옥정'을 찾기가 쉽지 않다. 우리는 달성사의 부속 건물에 들어가 도움을 청한다. 한 젊은 청년이 나와서 '옥정'을 보러 왔냐며 친절히 안내해 준다. 말투가 조리 있고 박식하다 했더니 그 청년은 달성사 보수 작업의 관계자란다. 삼학도 전설의 증거물로 언급되는 '옥정'은 지금 보수 작업 중에 있는 달성사 극락보전의 왼쪽에 자리

잡고 있다. 현재는 절을 보수하는 작업이 한창이라서 철판으로 덮어 놓았는데 살짝 열어 그 안을 들여다보니 정말 아찔하다.

처음에 암굴 30척이라는 말을 들을 때는 실감하지 못했는데 직접 샘 속을 들여다보니 끝이 보이지 않을 정도로 깊은 우물이다. 그 깊이가 자그마치 지하 10m가 넘는다고 한다. 바위산 중턱에서 까마득히 깊은 샘을 보게 되어 마냥 신기하다. 모두 현기증을 느끼며 샘에서 떨어져 있는데 캠코더를 들고 촬영하는 박 선생님은 '옥정'을 실감 나게 찍어야 한다며 두려움도 잊은 채 얼굴을 샘 안에 넣고 한참 동안 촬영 중이다.

다음으로, 우리는 선비가 수도했다는 곳과 활을 쏘았다는 장소에 찾아가 보기로 한다. '옥정'을 안내해 준 그 청년의 도움을 받아 전설 속의 수도 터('미륵불' 암각 바위 아래)와 활터(연무정 주변)로 추정되는 곳으로 가는 길의 여기저기에 방치되어 놓여 있는 탑신과 탑갓을 본다.

까까머리 유년의 섬마을 사계

이제 삼학도를 한눈에 조망하기 위해 유선각(遊仙閣)으로 향한다. 흐린 날씨 탓에 선명하게 볼 수는 없으나 눈앞의 바다 위에 떠 있는 삼학도의 모습을 볼 수 있어 다행이다. 우리 모둠은 삼학도를 배경 삼아 단체 사진을 찍는다.

다만, 한 가지 아쉬운 점은 부족한 시간 때문에 '삼학도 전설'의 증거물로 언급되는 두 군데 후보 지역 모두를 찾아가 보지 못한 채, 유달산 달성사 부근의 '옥정', '수도 터', '활터'만 찾아보고 돌아가야 한다는 점이다. 이번에 찾아보지 못한 다른 후보 지역은 다음 기회에 찾아보기로 하고 발걸음을 돌려 유달산을 내려온다.

유달산을 내려오는 도중에 목포 시민의 노래라고 불리는 「목포의 눈물」 노래비 주변을 둘러본다. 노래비 주위의 스피커에서는 가수 이난영의 노래가 반복 재생되어 흘러나온다. 마침 이곳을 지나가던 할아버지 한 분이 멈추어 서더니 "됐다. 그만 불러라." 라고 해서 한바탕 웃음바다가 된다.

우리는 유달산을 내려와 목포에서 맛집으로 소문난 '○○횟집'에 들러 때늦은 점심을 먹는다. 식탁에 놓인 민어회와 매운탕의 맛이 환상이다. 아마도 입안에서 살살 녹는다는 표현은 이럴 때 쓰는 것이 아닌가 싶다. 점심을 맛있게 먹고 식당을 나와 광주로 돌아오는 차 안에서 이번 답사에 대한 각자의 소감을 차례로 말해 보는 것을 끝으로 현장 답사의 일정을 마무리한다.

2.

마음 편지

썰물

비 내리는 부두에 서서

항행기(航行記)

화순 할머니

여명의 노래

고사목(枯死木)

봄 마중

여름 봉하에서

기도 나무와 집돌

오월의 산

儒達心(유달심)

貴子送軍(귀자송군)

막내에게 부치는 인터넷 편지

썰물

선창가 물이끼 말리는 썰물
썰물 재촉하는 소용돌이의 심장에
조약돌 던지는 해동(海童)
녀석의 가냘픈 복수를
맹렬한 물굽이로 삼켜 버리는 바다 물결

비바리 누이의 소달픈 음성
끊긴 저 바다에
구슬피 울며 나는
갈매기의 고적한 비가(悲歌)

한 송이 국화꽃 띄우고
흐느끼는 할머니
그 눈가를 응시하는
녀석의 초롱한 눈망울에
물질 나간 누이는 보이지 않았다

인적 끊긴 바닷가
누이의 손길이 머물던
바닷속 깊은 여 사이로
검푸른 해초만이 나부끼고 있었다

까까머리 유년의 섬마을 사계

저 멀리 흘러가 버린

갯물 사이로

앙상한 이빨 드러낸 간조(干潮)여

외딴 섬 소년의

가슴속 옹이 진 사연을

정녕 씻어갈 수는 없단 말이냐

1983년 9월

외딴 섬마을 선창가에서

비 내리는 부두에 서서

비 내리는 부두에 서서
휘몰아치는 폭풍우와
일렁이는 성난 파도를
피할 겨를도 없이
묵묵히 그리고 처연히
야윈 의지가 받아들인다

흠뻑 젖은 몸뚱이로
망루의 파수꾼처럼 서서
칠흑의 밤바다를
점점이 희미한 불빛 출렁대며
항구, 항구로 다가오는
만선의 조각배를 위하여
가슴 뜨거운 노래를 부른다

온종일
청량한 빗줄기가
목마른 대지를 일깨우고
간헐적으로 비추는 햇살이
땅으로 뿌리로
소리 없이 스미어
생명의 숨결을 북돋운다

까까머리 유년의 섬마을 사계

이 비 그치고
어느 날엔가
바닷가 피어 사는
해당화 시든다 해도
우리들의 가슴 속에 피어나는
순수를 향한 뜻결은
과목의 열매처럼
하루하루 소담스럽게 익어 가리

1984년 8월
여름날 비 내리는 바닷가 부두에서

항행기(航行記)

부두는 오가는 뱃길로 바빠라
때 이른 새벽녘
만선의 귀항을 꿈꾸는
회심의 뱃고동 메아리칠 제,
굳센 밧줄 같은 신앙을 위해
다가올 만선의 추진력으로
소용돌이 들녘에
선미(船尾)의 키는 춤춘다

아아, 유년의 순수는
남빛 바다에
잿빛 물그림으로 아롱지는데
속 모르는 포말(泡沫)은
부끄러운 속살인 양
하얗게 지우고 또 지워 버린다

허기진 심장에 일렁이는
유랑의 피
이제 그만 잠재우고
황량한 물굽이 속 플랑크톤의
자유를 배우리라 바다여

까까머리 유년의 섬마을 사계

멀리서

만선을 예보하는 갈매기들의

노랫소리 들려오고

에메랄드빛 맑은

우리의 어장이 보이는 날

굳센 신념으로

영롱한 반도의 등대를 바라보리라

1984년 11월

시하 바다를 건너며

화순 할머니

억새풀 사이로
작은 무덤 하나
혈혈단신 뉘라서 여기 묻혔을까
담배 연기
심연의 한복판으로
처량히 날아간다
득량집 아들은
서울 가서 출세하여
돌아왔다는데
남광주시장 모퉁이에 앉아
해종일 산나물 몇 단 팔고 가는
화순 할머니
주름진 눈가에
바람 따라 하늘나라 간 아들
환영이 지나갔다
속 모르는 초록빛 스텔라는
두 눈을 번뜩이며 질주하였고
순진한 광주천도
말없이 흐르고 있었다
네온사인 화려한
충장로는 모른다

싸이키 깜박이는

환락의 미소는 더더욱 모른다

화순 할머니의 흐르지 않는 눈물을

1988년 2월

남광주시장에 행상 나온 화순 할머니를 바라보며

여명의 노래

먼 데서
여명(黎明)이 시작되고 있다
날마다 신앙처럼 찾아오는
천진스러운 붉은 노을을 보라
세상 모든 어둠을
한 가슴속에
너그러이
너그러이
묻고 사는
어머니 미소 같은
태양이 되리
언제나처럼 묵묵히 밝아 오는
새날을 위하여
참고 또 기다리며
긴 밤을 이겨 낸
우리들의 영혼
이 눈부시게 맑은 진리 속에
정화하자

1991년 2월
산정(山頂)에서 떠오르는 아침 해를 보며

까까머리 유년의 섬마을 사계

고사목(枯死木)

비탈진 산등성이
무리 지어 선 야윈 고사목
장구한 세월을 지나오며
넘어지고 또 썩어
흔적조차 잃어버리기에는
차마 그럴 수 없는
슬픈 역사가 있다

철 따라 폭풍우의 시련을
벌거벗은 몸뚱어리로
아스라이 이겨 내고
골짜기 회회 바람 속에
서러운 넋 달래는 너
저승길보다도 더 강한 운명이어라

어쩌면 머언 옛날에
세상을 등졌을지 모른다.
북풍한설 휘몰아치는
섣달 그믐밤에도
절개 의연한
죽어서 더 고운
선조들의 피와 넋이 스며 배인
아름드리 고사목

어이 하리야
너의 근원이 묻힌 그 땅은
한스러운 비수가 꽂히고
사십여 해를
쇳물 배인 철조망이 지켜 온
망각의 땅
나무야
육신은 사라져 없으리로되
혼만은 기억하며 그리워하자

까까머리 유년의 섬마을 사계

훗날 철조망이 걷히고

끊어진 산맥이 다시 이어지면

흰옷 입고

삐비꽃 피는 언덕에 올라

한라에서 백두까지

메아리치도록 목놓아 불러 보자

한겨레를 축복하는 환희의 노래를……

1986년 2월

휴전선 동부 지역 어느 철책선에서

봄 마중

시골집 돌담 사이로
찔레꽃 살구 향내 그윽한
옛 추억이 흐르고
소꿉친구 그리움이 밀려오는
봄날의 품속으로
꿈결같이
소풍을 떠납시다

야윈 대지를
초록으로 살찌우는
풀싹들의 가녀린 속삭임
밤이 깊도록
사랑 찾아 노래하는
멧새들의 세레나데
설레는 가슴에 대고
어서 오라고 손짓하는
순결한 계절의 길목으로
봄 마중 갑시다

까까머리 유년의 섬마을 사계

꽃바람 부는 들길에는

흰나비 너울너울 춤추고

참꽃 울긋불긋 수줍게 인사하는

산마루 너머로

초가집 마당가 포란(抱卵)하는

어미 닭의 졸음

이 훈훈한 계절을 따라

차디찬 마음을 녹이며

거닐어 봅시다

1991년 4월

어느 봄날 고향의 들길을 거닐며

여름 봉하에서

당신은
보물 같은 귀염둥이 손녀를 남겨 두고
산새처럼
훌쩍 날아가 버렸습니다

당신은
치욕스러운 고통을 말할 수 없어
저 멀리서 바라보기만 하던
비겁한 우리를 두고
바람처럼
가뭇없이 떠나가 버렸습니다

"미안해하지 마라."
"누구도 원망하지 마라."
"운명이다."
당신이 남기고 떠난
한 마디 한 마디는
문학이요 철학이며 역사입니다
진정 당신은 살아 있는 성인이었습니다

까까머리 유년의 섬마을 사계

당신이

침묵으로 우리들의 가슴에 새긴

강철 같은 믿음과 가치를

이제는 알겠습니다

죽는 날까지

흔들리지 않는 양심으로

언제 어디서나

당신을 잊지 않겠습니다

2009년 07월

김해시 진영읍 봉하 마을에서

기도 나무와 집돌

유달산에는 기도 나무와 집돌이 있다
삼각 사각으로 나란히 자리 잡은 돌을 밟으며
굴참나무 앞에 선다
집돌은 다섯 살 둘째가 지었다
기도 나무는 사십의 아빠가 지었다
여기에는 부자(父子)의 정이 있다

기도 나무에는
늙으신 어머님을 향한 소원
첫째를 위한 소원
둘째를 위한 소원
특별한 소원 셋이 있다

기도 나무에는
아내와 형제자매를 위한 기원
일가를 향한 기원
내가 아는 모든 이를 위한 기원
일상의 기원 셋이 있다

오늘도

집돌은 산길에 비스듬히 누워

아빠와 아들을 텔레파시 되어 잇는다

기도 나무는 길가에 우뚝 서서

나의 소원들, 기원들을 묵묵히 듣는다

유달산에는 기도 나무와 집돌이 있다

여기에는 나의 사랑과 그리움이 있다

유달산에는

지상과 천상을 이어 주는

나만의 우주 나무와 정겨운 집돌이 있다

2019년 04월

어느 휴일 아침에 유달산 등산로에서

오월의 산

푸르름이 짙어가는 오월
햇살 따사로운 산에는
앙증맞은 풀꽃 잔치가 한창이다
녹색의 수목들이 내뿜는 산 내음에 취해
산길 바윗돌에 앉아
머언 바다 바라다보면
무념-무상-(無念-無想-)

말하고 싶다
꼭 전하고 싶다
이 맑은 산의 정성스러운 초대를
사랑하는 가족과
소중한 사람들과
도란도란 담소하며 거니는
보약 같은 오월의 산

까까머리 유년의 섬마을 사계

어릴 적

보슬비 갠 뒤

고향집 초가지붕 처마 끝에

방울방울 맺히던 빗방울처럼

내 머리카락 끝에는 땀방울 맺힌다

이따금씩 들려 오는

산새들의 노래도 정겨웁다

사랑이 피어나고

마음이 정결해지는

향기 품은 오월의 푸른 산

일상에 지친

우리들의 심신을 어루만지며

용서와 의욕을 북돋우는

녹음 짙은 오월의 산에

꼭 한 번은 올라보라

2020년 5월

신록이 짙어가는 오월의 산길에서

儒達心(유달심)

空天黑雲滿(공천흑운만) 텅 빈 하늘에는 먹구름만 가득하고

世上眞不通(세상진불통) 세상에는 진실이 통하지 않는구나.

此山無言生(차산무언생) 이 산은 말없이 살라 하고

彼海作文生(피해작문생) 저 바다는 글이나 쓰며 살라 하네.

2003년 10월

흐린 가을날 유달산 이등 바위에서

까까머리 유년의 섬마을 사계

貴子送軍(귀자송군)

　春山草木滿開花(춘산초목만개화)　봄 산의 풀과 나무에 꽃이 활짝 피었는데

　貴子送軍母悲鳴(귀자송군모비명)　귀한 아들을 군에 보내고 어머니는 슬피 운다.

　無事除隊積功德(무사제대적공덕)　무사히 제대하도록 공덕을 쌓으며

　日日爲子願願天(일일위자원원천)　날마다 아들을 위하여 하늘에 빌고 또 빈다.

♣ 2019. 04. 공군 훈련병 입영 행사장에서 격려사를 하며 눈물짓던 어느 훈련병 어머니의 가슴 절절한 심려와 사랑하는 막내아들을 입대시키고 홀로 집으로 돌아오는 육백 리 길에서 느낀 울적하고 공허한 마음을 가눌 길이 없어 이 한시를 써 본다.

2019년 04월
공군 훈련병 입영 행사장에서

막내에게 부치는 인터넷 편지

[1]

사랑하는 내 아들 막내야 보아라.

훈련소에서 보내온 우편물은 잘 받았다. 우편물을 열어 보니 입대할 때 입고 갔던 옷가지며 소지품 등이 들어 있어서 정말 우리 막내가 군에 간 것이 실감이 난다. 낮에 잠깐 했던 짧은 통화 중에는 자세히 묻지 못했는데 감기는 좀 나았는지 모르겠다. 아프면 혼자 참지 말고 조교님이나 소대장님한테 증상을 말하고 의무대에 가서 진료 후 약 받아먹기 바란다.

돌이켜 보면 태어나서 입대 전까지 엄마의 보살핌 속에서 지내다가 갑자기 군에 들어가 엄마와 연락조차 되지 않아서 많이 답답했을 것이라고 생각한다. 하지만 지금은 어차피 군에 입대하여 훈련받고 있으니 마음을 담대하게 먹고 긍정적인 생각으로 동기들과 서로 도와 가며 훈련 잘 받기 바란다. 힘든 훈련소 시절이 지나고 보

까까머리 유년의 섬마을 사계

면 훗날 진한 추억으로 남을 것이다. 35년 전 강원도 최전방 부대로 입대한 아빠도 그랬다.

사실, 군 생활이 많이 어색하고 적응되지 않겠지만 빨리 익숙해지도록 네가 생각을 바꾸어 군 생활의 규칙이나 방식을 능동적으로 받아들이고 따르기 위해 노력하기 바란다.

막내야, 노랫말처럼 젊은 날의 꿈이라고, 바다같이 넓고 큰 사나이의 기상으로 훈련소 생활을 돌파하는 강한 아들이 되어라. 그래서 퇴소식 때 몰라보게 듬직해진 우리 아들을 만날 기대감으로 5월 17일 퇴소식을 아빠도 손꼽아 기다리겠다. 그리고 엄마 걱정은 조금도 하지 마라. 아빠가 잘 보살피고 신경 쓸 테니까.

엄마, 아빠가 매일 매일 인터넷으로 우리 아들을 만나러 갈게. 잘 참아 내면서 훈련받기 바란다. 아빠가 많이 많이 사랑한다.

2019. 04. 27. (토)오후에 아빠가.

[2]

지금 밖에는 봄비가 속살거리며 내리고 있다. 지난 4월 15일 사랑하는 아들과 헤어지고 돌아오면서 느낀 울적한 마음을 한시로 적어 보았단다. 아빠는 우리 막내를 가슴 깊이 사랑한다. 막내야, 너의 영특한 지혜와 굳센 의지로 훈련 잘 이겨 내기를 바라고 또 바란다. 오늘도 사랑하는 내 아들을 만날 기대감으로 5월 17일 퇴소식을 손꼽아 기다린다. 우리 막내를 향한 아빠의 사랑과 그리움을 담아 썼으니 한 번 읽어 보아라.

貴子送軍(귀자송군)

春山草木滿開花(춘산초목만개화) 봄 산의 풀과 나무에 꽃이 활짝 피었는데,

貴子送軍母悲鳴(귀자송군모비명) 귀한 아들을 군에 보내고 어머니는 슬피 운다.

無事除隊積功德(무사제대적공덕) 무사히 제대하도록 공덕을 쌓으며

日日爲子願願天(일일위자원원천) 날마다 아들을 위하여 하늘에 빌고 또 빈다.

나의 귀하고 소중한 아들아. 가슴 깊이 사랑한다.

2019. 04. 28. (일) 밤에 아빠가.

[3]

이제 훈련소 생활 3주차에 접어들었는데 잘 적응하고 있는지 모르겠다. 단순하게 생각하고 훈련소 규칙과 생활 방식에 빨리 적응하기 바란다.

2002년 네가 다섯 살 무렵 아빠랑 함께 유달산 다니던 때를 기억하는지 모르겠다. 오늘은 네 어린 시절 아빠와의 추억이 서려 있는 유달산 기도 나무와 집돌을 찾아가 보았다. 그런데 참 신기한 것은 『한 그루 나무처럼』(윤대녕)이라는 수필 속에 아빠랑 너랑 유달산 다니던 때의 기도 나무와 너무도 흡사한 내용이 나온다는 것이다. 그래서 마음먹고 우리 막내를 생각하며 아빠의 사랑과 그리움을 담아 시 한 편을 써 보았다. ○○○성당 카페에 올려놓을 테니까 읽어 보아라.

막내야, 짧지 않은 군 생활이 네가 마음먹기에 따라 힘들 수도 있고, 그렇지 않을 수도 있다고 생각한다. 우리집 장식장 유리 아래에 넣어 둔 "一切唯心造(일체유심조, 모든 것은 내 마음먹기에 달려 있다)"를 항상 마음에 새기고 군 생활을 잘 견디내며 돌파하기를 바란다. 항상 하는 말이지만 기왕 군 생활에 임하는 것이니까 제대하는 그날까지 어디서든 무사히 그리고 건강하게 군 생활을 마치겠다는 단순한 생각으로 임하기를 바란다. 한 가지 더 당부하고 싶은 말은 앞으로도 군 생활 동안 수많은 사색의 시간이 주어질 텐데 엄마나 가족 등 주변 생각에만 몰두해서 세상을 좁게 생각하지 말고 넓게 바라보는 안목을 키우기 바란다.

참, 인터넷 편지로나마 훈련받고 있는 우리 막내를 위해 응원해 준 네 고등학교 친구들, 여자 친구처럼 능청 떨었던 동아리 선배, 그리고 대학 선후배들 모두가 아빠는 너무나 고마웠단다.

서로 마주 보면서 말하거나 전화로 주고받는 대화여야 하는데, 인터넷에 편지를 써서 전하는 소통이다 보니 많이 답답하게 느껴질 것이라고 본다. 아빠, 엄마도 답답하다. 자기 말만 쓰거나 무작정 읽으며 소통하니 말이다. 하지만 하루하루 지나다 보면 5월 17일 퇴소식이 가까워진다고 생각하며 답답해도 참고 이겨 내라. 엄마, 아빠는 기본 군사훈련단이나 ○○○성당에서 촬영하여 올려놓은 네 사진들 우리집 컴퓨터에 내려받아 놓고 퇴근해서나 집에 있을 때 자주 보며 지낸다. 늘 힘내고 매사에 최선을 다하는 믿음직한 아들로 성장하기를 마음 모아 기원한다.

사랑한다. 생각만 해도 가슴 먹먹한 내 아들아.

2019. 04. 29. (월) 저녁에 아빠가.

[4]

오늘 훈련은 잘 받았냐? 지금이 오후 6시니까 석식 시간쯤 되겠구나. 밥 많이 먹고 힘내자. 참, 오늘 진주 날씨를 보니 낮 기온이 24도까지 올라간다고 하던데 훈련받기에 조금 덥지 않았나 싶다. 기본 군사훈련 기간 5주 중에서 3주차 수요일이니까 이제 반이 지났고 남은 훈련 기간이 날마다 줄어드는 쪽으로 향해 간다. 아마 모르긴 몰라도 기본 군사훈련만 끝나면 군수학교 특기 교육은 조금 덜 힘들지 않을까 생각한다. 적응도 지금보다는 더 빠르게 될 것이고 말이다.

항상 하는 말이지만 지금의 신병 훈련 기간 중에 겪게 되는 힘겨움과 시련을, 미래의 네 삶에서 맞이할 여러 가지 고난에 대한 예행연습이라고 생각하고 너그러운 마음으로 참고 이겨 내기 바란다.

막내야, 너도 그렇겠지만 엄마, 아빠는 사랑하는 우리 막내를 군에 보내놓고 한시도 잊지 않고 늘 생각하며 무사히 훈련 잘 받기만을 빌고 있단다. 너를 위한 엄마, 아빠의 기도와 사랑이 항상 너에게로 텔레파시 되어 이어져 있다고 굳게 믿어라. 장산에 계시는 할머니께서도 우리 막내가 아무 탈 없이 훈련 잘 받으라고 항상 기도하신단다. 그러니 담대한 마음으로 즐겁게 이겨 내라.

아빠가 가슴 깊이 사랑한다. 내 아들 막내야.

2019. 05. 01. (수) 저녁에 아빠가.

[5]

막내야, 오늘 훈련은 잘 받았냐? 너의 각오처럼 "참고 이겨 내면, 이 또한 지나가리라."라는 말을 되새기며 인내하기를 바란다. 네가

까까머리 유년의 섬마을 사계

지금 힘든 군사훈련을 받고 있기에 아빠도 하루하루를 좀 더 성찰하고 노력하며 지내는 것이 아빠로서 할 수 있는 너에 대한 작은 도리가 아닐까 생각해 본다. 그래서 네가 군 생활 마칠 때까지 항상 아빠도 힘든 일이나 어려운 일을 피하지 않고 적극적으로 맞서 이겨 내려고 한다. 이렇게 매사에 임하는 것이 힘든 군 생활하는 우리 막내한테 조금이나마 덜 미안할 것 같고, 내 아들을 위해 공덕을 쌓는 일이라고 생각해서이다.

아빠가 토요일에 장산에 갔다가 늦게 도착해서 어제는 인터넷 편지 쓰지 못했다. 그제 통화한 엄마한테 들으니 네가 한결 밝아진 것 같다고 해서 많이 다행이라고 생각했다. 감기도 다 나았고 게다가 힘든 훈련인 화생방과 사격 훈련이 끝났다니 참 다행이다. 막내야, 네가 사격을 아주 잘했다면서. 그러다가 스나이퍼 되는 거 아니여? 장하다 아들.

아빠가 장산 할아버지 산소에 가서 할아버지께 우리 막내 항상 지켜 주시고 보살펴 달라고 말씀드리고 왔다. 할머니도 잘 지내고 계신다. 집안 걱정은 말고 네 건강 잘 챙겨 가며 남은 훈련 잘 받기 바란다.

엄마, 아빠는 오늘이 대체 공휴일이라서 직장에 가지 않고 쉬고 있는데 너는 훈련받고 있는지 모르겠구나. 요즘은 군대 밥도 많이 좋아졌다는데 끼니때마다 남기지 말고 든든하게 먹어야 힘이 난다. 아마도 기본 군사훈련은 육해공군 모두 똑같은 패턴으로 이루어질 것이므로 예상컨대 이제 4주차이니 유격 훈련이나 행군이 남았겠구나. 다소 힘들 테지만 이번 주만 잘 참고 이겨 내면 다음 주는 퇴소식이 있는 주이니까 용기 내어 잘 극복하기 바란다. 너도 그렇겠지만 아빠도 5월 17일 퇴소식이 많이 기다려진다. 이제 얼마 남지 않았으니까 힘내서 훈련 잘 받고 시험 공부도 열심히 해서 좋은 결과 얻도록 하자.

아빠는 이 세상에서 우리 막내를 가장 많이, 최고로 사랑한다.

2019. 05. 06. (월) 저녁에 아빠가.

[6]

지금이 오후 7시 무렵이니까 지금쯤 석식 시간이 끝나 가겠구나. 아마 밤 10시 점호 시간 전까지는 휴식 시간인지 아니면 야간 훈련이 또 있는지 모르겠구나. 오늘 엄마랑 유달산에 등산 다녀왔다. 아빠 혼자 갔으면 기도 나무랑 집돌이랑 있는 곳에 찾아가서 너와의 추억을 되새겨 보려고 했는데 그러지 못했다. 나중에 혼자 갈 때는 꼭 그곳에 찾아가서 우리 막내와의 추억을 소환해 보련다.

엄마는 지금 카페에 가서 교재 연구한다고 나갔고, 아빠 혼자 집에서 저녁 먹고 네가 생각나서 인터넷 편지 쓴다. 날마다 힘든 훈련 받으면서도 저녁에 엄마 아빠가 써 놓은 인터넷 편지 읽는 즐거움으로 참아 내고 있으리라 생각하니 저절로 컴퓨터 앞에 앉게 된다.

막내야, 아빠는 그동안 사색하고 연구하면서 써 놓은 글들을 선별하고 모아서 책을 한 권 써 보려고 한다. 물론 여기에는 아빠가 우리 막내를 그리워하며 쓴 글도 실릴 것이다. 혹시 네 생각에 아빠가 아재 같다고 비웃을지 모르겠구나. 하지만 사람마다 그때그때 달성하고자 하는 삶의 목표가 있게 마련인데 아빠는 그동안 써 놓은 글들이 아빠의 삶의 궤적 같기도 해서 이것들을 선별하고 정리해서 한 권의 책으로 엮어 보려고 한다.

까까머리 유년의 섬마을 사계

너무 아빠 얘기만 해서 미안. 참 행군할 때 물집이 생기거나 발톱이 아플 수 있으니까 발톱은 이 편지 읽은 후 바로 짧게 자르고 행군 당일 출발 전에 보송보송한 양말로 갈아 신고 군화 착용해라. 그리고 수통에 물을 채워 갈 텐데 소금을 약간 넣어 저은 후 갈증 날 때마다 조금씩 마시면 될 것이다. 그리고 유격 훈련은 육체적으로 힘이 많이 들 테지만 길어야 하루 이내에 끝나니까 참고 이겨 내라.

이번 4주차 훈련만 잘 이겨 내면 다음 주에는 퇴소식이니까 힘내자. 퇴소식 날 스마트폰 충전해서 가지고 갈 테니까 그렇게 알고 있어. 10시까지는 도착할 수 있도록 막둥이 삼촌이랑 일찍 출발할게.

항상 정겨운 미소로 사람을 끌어들이는 마력의 사나이, 내 아들아. 사랑한다.

2019. 05. 07. (화) 밤에 아빠가.

[7]

오늘은 무슨 훈련 받았냐? 어제 엄마가 밴드를 통해 보여 줘서 알았는데 힘든 유격 훈련받았다고 하더라. 수고했다. 화생방 훈련과 유격 훈련이 끝났으니 사실상 힘든 훈련은 행군만 남았구나. 이제 1주일 정도만 지나면 기본 군사훈련도 모두 끝나겠구나. 그리고 어버이날 기념으로 연병장에 모여 '어버이 은혜' 노래 합창하는 동영상도 보았다. 누가 누군지는 모르겠고 노랫소리만 우렁차게 들리더라. 이 목소리 중에 우리 막내 목소리도 있겠다 생각하니 뭉클해지더라.

참, 오늘은 마음먹고 집돌이랑 기도 나무를 찾아서 유달산에 갔다. 해상케이블카 공사 때문에 평소 다니던 등산로를 막아 놓아서 돌아가야 했지만, 너와 아빠의 17년 전 추억을 소환하러 일부러 찾아가서 사진도 찍고 기원도 빌고 왔다. 오늘 찍은 집돌 사진 ○○○ 성당 카페에 올려놓을 테니까 보아라.

산에 갔다가 집에 들어오는데 우편물함에 네가 보낸 군사우편 편지가 와 있어서 반갑게 읽어 보았다. 근데 4월 27일 쓴 편지가 5월 8일에 도착하다니. 어디 외국에서나 보내온 편지처럼 많이 늦었더라. 오늘 편지 쓰면 퇴소식 이후에나 도착하겠으니 이제는 손편지 쓰지 마라.

그런데 편지 읽어 보니까 '엄마어천가'더라. 아빠가 매일 사랑하는 마음을 듬뿍 담아 인터넷 편지 써 보내도 어디 동네 아저씨가 위문편지 써 보낸 것처럼 무덤덤하고? 아무 감흥도 없고? 아빠는 안중에도 없는 것 같아 섭섭하이. 흐흐흐! 농담이당께~. 아무튼 우리 막내가 많이 적응된 것 같아서 참 다행이고 아빠 마음이 놓이는구나! 사랑한다. 아들아. 오늘은 이만 줄이고 내일 또 보자.

2019. 05. 08.(수) 저녁에 아빠가.

[8]

오늘이 5월 9일 목요일이니까 내일만 꾹 참고 훈련받으면 다음 주는 진짜 퇴소식이 있는 5주차구나. 오늘 퇴근하면서 우편물함에 배달된 두 번째 군사우편 편지가 도착해서 읽어 보았다. 엄마는 야자 임장이라서 네 편지를 사진 찍어서 보냈다.

며칠 내내 신경이 쓰였던 감기도 다 나았고 눈병도 나았다니 정말 다행이다. 어디 다른 데 아픈 곳은 없는지 모르겠다. 군 생활 동안에는 자기 스스로가 몸 관리를 잘해야 한단다. 아프면 누가 가족

까까머리 유년의 섬마을 사계

처럼 보살펴 줄 사람도 없고 말이다. 사격 훈련에서 백발백중의 실력을 발휘했다니 장하다. 막내가 전생에 주몽의 친척이었을까? 근데 그 실력 인터넷 게임으로 익힌 것 아니여? 게임 전용 노트북까지 가지고 평소에 연마해서 사격 실력이 그렇게 좋은가? 아무튼 잘했다. 그리고 아빠 생각은 웬만하면 자대 배치는 집에서 가까운 곳으로 선택했으면 한다. 집에 오는 것도 가깝고 면회도 쉽게 갈 수 있을 테니까 말이다. 서울은 휴가 때에 'SRT' 타고 얼른 다녀오고 하면 되지 않겠니?

　이제 1주일만 있으면 우리 막내를 볼 수 있겠구나! 다시 감기 안 걸리게 조심해라. 요새 감기가 다 나았다가 다시 걸리기도 하더라. 손발 잘 씻고 개인 위생관리도 잘하기 바란다. 그리고 남은 1주 동안 동기들하고도 잘 지내라. 입대 동기들과 함께 동고동락하며 힘들게 보낸 5주간의 훈련소 생활이었기에 퇴소식 후 각자 자대 배치 받아 헤어질 때는 많이 서운하고 섭섭한 심정이 들 것이다.

　사랑한다. 지혜로운 내 아들아. 아빠가 엄청 많이 사랑하고 그리워한다.

2019. 05. 09. (목) 저녁에 아빠가.

[9]

　오늘은 며칠 전처럼 엄마랑 함께 유달산에 등산 다녀왔다. 너는 ○○○성당 갔다가 왔겠구나. 막내야, 토요일 전화 목소리 들어 보니까 감기가 재발한 것 같던데 가능하면 자주 따뜻한 물을 마셔 주고 잠잘 때는 목을 감싸줘야 빨리 낫는다. 오늘이 일요일이니까 다음 주 금요일까지는 5일 남았구나. 네가 많이 좋아하는 '○○○치킨'이랑, 'ㅇㅇㅇㅇ 햄버거'는 아침 일찍 출발해야 해서 식어 버리니까 퇴소식 후 집에 오는 길에 진주에서 사 먹을 수 있도록 하자.

지금까지 힘든 훈련은 다 끝났는지 모르겠다. 각개 전투랑 행군이랑 정도가 남았을 것 같은데 남은 훈련 힘내서 잘 받고 금요일에 기쁘게 만나도록 하자. 아빠가 막둥이 삼촌이랑 일찍 출발해서 퇴소식 행사에 늦지 않게 도착하도록 할게.

막내야, 언제 어디서든 항상 네가 있는 곳에서 스스로 즐거움을 찾고 빨리 적응하는 지혜로운 사람이 되어라. 기나긴 인생을 살아가다 보면 수많은 시련과 역경에 부닥치게 될 것이므로 군 생활에서 경험하는 부자유, 규칙 준수 등을 능동적으로 받아들이고 극복하는 끈기를 키우기 바란다. 이렇게 자신을 단련하면서 군 생활을 마치게 되면 세상 그 무엇이라도 두렵지 않은 강한 자신감이 생긴단다.

사랑하는 내 아들, 막내야. 아빠가 잔소리처럼 항상 하는 말이지만 자기 자신을 잘 경영하는 사람이 어른이 되어서도 성공한 인생을 살아갈 수 있다는 점을 명심하고 언제 어디서나 자신을 잘 관리하기를 바란다.

사랑한다. 언제나 당당한 기품이 느껴지는 내 아들아. 오늘은 이만 줄인다.

2019. 05. 12. (일) 저녁에 아빠가.

[10]

오늘 훈련은 무슨 훈련받았고 힘들지는 않은지 궁금하구나. 지금이 오후 6시 30분이니까 한창 즐거운 석식 시간이겠구나. 우리 막

까까머리 유년의 섬마을 사계

내를 만날 날이 이제 4일밖에 안 남았구나! 3일만 참고 훈련받으면 퇴소식이다.

참, 내일 5월 14일이 우리 막내 생일인데 생일상도 못 차려 주고 축하도 못 해 줘서 어쩌냐? 기분 꿀꿀해도 참아라. 금요일에 만나서 못 챙겨준 생일 축하해 줄게. 너도 알다시피 군 생활의 최대 단점이 개인적인 자유가 없다는 점 아니겠니? 하지만 군 생활 동안에 자신을 강한 사람으로 단련해 나가겠다고 마음먹고 지낸다면 더없이 좋은 수련의 시간이 되지 않을까도 생각해 본다. 지금의 군 생활처럼 이십 대 젊은 날에 겪어 보는 시련이 네 삶의 큰 밑천이 될 것이라고 확신한다. 하루라도 더 살아 본 아빠의 경험치에서 나온 말이므로 새겨서 들었으면 한다.

이제 ○○○성당에는 가지 않겠구나. 아빠가 잘은 모르겠으나 ○○○성당 사람들 특히, 네가 기도하는 사진 찍어 올려 주신 성당 관계자님이 너무너무 고맙더라. 왜냐하면, 너도 많이 힘들었을 것이고 엄마 아빠도 힘든 2주차에 사진으로나마 우리 막내를 만날 수 있도록 해 주셔서 정말로 고마웠단다. 이 편지 쓰면서 마지막으로 ○○○성당 카페에 들어가서 고마운 말씀 짤막하게 남길란다.

막내야, 너는 사람들에게 항상 너를 사랑하게 하는 묘한 매력을 가지고 있듯이 너도 다른 사람들에게 호감을 줄 수 있도록 언제나 언행을 바르고 곱게 하도록 노력해라. 그래야 너의 복록이 쌓여서 엄마 아빠에게도 신의 은총이 내린단다. 명심해라.

사랑한다. 보고 싶은 내 아들아.

2019. 05. 13. (월) 저녁에 아빠가.

[11]

○○○성당 관계자분들, 정말 고맙고 감사합니다.

저는 신병 *대대 *중대 *소대 *** 다비드 훈련병 아버지 박정호입니다.

지난 4주 동안 제 아들과 여러 훈련병에게 큰 위로와 격려가 되어 주셨던 점 진심으로 머리 숙여 감사의 인사 올립니다. 자식을 군에 보내 놓고 마음 졸이며 노심초사하는 부모들을 위해 훈련병 한 명 한 명의 사진을 찍어 올려 주셔서 너무 감사했습니다. 그 사진 보면서 안심하고 마음 편히 지내고 있습니다. 그리고 제 아들이나 훈련병들에게도 입대하여 갑자기 가정과 사회에서 격리되어 느끼는 공허감 내지는 상실감이 컸을 1주 차, 2주 차에 큰 위안과 용기가 되어 주셨던 점 다시 한번 고맙고 감사드립니다.

이제 제 아들이 속한 기수가 5주 차 훈련이므로 이번 주 금요일에 퇴소식을 하면 성당에 가지 않겠다 싶어서 서면으로나마 지난 4주 동안 제 아들과 훈련병들에게 베풀어 주신 고마움에 꼭 인사드리고 싶었습니다.

○○○성당 관계자분들 모두 항상 건강하시고 소원 성취하시기를 마음 깊이 기원합니다. 정말로 고마웠고 감사했습니다. 안녕히 계십시오.

*** 다비드 훈련병 아버지 박정호 배상

2019. 05. 13. (월)

까까머리 유년의 섬마을 사계

3.
유년의 섬 살이

어머니의 한평생을 돌아보며

까까머리 유년의 섬마을 사계(四季)

섬마을 전래 한국 전통 음식 만들기 초간단 비법

어머니의 한평생을 돌아보며

지금 창밖에는 장대비가 요란하게 쏟아지고 있다. 어릴 적 비 오는 날이면 가끔 어머니께서 만들어 주시던 밀문지(밀가루 부침개)가 오늘따라 그리워진다. 사랑방 서재에 앉아 요란한 빗소리를 들으며 고향 섬마을에 홀로 계시는 늙으신 어머니를 생각해 본다. 일평생을 하루도 변변히 쉬는 날이 없이 농사일과 품팔이에 전전하며 고단하게 살아오신 내 어머니가 한없이 가여워진다. 내년이면 팔순의 연세에 들어서는 내 어머니의 인생은 말 그대로 파란만장한 삶 그 자체였다. 나는 이 책을 통해 내 어머니의 인생을

까까머리 유년의 섬마을 사계

소중하게 간직하고 오래도록 기억하기 위해 그분의 지난 삶을 반추해 본다.

목수 일을 하셨던 외할아버지 슬하의 십 남매 중 맏딸로 태어나 어려서는 집안 살림을 돕느라 학교 문턱에도 가 보지 못한 채, 오직 외가의 농사일과 집안일에만 매달려 어린 날을 분주히 살아오셨다. 어머니께서는 혼기가 되어 인근 마을의 가난했던 선친과 혼인하여 슬하에 우리 오 남매를 두셨다. 해마다 농번기에는 논밭의 농사일과 농한기에는 바다에 나가 김 양식을 하며 자나 깨나 가계 부흥을 위하여 피땀을 흘리면서 모진 고생을 감내해 오셨다. 부모님의 이런 헌신적인 노력의 결과로 1970년대 우리집은 염전을 소유하고 적잖은 전답을 장만해서 동네에서 손꼽히는 넉넉한 가정이 되었다.

그런데 호사다마라고 할까? 근동에서 사람 좋고 인정 많기로 둘째가라면 서러운 선친께서 여기저기 빚보증을 많이 섰고, 이로 인해 결국은 빚보증의 채무를 고스란히 떠안게 되어 피땀 흘려 장만

한 문전옥답을 비롯해 많은 가산을 하루아침에 잃어버렸다. 엎친 데 덮친 격으로 많은 소금을 생산하던 염전마저 큰 태풍으로 제방이 붕괴·유실되어 조수 간만에 따라 바닷물이 드나드는 갯벌 지대로 변해 버렸다. 즉, 염전으로써의 기능을 완전히 상실해 버린 것이다. 하지만 누구보다도 강인하고 심지가 곧으신 내 어머니께서는 연속된 엄청난 시련에도 굴하지 않고 다시금 가계를 부흥시키기 위해 허리띠를 졸라매셨다. 그리고 가정 살림에 보탬이 되는 일이라면 피하지 않고 매일같이 갯벌에 나가 칠게를 잡아서 파는 일에서부터 공사장 막일까지도 마다하지 않은 억척스러움으로 목포에 주택을 장만하는 등 기어이 집안 살림을 다시 일으켜 놓으셨다.

한편, 당시 선친께서는 빚보증에 따른 채무 변제와 태풍으로 인한 염전 붕괴로 상심이 크셨던지 강술로 나날을 버텨 오시면서 가정불화를 일으켜 어머니와 잦은 부부싸움을 하셨고 얼마 지나지 않아 건강이 극도로 나빠져서 갑자기 작고하시고 말았다.

홀로 동분서주하며 자식들 뒷바라지며 고된 집안 살림을 꾸려 오면서 오십도 되지 않은 젊은 나이에 남편과 사별하고 의지할 곳 없이 삼십 년을 묵묵히 인내하며 살아오신 내 어머니의 인생 앞에 나는 깊은 감사와 무한한 존경밖에 달리 표현할 말이 없다. 어머니, 그토록 고된 삶의 무게를 홀로 견

까까머리 유년의 섬마을 사계

디시며 저희 오 남매를 낳고 키워 주셔서 가슴 깊이 감사드리고 존경합니다. 그리고 사랑합니다.

선친이 돌아가신 후에도 어머니께서는 농사일을 포기하지 않은 채 홀로 논밭을 일구고 경작해 오셨다. 특히, 농사일 중에 남성들의 영역이라고 할 수 있는 쟁기질, 써레질, 지게질 등의 힘든 일을 여자의 몸으로 감당하면서 농사를 지어오신 여장부이셨다. 이렇듯 고단한 어머니의 한평생을 곁에서 지켜보며 성장한 나이기에, 한눈팔겨를도 없이 평생토록 묵묵히 인내하며 살아오신 어머니의 근면한 삶은 자연스레 내 인생의 이정표로 자리 잡게 되었다.

이토록 모진 삶을 오직 자식들을 위해 견뎌내고 이겨 낸 어머니의 숭고한 희생이 주마등처럼 머릿속을 스쳐 지나가며 눈시울을 뜨

겹게 한다. 평생을 한결같이 자신에게는 엄격하게 채찍을 가하면서 남에게는 쌀 한 되라도 나누며 베푸는 인정으로 살아오신 어머니의 그 진실한 삶이, 많이 부족하지만 나를 가르치고 키워 낸 무언의 스승이 아니었나 생각해 본다.

우리 오 남매 모두가 어느덧 40, 50대 나이로 장성했는데 어머니는 아직도 내어 줄 것이 남았는지 자식들 먹이겠다고, 주겠다고 철 따라 제철 먹거리들을 찾아 밭으로, 산으로, 바다로 나가 손수 장만해서 보내 주시고 계신다. 이 세상에 오직 한 분뿐인 생각만 해도 가슴 뭉클한 내 어머니, 당신의 자식 사랑과 정성에 만분의 일이라도 보답해 드려야 하는데 이때까지 자식된 도리를 다하지 못하고 있어서 마음이 무겁고 죄송스러울 따름입니다.

언제나 모든 것을 아낌없이 내어 주시는 어머니의 사랑과 헌신 앞에 다시 한번 가슴 깊은 감사와 존경을 표하며 나만의 '기도 나무'에 간절히 기원해 본다.

"천지신명이시여! 저의 특별한 소원 한 가지를 꼭 들어주십시오. 제 어머니가 구순 이상 건강하게 오래오래 살게 해 주시고, 여생 동안 하는 일마다 순조롭게 이루어지도록 항상 지켜 주시고 보살펴 주시옵소서."

그동안 바쁘다는 핑계로 찾아뵙지 못하다가 엊그제 잠깐 시간을 내어 어머니께서 홀로 계시는 고향 섬마을에 다녀왔다. 이제는 연로하셔서 섬에 혼자 사시는 것이 많이 불편할 것이므로 도시로 가서 우리와 함께 살자고 했더니 한사코 손사래를 치면서 마다하신다. 나날이 늙어 가시는 어머니의 모습을 뵈면서 진정으로 할 수만 있다면 무심히 흐르는 저 세월을 큰 바위 자락에 단단히 묶어두고

까까머리 유년의 섬마을 사계

싶을 뿐이다. 집으로 돌아오는 길에 차창 밖으로 손 내밀어 쥐어 본 어머니의 거칠고 야윈 손이 내내 잊히지 않아 안쓰럽고 가슴이 아팠다. 말로는 이루 다 표현할 수 없는 그토록 고되고 험한 일들을 마다하지 않은 채, 일평생을 자식만을 위해 참고 또 참으며 희생해 오신 내 어머니의 인생을 그 무엇으로 보상할 수 있을까?

지금 이 순간 진심 어린 하늘의 편지를 땅속으로 전하는 창밖의 빗물처럼 나도 어머니께서 살아 계시는 동안 더 늦기 전에 모든 정성과 마음을 다해 봉양해 드릴 것을 다짐한다. 이것만이 훗날 자식으로서 가지는 회한을 조금이나마 줄이는 것임을 마음속으로 되뇌어 본다.

까까머리 유년의 섬마을 사계(四季)

   사람은 나이가 들어갈수록 어린 날의 향수를 추억하며 산다고 한다. 이제 나도 꽤나 많은 나이를 먹어 버렸고 다시는 돌아갈 수 없는 어릴 적 고향 생각에 언제부턴가 가슴 한구석이 텅 빈 것 같은 허전함을 느끼곤 한다. 내가 밥벌이하는 일이 문학 작품을 가까이하는 일이어서인지는 몰라도 작품 속의 인물이 살아가거나 회상하는 유년의 고향 이야기가 내 향수심을 자극하는 촉매제가 되지 않았나 싶다.

   내 기억 속에 켜켜이 쌓여 있는 어릴 적 고향 섬마을에서의 정겨웠던 추억들을 회상하며 그 허전함을 달래 본다. 지금은 모두 사라지고 내 기억 속에만 오롯이 남아 있는 6070 유년의 섬 살이 사계(四季)에 대한 추억 되새김을 통해 마음으로나마 그 정겨움을 곱씹어보고 싶다. 또한, 지난날 섬마을 벽지에서 고단한 삶의 끈을 부여잡고 억척스럽게 살아왔던 섬사람들의 강인한 생활력과 그 삶 속에

면면히 흐르는 섬마을 전래의 민속을 더듬어 보기 위하여 시간 여
행을 떠난다.

♣ 진달래 피고 산새 우는 봄에는

(보리밟기/ 쥐불놀이/ 국민학교 입학/ 지네 잡이/ 돌무덤/ 보리 탈곡/ 모내기/ 초근목피/ 구호물자/

학교 운동회)

▶보리밟기

해마다 봄이 찾아오면 들판의 보리는 겨우내 눈 서리를 맞으며
얼었다가 녹았다가를 반복하여 뿌리가 들떠서 생장에 큰 지장을 받
았다. 해빙기에는 겉흙을 눌러 주어 보리 뿌리가 잘 내리도록 그루
터기를 밟아 주어야 했다. 드넓은 논밭에서 자라는 보리의 그루터

기를 하나하나 사람이 발로 밟아 주는 일은 여간 공력이 많이 드는 일이 아니었다. 내 고향에서는 돌덩이를 둥글게 깎고 다듬어서 만든 다짐 롤러를 멍에를 씌운 소에 매달아 눌러주었는데, 이런 모습은 그 시절 이른 봄의 보리밭 여기저기서 흔하게 볼 수 있었던 광경이었다. 이때 소를 끄는 일은 대개 어린아이들의 몫이었고 나도 우리집 보리밭을 다지는 보리밟기 일에 한몫을 거들었다.

▶쥐불놀이

정월 대보름 무렵 큰 동네 상점 주변에 버려진 캔류의 빈 깡통을 주워다가 못으로 구멍을 뚫어서 불통을 만들고 그 속에 장작을 잘게 쪼개어 담고 불을 지폈다. 이른 저녁을 먹고 동네 아이들과 함께 삼삼오오 무리를 지어 벌겋게 타는 불통을 돌리며 텅 빈 논두렁과 신작로를 달리던 야경은 제법 장관이었다. 한참 동안의 불놀이가 끝나고 논두렁 여기저기에 난 쥐구멍을 찾아 불통 속 시뻘건 숯덩이를 밀어 넣어 쥐를 쫓아내면 어른들은 날이 샌 이른 아침부터 논둑을 보수하여 한해의 농사를 준비하는 일로 바빴다. 이것이 내가 어릴 적 섬마을에서 해왔던 쥐불놀이이다.

▶국민학교 입학

1971년 봄이 시작되는 삼월, 나는 얼떨결에 국민학교에 입학하고 말았다. 우리 동네에는 내 또래 아이들이 여럿 있었는데 나보다 한 살 많은 사촌 누나를 입학시키러 가는 외숙모의 손에 이끌려 입학식에 따라가게 되었다. 그런데 그 자리에서 나도 형, 누나들과 함께 가슴에 손수건을 달고 선생님이 하나둘 하면, 셋 넷을 외치는 국민

학생이 되어 버렸다. 지금 생각해 봐도 어처구니없는 내 학교생활의 출발은 이렇게 시작되었다. 그때도 요즘처럼 여덟 살이 되면 국민학교에 입학하는 것이 보통이었는데 나는 취학 통지도 받지 못한 채 얼떨결에 입학해 버린 것이었다.

어른들의 전언에 따르면 그때 나는 같은 학년 아이들보다 나이도 한 살 어렸고 키도 작았지만 아주 똘망똘망해서 학교생활에 잘 적응했다고 한다. 이렇게 시작된 나의 학교생활은 아직도 또렷하게 기억하는 1학년 ○○○ 담임선생님의 격려와 보살핌 덕분에 재미나고 즐거운 나날의 연속이었다. 지금 내가 아이들을 가르치는 교사의 길을 걷고 있는 것도 이때의 담임선생님에게서 받은 뜻깊은 감화와 소중한 가르침에서 싹튼 것이 아니었을까 생각해 본다. 이런 까닭에 나는 국민학교 1학년 때 담임선생님을 평생 잊지 못할 나의 영원한 스승으로 기억하며 존경하고 있다.

▶지네 잡이

봄이 한창인 사오월에는 사나흘 걸러 비가 내렸고 산천초목은 앞다투어 푸른 풀빛으로 옷을 갈아입었다. 이 시기 섬마을 아이들은 아침 일찍 일어나 등교하기 전까지 집 뒷산에 올라가 한방 약재로 쓰이는 지네를 잡아다가 팔았다. 산에 올라가 한두 시간 정도 지네를 잡기 위해 바쁘게 돌아다니다가 집으로 돌아와 허겁지겁 아침을 먹고 나서 책보를 둘러메고 등교했었다. 학교가 끝나고 집에 돌아오면 곧장 또 산에 올라가 해 질 무렵까지 이 산 저 산을 옮겨 다니며 지네 잡이에 여념이 없었다. 해 질 무렵 동네 아이들은 집으로 돌아오는 길에 산 아래 넓은 바위 자락에 앉아 잠깐의 휴식을 즐기

며 자기가 잡은 지네의 마릿수를 세어 서로에게 알려 주었는데 간
혹 백여 마리 넘게 잡은 아이도 있었다.

학교에 가지 않는 휴일이면 지네 잡이 나온 아이들로 산속이 북
적였고, 이 산 저 산에서 아이들의 웅성거리는 소리가 온종일 끊이
지 않았다. 지네를 잡다가 가끔 실수로 손가락을 물리게 되면 지네
가 내뿜은 독(毒)으로 인해 상처 부위가 무척 따갑게 아려 왔고 퉁퉁
부어올랐었다. 이때 지네한테 물린 상처 부위에 곧장 오줌을 누어
아린 통증을 가라앉혔다. 참 신기하게도 물린 상처 부위에 오줌을
누고 나서 한 5분쯤 지나면 통증이 말끔히 사라졌다. 나중에 안 사
실이지만 산성인 지네의 독이 염기성인 암모니아에 중화되어 아린
통증이 사라졌던 것이다.

산속 너덜 지대의 돌덩이나 자갈을 파헤쳐 가며 잡아 온 지네는
작은 것은 이십 원, 큰 것은 오십 원에 지네 수집상에게 팔려 나갔
다. 그 시절 지네 잡이는 섬마을 아이들에게 쏠쏠한 용돈 벌이의 수
단이었고 꽤 큰돈을 모으게 해 준 고마운 일감이기도 했다. 이렇게
지네를 잡아 모은 용돈은 봄 한 철 내내 학교 앞 상점에서 구워 팔
았던 풀빵을 사 먹는 데에 요긴하게 쓰였다. 밀가루 반죽을 빵틀에
붓고 약간의 팥소를 넣어 즉석에서 구워낸 따뜻한 풀빵이 그때는
어찌나 맛있었던지 정말 꿀맛이 따로 없었다. 아아, 그 시절 가난했
던 섬마을 동무들 생각에 가슴 한구석이 애잔하게 저며온다.

▶돌무덤

봄날 지네를 잡기 위해 이 산 저 산을 옮겨 다니다 보면 간혹 햇
볕이 잘 들지 않는 후미진 곳에 자리 잡은 한 무리의 돌무덤을 만나

까까머리 유년의 섬마을 사계

게 되었다. 그때 돌무덤을 지나는 동안 무서워서 어린 마음에 가슴이 콩닥거리고 머리끝이 서는 오싹함을 느꼈었다. 지난날 섬마을에서는 어린 아이가 죽으면 돌무덤을 써서 망자를 떠나보냈던 전래의 풍속이 있었다. 돌무덤은 일가친척 몇 사람이 캄캄한 밤에 잔명을 살다간 아이의 시신을 거적에 싸서 지게 지고 가 산 속에 매장하고 돌로 쌓아 이승을 떠나보냈다. 문득 "어린 딸은 도라지꽃이 좋아 돌무덤으로 갔다"라는 백석 시인의 시구가 떠오른다. 아이를 잃은 부모 중에는 상명지통(喪明之痛)으로 한동안 식음을 전폐하다가 병 져 눕기도 했다. 나는 죽은 자식을 가슴에 묻은 부모의 애끓는 심정을 보고 자라면서 어린 나이에 이미 망극한 사별의 고통을 알아 버렸다. 그 시절 산속 후미진 곳에서 어렵지 않게 볼 수 있었던 돌무덤이 이제는 산림이 울창해지고 더러는 개발로 인해 훼손되어 그 형체를 찾아보기가 어려워졌다. 해가 갈수록 옛사람들의 전통이 깃들어 있는 소중한 민속 문화가 하나둘씩 사라져가고 있다는 생각에 마음 한구석이 허전하기만 하다.

▶보리 탈곡

내가 기억하는 1960~1970년대의 늦봄은 농부들에게 한해 농사일에서 가장 바쁜 농번기였다. 보리 수확과 모내기를 연이어서 해내야 하는 눈코 뜰 새 없이 바쁜 시기였다. 봄이면 섬마을 학교에서는 농번기 방학을 하여 아이들의 작은 일손이나마 농사일에 보태도록 했었다. 이때 보리를 탈곡하는 기계였던 커다란 원동기는 힘센 장정 네 사람이 겨우 목도질을 하여 밭에서 밭으로 옮겨 다녔는데 철없는 아이들은 그 뒤를 따라다니는 것이 마냥 신나고 즐거웠다.

둔탁한 기계음을 내며 끊임없이 도는 원동기를 식히는 냉각수가 펄펄 끓을 때 쇠꼬챙이에 일렬로 끼워서 익혀낸 포슬포슬한 햇감자를 어른들 곁에서 얻어먹는 맛이란 꿀맛과도 같았다. 아이들은 보리 탈곡이 끝난 밭에 산처럼 높게 쌓인 밀짚 더미를 헤집고 들어가 그 속에 서너 평 남짓의 방을 만들어 놓고 모여 앉아서 수다를 떨며 놀았다. 이렇게 수확한 겉보리는 마당에 멍석을 깔고 펼쳐 말린 후, 동네 정미소에서 세 번의 도정(搗精) 과정을 거치면 보리쌀이 완성되었다. 이때 도정 과정에서 나오는 희끄무레한 보릿가루를 체로 걸러서 사카린 녹인 물을 붓고 반죽하여 가마솥에서 쪄낸 개떡은 그 시절 봄철 간식거리로 으뜸이었다.

▶모내기

봄철 가장 중요한 농사일은 모내기였다. 모내기 준비는 황량한 논바닥을 갈아엎는 쟁기질로부터 시작되었다. 돌이켜보면 논갈이 쟁기질은 소나 사람에게 무척 고된 일이었다. 마른 땅을 가는 밭갈이보다 물기를 머금은 땅을 가는 논갈이가 배는 힘든 작업이었다. 그 시절 목에 멍에를 짊어지고 채찍을 맞아가며 쟁기를 끄는 어미 소의 수고는 안쓰럽기 그지없었다. 늦은 봄 본격적인 모내기 철이 시작되면 논에 물을 가두고 다시금 논갈이 쟁기질과 논바닥을 평평하게 고르는 써레질을 하여 모내기 준비를 마쳤다. 모내기는 논둑 양편에서 못줄을 잡는 이가 옮겨 잡아 주는 못줄에 따라 무논에 모를 한 포기 한 포기씩 심어 냈다.

품앗이 나온 동네 아낙네들은 온종일 몸을 'ㄱ'자로 구부린 채 육자배기 가락에 맞추어 노동요를 불러가며 고된 모심기에 여념이 없

까까머리 유년의 섬마을 사계

었다. 이토록 억세게 살아온 순박한 섬마을 아낙네들에게 깊은 존경과 감사를 전하고 싶다. 당신들이 있었기에 내 유년의 추억이 풍성하게 남을 수 있었다고……. 그날 모를 내는 집에서는 모내기에 참여한 아낙네들과 그 식솔들에게 대접할 음식을 며칠 전부터 푸짐하게 장만했었다. 점심은 논가의 들판에서, 저녁은 모를 내는 집 마당에서, 흡사 잔칫집처럼 모내기에 참여한 모든 이들이 모여 앉아 왁자지껄하게 떠들어대며 정겹고도 즐거운 식사를 즐겼다. 비록 가난했을지라도 섬마을 주민들은 내 일, 남의 일을 가리지 않고 오손도손 서로 도와가며 정겹게 살았다. 봄밤 모내기가 끝난 무논에서 들려오는 개구리들의 현란한 합창과 산속 뻐꾹새 울음소리가 화음을 이루어 고단한 농촌 마을을 곤히 잠들게 했었다.

▶초근목피

봄철 농가 여느 집에서나 마찬가지로 군것질거리가 귀했던 섬마을 아이들에게 들판의 삐비꽃은 훌륭한 요깃거리였다. 냇가 둑길이나 밭둑에서 자라는 삐비꽃은 꽃잎이 잎사귀 밖으로 피어나오기 전에 꽃 대롱을 한 주먹씩 뽑아 쥐고 잎사귀를 벗겨가며 속꽃잎을 까먹었다. 또, 이때쯤 산에 올라가 새로 돋아난 참솔 가지의 끝을 꺾어 솔잎을 떼어 내고 껍질을 벗긴 다음 겉껍질 안에 들어 있는 속껍질을 벗겨 먹으며 허기를 달래기도 했다. 아직 잔설이 남아 있는 산자락을 더듬어서 칡넝쿨을 찾고 괭이로 땅을 파내어 캐 먹었던 칡은 달콤하고 쌉쌀한 맛이 한참 동안 입안에 여운처럼 남았었다. 얼마나 오래도록 씹고 또 씹었던지 다음날에는 이가 아파서 다른 음식을 씹어 먹는 것이 무척 힘들었다. 이야말로 교과서 속에서나 들어 보았던 춘궁기 초근목피(草根木皮)의 한 장면이 아니었나 싶다. 나보다도 앞선 세대들이 유년기에 겪었을 배고픔에는 비할 바가 못 되지만 1960년대에 경험했던 내 어린 날은 여러모로 부족하고 허기진 삶이었음도 부인할 수 없다.

▶구호물자

그 시절 배고팠던 아이들의 허기를 달래 주었던 선물 아닌 선물은 서양의 잘사는 나라에서 보내온 구호물자였다. 국민학교에서 배급해 주었던 하얗고 큰 건빵과 싯누런 가루우유는 말 그대로 섬마을 아이들의 배고픔을 달래 주던 최고의 구호품이었다. 불현듯 아련한 추억이 떠올라 눈시울을 뜨거워진다. 그 당시 나는 국민학교에서 4교시가 끝나면 플라스틱 대접에 한 그릇씩 나눠 준 건빵을 부스러기나 깨진 것만 골라 먹고 온전한 것은 책보에 싸서 집에 있는 어린 동생들에게 가져다주었다. 그런데 항상 하굣길이 두렵고 조마조마했었다. 학교에서 우리집까지는 큰 동네를 지나쳐 가야 했다. 그 동네의 길목을 지키고 서 있던 힘세고 짓궂은 아이에게 우리 동네 아이들은 책보를 수색당해 동생들에게 주려고 아껴가는 건빵을 빼앗기곤 했다. 어느 날은 건빵을 다 빼앗기지 않으려고 몇 개를 옷 속 허리춤에 넣어 가는 꾀를 써서 마의 고개를 넘기도 했다. 생각해 보면 요즘 말로 참 웃픈 어린 날의 추억이다.

▶학교 운동회

봄철 농사일의 절정인 모내기가 끝나면 섬마을 사람들 모두가 한자리에 모여 즐기던 학교 운동회가 성대하게 열렸다. 학교 운동장

까까머리 유년의 섬마을 사계

에는 형형색색의 만국기가 나부꼈고 하얀 운동복 차림의 아이들은 저마다 머리에 청군과 백군을 상징하는 머리띠를 두른 채 자기네 편이 이길 것이라는 천진난만한 승리 다툼을 벌였다. 아침 일찍부터 운동장 가의 목이 좋은 자리에 전을 펼친 행상들은 풍선, 장난감 말, 솜사탕, 아이스케끼 따위를 차려 놓고 아이들의 주머니 속 코 묻은 용돈을 호시탐탐 노렸다.

며칠 전부터 어린 마음을 들뜨게 했던 학교 운동회 날에는 학생, 학부모, 선생님을 비롯해 섬마을 주민들 모두가 참여하여 다채로운 운동 경기와 장기 자랑을 즐겼다. 특히, 4인 1조로 이루어진 여러 무리가 우레와 같은 함성을 지르며 대결하는 청백 기마전의 포효 소리가 아직도 귓가에 쟁쟁하게 들려 오는 듯하다. 점심때가 되면 마을별로 모여 집마다 푸짐하게 장만해 온 맛있는 음식들을 교실이나 학교 주변 나무 그늘 밑에 펼쳐 놓고 나누어 먹으며 잠시나마 주어진 망중한을 즐겼다. 돌이켜보면 그 시절 학교 운동회는 섬 마을 대동 잔치였다. 어릴 적 늦은 봄 벼가 쑥쑥 자라고 논에서 뜸 북새가 처량하게 울어대면 나는 내게서 멀어져 간 것들에 대한 사무치는 그리움으로 밤잠을 설치곤 했다.

♣ 마당가 모깃불 타오르는 여름에는
(저수지 멱감기/ 물놀이 사고/ 꼴 먹이기/ 야구 놀이/ 열무김치와 꽁보리밥/ 철 나무 준비/ 뱃머리 마중 가기)

▶저수지 멱감기

무더위가 기승을 부리는 여름이면 아이들은 냇가나 저수지에서 헤엄치며 노는 멱감기를 가장 좋아했다. 우리 동네 뒷산에는 일 년 내내 마르지 않고 펑펑 샘솟는 물줄기가 있었다. 이 물을 가두어 사용하기 위하여 일제 시대에 쌓아 만든 커다란 저수지는 마을의 자랑거리이기도 했다. 무더운 여름날 동네 아이들은 밥때를 제외하고 줄곧 저수지에서 살다시피 했다. 매일 같이 저수지 물속에서 놀던 아이들은 형, 언니들에게 자연스럽게 수영을 배웠다. 이렇게 익힌 수영 실력은 폭이 넓고 유속이 빠른 바다의 갯골에서도 능수능란하게 헤엄쳐 건너다니는 여유를 갖게 했고 물에 대한 공포심도 잊게 만들어 주었다. 요즘 도시 아이들은 수영을 생존 능력을 기르는 안전 교육으로 실내 수영장에서 강습을 통해 배우지만, 그 시절 섬마을 아이들은 여름날 저수지 물속이나 바다의 갯골에서 헤엄치며 놀다가 스스로 수영 실력을 갖추게 되었다. 말하자면 섬마을 아이들의 수영 실력은 여름철 물놀이가 키워 준 셈이다.

▶물놀이 사고

어릴 적 저수지 물놀이에 얽힌 아찔한 기억은 아직도 뇌리에 생생하다. 열 살 무렵 여름방학 때 일어난 사고였다. 마을에 저수지가 없어 우리 마을로 물놀이를 오곤 했던 이웃 동네 아이들과 편을 갈라 신나게 물싸움을 즐기던 중이었다. 아이들은 상대편을 향해 물을 뿌리고 괴성을 지르며 한바탕 신나게 놀고 있었는데 갑자기 한 아이가 두 마을의 수영 시합을 제안했다. 수영 시합은 마을 대표로 뽑힌 아이들 간의 일대일 승부로 정해진 목표 지점까지 헤엄쳐 먼저 도착한 아이가 승리하는 방식이었다.

두 번째 대결의 출발 시작과 함께 앞으로 힘차게 헤엄쳐 나가던 이웃 마을 아이가 깊은 수심의 반환점 부근에서 갑자기 허우적대며 물속으로 잠겨 들어가는 것이었다. 주변에서 헤엄치며 다음 차례를 대기하고 있던 우리는 물속에 빠진 아이를 구하기 위해 알몸 상태로 허겁지겁 저수지 둑에 올라가 동네 어른들에게 목청껏 물놀이 사고를 알렸다. 때마침 해군에서 휴가를 나와 있던 동네 형이 달려와 사고지점을 몇 차례 자맥질한 끝에 물에 빠진 아이를 건져 냈다. 그리고는 곧바로 무릎 위에 엎어서 몸속의 물을 빼낸 후 심폐소생술을 시도한 끝에 서서히 호흡이 돌아와서 천만다행으로 소생하게 되었다. 지금 다시 생각해도 그때의 물놀이 사고는 아찔하기만 하다.

▶꼴 먹이기

여름날 늦은 오후가 되면 십여 명 안팎의 까까머리 동네 아이들은 자기네 소를 몰고 동네 뒷산의 옛 말목장터로 하나둘씩 모여들기 시작했다. 말목장터는 조선 시대까지 이곳에서 말을 사육했다고 전해 오는 곳인데 산속에 돌담 울타리를 쌓고 드넓은 초지를 만들어 말을 키웠던 흔적이 아직도 남아 있다. 우리 속담에 "말은 나면 제주도로 보내고 사람은 나면 서울로 보내라."라는 말처럼 예부터 제주도는 말 목축의 전진기지였다. 또한, 제주도를 비롯한 서남해 도서는 말을 목축하기에 적합한 천혜 환경이었다는 사료(史料)를 보더라도 제주도 인근의 여러 섬에서 말 목축이 이루어졌음을 쉽사리 짐작할 수 있다. 넓은 목장 터에 소들을 풀어 놓고 아이들은 시원한 나무 그늘 밑에 앉아 이런저런 놀이를 궁리하기에 바빴다.

가장 흔한 놀이가 나뭇가지를 베어 윷을 만들고 편을 갈라서 윷놀이를 했는데 삼판양승의 윷놀이에서 진 편이 그날 꼴 먹이기의 궂은일을 도맡아야 했었다. 먼저 산 아래 밭에 내려가 옥수수, 콩, 고구마 등을 서리해 와야 했고, 해가 질 무렵에는 산속 여기저기로 흩어져 풀을 뜯는 동네 소들을 모두 찾아서 산속 놀이터까지 몰고 와야 했다. 한편, 이긴 쪽은 주변에서 마른 나뭇가지를 주워다가 모닥불을 피워 놓고 기다렸다가 진 편이 서리해 온 곡식을 모닥불에 구워서 나누어 먹으면 되었다.

오십 호가 넘은 마을에 어미 소는 예닐곱 마리 정도밖에 있지 않아서 농번기에는 논밭 갈이 쟁기질에 하루도 쉴새 없이 부려졌다. 어미 소는 사시사철 일품을 얻어 주인집에 모자란 일손을 보태어 주었는데 그 시절 어미 소는 농가의 권력이기도 했다. 소가 없는 집에서는 어미 소가 송아지를 낳으면 데려다가 이태를 키워 주고, 그 어미 소가 다시 새끼를 낳으면 송아지를 받아서 자기네 소로 키웠던 것이 내 고향 섬마을의 풍속이었다. 이제는 다시 돌아갈 수 없는 추억 속의 그 시절이 눈물 나게 그리운 것은 현재의 내가 그만큼 외롭다는 것이리라.

▶야구 놀이

고교 야구가 한창 인기를 끌었던 1970년대, 섬마을 아이들은 문명의 혜택과는 거리가 먼 존재들이어서 야구 놀이를 하게 되면 정구공 한두 개를 제외하고 배트나 글러브를 모두 아이들이 직접 만들어 사용했다. 배트는 곧게 자란 소나무를 베어 낫으로 깎아 냈고, 글러브는 화학 비료의 빈 포대를 가위로 잘라서 바느질로 꿰매어 만들었다. 야구 놀이는 동네에 학교 운동장처럼 넓은 공터가 없어서 주로 염전에서 하곤 했다. 아이들이 뛰놀던 염전은 소금을 생산하는 소금밭과는 멀리 떨어진 곳의 마른 땅인데 아이들은 여기서 편을 갈라 야구 놀이를 즐겼다. 이때 아이들과 놀면서 익힌 야구 놀이 덕분에 내가 지금까지도 가장 좋아하고 잘하는 운동 종목이 야구이다.

그 무렵 나는 고교 야구 라디오 중계를 듣기 위해 성냥갑 크기의 트랜지스터 라디오를 항상 어깨춤에 끼고 다녔다. 이 순간 1979년 고교 야구 봉황대기 우승을 차지한 ○○상고 야구팀을 알리는 중계

캐스터의 다급하고 흥분된 목소리가 귓가에 들리는 듯하다. 그때부터 나는 야구광이 되어 버린 것 같다. 지금도 TV 야구 중계에 채널을 고정하고 몰입해 시청하다 보니 아내에게 자주 핀잔을 듣는다. 그 시절 야구 놀이를 하며 맨발로 염전을 내달리던 고향 동무들이 한없이 보고 싶다.

▶열무김치와 꽁보리밥

내 나이 열세 살 때 여름날의 일이다. 가끔 어머니와 누나는 농사일이 바쁠 때 일하느라 가족의 끼니를 챙기지 못하는 때가 있었다. 하루 내내 논밭에서 힘든 일을 하고 지쳐서 돌아올 가족을 위해 내가 조촐한 저녁 식사를 준비해야겠다고 마음먹었다. 아침 일찍 어머니가 텃밭에서 뽑아와 소금에 절여 놓은 열무를 깨끗이 씻어서 물기가 빠지게 장독대 위에 올려놓고 김칫소를 만들기 시작했다. 풋고추와 빨갛게 익은 고추를 반반씩 텃밭에서 따와 씻고 다듬어 절구통에 넣은 뒤 깐마늘 두 주먹, 밥 한 주걱, 새우젓 두세 숟가락을 넣고 절구질을 해서 김칫소를 만들었다. 이렇게 만든 김칫소에 물기가 빠진 절인 열무를 넣고 버무린 다음 마지막으로 통깨를 뿌려서 열무김치를 담가 냈다. 전에 어깨너머로 보았던 어머니의 김치 담그는 방법을 차근차근 떠올려 가며 열무김치를 완성해 냈다.

그때는 집에 냉장고가 없던 시절이었기에 열무김치의 신선도를 유지하기 위해 김치통에 줄을 매달아 우물 속에 띄워 두고 끼니때마다 꺼내어 먹었다. 다음으로 밥 짓기는 아침에 삶아서 식혀둔 보리쌀에 한 줌의 생쌀을 가마솥에 넣고 손등 높이 정도로 물을 부은 다음, 솥뚜껑을 닫고 이십여 분 아궁이에 불을 때면 고슬고슬한 밥

까까머리 유년의 섬마을 사계

이 완성되었다. 그 시절 섬마을 일반 가정에서는 삼시 세끼 모두를 쌀과 보리쌀을 넣어 밥을 지어 먹을만한 형편이 못 되었다. 그나마도 찰기가 없는 보리쌀만으로 꽁보리밥을 지어 먹었던 것이 다반사였다. 이렇게 밥이 완성되고 나면 앞마당 화덕 위에 양은 냄비를 올려놓고 된장 물을 풀어서 호박순, 감자, 마른 멸치, 풋고추를 적당히 넣고 된장국을 끓여 내면 조촐한 저녁 준비가 끝났었다. 이렇게 내가 차려 낸 저녁상을 마당 한가운데에 멍석을 깔고 쑥 향기 은은한 모깃불을 피운 채, 온 식구가 둘러앉아 도란도란 이야기꽃을 피워가며 먹었던 광경이 지금도 눈에 선하다. 그때 그 저녁밥은 이 세상 어디에서도 다시는 맛볼 수 없는 가장 정겨웠고 평화스러웠던 만찬으로 뇌리에 선명히 남아 있다.

▶철 나무 준비

여름의 끝자락 선선한 바람이 불어오기 시작하면 섬마을에서는 집마다 철 나무 준비에 여념이 없었다. 그 시절 벼 수확을 한 달가량 앞둔 조금은 한가한 시기에 겨우내 가정에서 사용할 땔감을 마련하기 위해 온 가족이 동원되었다. 산을 소유하고 있는 산주나 외지인의 산을 돌봐 주는 관리인은 자기네 산에서 소나무의 가지를 솎아 베거나 바닥에 쌓여 있는 솔가리를 긁어모아 철 나무를 준비했다. 하지만 산이 없는 사람들은 산밑이나 논밭 둑에서 길게 자란 풀을 베고 말려서 겨울 땔감용 철 나무를 마련했다. 이렇게 마련한 철 나무를 집까지 옮겨 오는 일도 만만치가 않았다.

아침저녁으로 온 식구가 동원되어 각자 감당할 만큼의 무게로 땔감을 이고 지고 집으로 옮겨 오는 수고를 며칠 동안 계속했다. 온 가족이 철 나무를 이고 진 채 산 아래 밭 둑길을 일렬로 걸어가는 모습은 마치 한 폭의 풍경화 속 장면과도 같았다. 요즘 우리네 가정집 보일러 난방이 주는 편리함과는 비교할 바가 못 되지만 그 시절 손수 땔감을 마련해 마당 한쪽에 높게 낟가리를 쌓아 두고 흡족해하셨던 아버지의 순박한 미소가 오늘따라 한없이 그립다. 늦여름 철 나무는 가정집 땔감 마련과 겨울철 산불 예방에 큰 도움이 되었고 건강한 산림 가꾸기에도 일조했다. 철 나무를 지고 꼬부랑 산길을 내려오다가 잠시 지게를 받쳐 두고 쉬면서 흥얼거렸던 「산바람 강바람」 동요가 생각난다.

"산 위에서 부는 바람, 서늘한 바람. 그 바람은 좋은 바람, 고마운 바람. 여름에 나무꾼이 나무를 할 때, 이마에 흐른 땀을 씻어준 데요. ~ ~ ~"

▶뱃머리 마중 가기

그 시절 고립무원(孤立無援)의 섬마을 가정에서는 한 철에 한 번 정도 육지에 나가 생필품을 구해 오곤 했다. 무더운 여름날 오후, 사내아이들은 빈 지게를 지고 구슬땀을 흘리면서 시오리가 넘는 신작로를 걸어서 육지에 다녀오시는 아버지, 어머니를 뱃머리까지 마중 나가 기다렸다. 신작로를 걸어서 마중 나갈 때 아이들은 행여나 검정 고무신이 닳을까 봐 매끈한 황톳길에서는 신짝을 벗어 손에 쥐고 맨발로 뱃머리까지 걸어가곤 했다. 어쩌면 그 시절 가슴 시린 가난이 오늘의 나를 키운 자양분이 되지 않았을까 생각해 본다. 정오 무렵 목포에서 출발한 목선 '미항호'가 해가 질 무렵에 겨우 도착하여 종선(從船)에 섬 승객들을 내려놓고 뱃고동을 울리며 다음 기항지를 향해 떠나갔다. 섬사람들은 육지에서 사 온 생필품을 양손에 들거나 머리에 이고 더러는 어깨에 멘 채 위태롭게 종선에 몸을 싣고 겨우 선창에 내렸다. 그런 다음 뱃머리에 마중 나온 저마다의 가족들과 함께 육지에서 구해 온 물건들을 서로 나누어 이고 지고 발걸음을 재촉하여 집으로 돌아가곤 했다. 지금 생각해 보아도 참 가슴 따뜻하고 그리운 광경이다.

♣ 신작로 고추잠자리 춤추는 가을에는

(잠자리 잡기/ 망둥어 낚시/ 농게잡이/ 낙지잡이/ 고둥잡이/ 해루질/ 벼 추수하기/ 샛노란 초가지붕/ 천렵 그리고 굴렁쇠 놀이/ 옷베 장수/ 헌석 먹기/ 새끼 돼지 열여섯 마리)

▶잠자리 잡기

가을이 찾아오면 여느 농촌과 다름없이 섬마을에도 활기가 넘쳤고 바닷일과 농사일로 분주했다. 작은 꼬마들은 뒷마당 울섶에 자라는 대나무를 베어서 쪼갠 다음 양쪽 끝을 노끈으로 묶어서 원형을 만들고 여기에 긴 대나무 가지를 단단히 묶어서 잠자리채를 만들었다. 그리고는 곧장 각자 만든 잠자리채를 들고 산에 올라 거미줄을 찾아 산속 여기저기를 돌아다니며 원형의 채에 거미줄을 여러 겹 입혔다. 이렇게 잠자리 잡을 준비를 마친 다음 코스모스가 흐드러지게 핀 신작로와 들녘을 신나게 내달리며 고추잠자리를 잡았다가 놓아 주며 놀았다. 선선한 바람이 귓가를 스치며 부는 가을날 오후에는 거미줄 잠자리채를 들고 저수지 물가를 돌며 왕잠자리(비행기잠자리)를 잡기도 했었다. 왕잠자리의 날개를 접어 어린 동생의 손가락 사이에 끼워주며 저수지 둑을 정답게 거닐던 그 시절의 동심이 마냥 그리워진다.

▶망둥어 낚시

머리가 좀 큰 녀석들은 곧게 뻗은 대나무로 만든 낚싯대와 찌그러진 노란 주전자를 손에 들고 썰물 때를 기다려 바다로 향했다. 썰물에 드러난 갯벌에서 갯지렁이 미끼를 잡아 마른 흙가루를 담은 미끼통에 넣고 들물이 시작되기를 기다렸다. 이내 들물이 시작되면 갯벌 위에 돌을 놓아 만든 노둣길을 걸어서 갯골 앞에 선 채 가을철 살이 통통 오른 망둥어 낚시를 즐겼다. 한 번에 두세 마리가 동시에 낚싯줄에 걸려 올라오는 손맛이란 낚시꾼만 아는 짜릿함이리라. 아이들은 실오라기 하나 걸치지 않은 알몸 상태로 따가운 가을볕

까까머리 유년의 섬마을 사계

을 받으며 망둥어 낚시에 집중하느라 시간 가는 줄을 몰랐다. 그리고 낚시를 하다가 더위가 느껴지면 갯골로 풍덩 풍덩 뛰어들어 마치 날렵한 수달처럼 능란하게 자맥질을 하면서 갯골 수영의 재미를 만끽했다. 배가 고파지는 늦은 오후쯤에야 갯골에서 망둥어 낚시를 마치고 바닷가로 나왔다. 아이들은 바닷가에 벗어 둔 옷을 입을 때 발가벗은 온몸이 까맣게 타서 서로를 쳐다보며 놀려대다가 옷을 입고 낚시도구를 챙겨서 집으로 돌아오곤 했다.

▶농게잡이

맨손으로 갯벌을 파가며 망둥어 낚시 미끼로 쓰이는 갯지렁이를 알맞게 잡은 다음 들물이 시작될 때까지 한참 동안 빨간 집게발이 선명한 농게를 잡았다. 가끔 사나운 집게발에 손가락을 물려 피가 나고 심한 통증이 찾아와 하늘이 노랗게 보일 때도 있었다. 농게는 썰물 때 따가운 햇볕을 받으며 갯벌 구멍에서 나와 갯등을 온통 붉게 물들였다. 잿빛 갯벌 위에 점점이 수를 놓은 듯이 빨간 집게발을 들고 위세를 뽐내고 서 있는 농게를 잡는 데에 아이들은 열심이었다. 농게는 조금만 다가가도 쏜살같이 구멍으로 들어가 숨어 버리는데 그 구멍에 어깨가 갯벌에 닿을 때까지 손을 깊숙이 밀어 넣어 농게를 잡아냈다.

▶낙지잡이

섬마을 아이 중에는 아버지에게서 낙지 잡는 기술을 전수받아 낙지잡이 솜씨가 꽤 좋은 아이도 더러 있었다. 갯벌 낙지잡이는 갯등 주변에 있는 낙지 숨구멍과 파랗게 달무리 진 낙지 배설물 구멍을 찾아서 삽으로 갯벌을 파내가면서 잡는 무척 힘든 작업이었다. 낙지를 잡을 줄 아는 아이는 기술을 발휘하듯 동무들 앞에서 갯벌을 파고 낙지 숨구멍에서 흘러나오는 갯물을 퍼내 가며 능숙하게 낙지를 잡아내는 시범을 보였다. 그러면 망둥어 낚시를 위해 들물을 기다리며 갯골에서 수영하던 아이들도 일제히 낙지를 잡는 아이에게 다가갔다. 그리고 숨죽인 채로 지켜보다가 마침내 긴 발을 늘어뜨린 낙지를 잡아내면 탄성을 자아내기도 했다.

▶고둥잡이

늦가을 바닷물이 많이 들고나는 사리 물때가 되면 아이들은 먼동이 트기 시작하는 이른 아침부터 노란 주전자를 하나씩 들고 해안을 따라 길게 이어진 갯바위로 고둥잡이를 나갔다. 사리 썰물 때에는 바닷물이 유난히 많이 빠져나가서 해안 갯바위 아래 속살이 확연히 드러났고 거기에 사는 고둥이며 소라며 돌게를 커다란 주전자가 넘치게 잡아 오곤 했다. 가끔 재수가 좋은 날에는 갯가 바윗돌 밑에 숨어 있는 어른 팔뚝만 한 크기의 씨알 좋은 붕장어를 잡아내기도 했었다.

▶해루질

어린 시절 내가 바다에서 경험했던 일 중에 가장 재미나는 일은 해루질이었다. 긴 막대 끝에 헝겊을 돌돌 말아 마치 성화봉처럼 횃불 봉을 만들고 여기에 석유를 적셔 불을 붙이면 밤바다를 대낮같이 밝히는 환한 횃불이 되었다. 캄캄한 밤이 되어 횃불을 들고 갯벌 지대에 나가 바닷물이 종아리 높이까지 차오를 때까지 한두 시간을 걸어 다니다 보면 바닷물 밖으로 낙지가 긴 발을 늘어뜨리고 나와 웅크리고 있었다. 이것을 망태기에 주워 담아 잡는 것이 해루질(해 낙지잡이)이었다. 그런데 해루질은 캄캄한 밤에 횃불을 들고 무작정 바다에 나간다고 되는 일이 아니었다. 여기에는 천체 운행에 따른 과학적 지식의 산물인 바다 물때를 꿰뚫고 있으면서 그날의 바람 세기, 밀물·썰물 시간, 일몰 시간 등 여러 조건을 고려하여 적당한 시기를 기다렸다가 바다에 나가야만 좋은 조황을 기대할 수 있었다. 가령, 가을철 물때로 보면 초저녁에는 조금 물때가 지나고 한 물때나 두 물때에, 새벽녘에는 조금 물때 이전인 대객기나 한객기 물때가 해루질의 적기였다.

▶벼 추수하기

가을이 무르익으면 섬마을 넓은 간척지에는 누런 벼 이삭이 수줍은 섬색시 마냥 일제히 고개를 숙이고 바람 따라 물결쳤다. 이때 섬마을 농부들은 이른 새벽부터 논으로 달려가 논둑 여기저기에 물꼬를 내서 무논의 물을 빼냈고 무쇠 낫을 갈아서 벼 베기를 준비하느라 여념이 없었다. 그 시절 농촌에는 요즘처럼 추수하기에 편리한 현대식 농기계라고는 아예 찾아볼 수가 없었고 추수의 모든 과정이 오로지 농부들의 수작업으로 이루어졌기에 그 시절 농부들의 고달픔은 말로 헤아릴 수 없이 컸다. 들판에 누렇게 익은 벼는 며칠 동안 온 식구가 힘을 합쳐 베거나 농가끼리 품앗이를 통해 벼를 베고 묶어 내는 일로부터 추수의 첫출발이 시작되었다. 말린 볏단을 논가의 너른 공터나 집 마당으로 옮겨와 한쪽 발로 탈곡기를 끊임없이 밟아 가며 낟알과 볏짚을 분리해 내는 형태의 탈곡이었다. 탈곡을 통해 수확한 낟알만 모아 마당에 멍석을 깔고 2~3일가량 말린 후 풍구를 돌려 쭉정이, 검불, 겨 따위를 걸러내고 마루 속 광이나 곡식 창고에 옮겨 놓으면 가을철 벼 수확은 마무리되었다.

▶샛노란 초가지붕
벼 수확철 탈곡하고 남은 부산물인 볏짚은 한 아름씩 묶어서 마당가에 낟가리를 세워 두었는데 그 시절 농가 마당 양쪽에 높나랗게 쌓아 놓은 철 나무와 볏짚 낟가리는 가을 농가의 풍성함을 알리는 인상 깊은 광경이기도 했다. 추수가 끝나면 농부들은 월동 준비를 시작했는데 볏짚을 엮어 이엉을 만들고 새끼줄을 꼬아 초가지붕을 새로 이는 일로 바빴다. 새 옷으로 갈아입은 샛노란 초가지붕은 보고만 있어도 마음이 넉넉해지고 배가 부를 정도였다. 이때 지붕을 이고 남은 볏짚으로 농부들은 생활 도구인 멍석이며 소쿠리며 망태기를 손수 만들어 농가 살림살이에 요긴하게 사용했다. 이렇듯 그 시절 농부들의 삶은 사계절 내내 변변한 휴식 한번 누릴 겨를도 없는 분주함의 연속이었다.

▶천렵 그리고 굴렁쇠 놀이
가을걷이가 끝나갈 무렵 동네 아이들은 냇가 둠벙(웅덩이)을 찾아 천렵을 즐겼다. 서너 명의 아이들이 허벅지 깊이의 수초가 떠 있는 둠벙의 물을 바가지로 번갈아 퍼낸 다음 붕어, 미꾸라지, 토하(민물새우) 등을 잡아냈고 가끔은 귀하디귀한 민물 장어를 잡아내는 때도 있었다. 이렇게 아이들이 천렵해서 잡아 온 민물고기는 깨끗이 손질하여 화덕 위의 솥에서 삶은 후 가시와 뼈를 발라낸 물고기 살을

까까머리 유년의 섬마을 사계

국물에 넣고 된장, 시래기와 함께 갖가지 양념을 넣어 푹 끓여 먹었다. 그 시절 천렵을 통해 끓여 먹었던 가을 추어탕은 가을걷이에 지친 농촌 마을 주민들에게 더없이 훌륭한 보양식이었다.

이 무렵 냇가에서 천렵을 마친 아이들은 굴렁쇠 놀이를 즐기기도 했다. 요즘처럼 놀잇감이 변변치 못했던 6070 시절의 섬마을 아이들은 원형의 양동이 받침대나 철삿줄을 동그랗게 이어서 만든 굴렁쇠를 몰아가며 동네 골목과 신작로를 경주하듯 내달렸다. 그 시절 굴렁쇠 놀이는 요즘 아이들이 PC방에서 즐기는 롤 게임보다 설레고 신나는 놀이였다.

▶옷베 장수

1960~1970년대 해마다 추수가 끝나면 섬마을에는 도부 장사를 나온 서너 명의 아낙네들이 한 무리를 이루어 섬마을에 찾아들었다. 그들은 며칠 동안 커다란 옷 보따리를 머리에 이고 발품을 팔아 이 마을 저 마을을 돌아다니면서 주민들에게 옷가지를 팔았다. 섬마을에 찾아온 옷베 장수(도부장수) 아낙네들은 동네에서 인심이 후한 집을 골라 그 집 마당에 멍석을 깔고 의복전을 열었다. 그러면 마을의 부인네들은 옷을 사 입힐 아이들을 데리고 하나둘 의복전이 열리는 집으로 모여들기 시작했다. 옷베 장수 아낙네들은 기다렸다는 듯이 한 손으로는 옷을 고르고 한 손으로는 부인네의 옷소매를 잡은 채 갖가지 옷을 골라 권하는 것이었다. 이렇게 서로의 옷 흥정이 성사되면 추수한 콩, 팥, 수수, 참깨 등의 농산물을 옷값만큼 되질하여 주고받는 물물교환이 이루어졌다. 그때 마당가에서 까치발을 디디며 구경하던 내 모습이 아련하게 떠올라 잠시 유년의 추억 속

에 빠져 본다.

▶헌석 먹기

팔월 보름 추석이 되면 섬마을에는 한해 농사를 풍성하게 마무리할 수 있게 해 준 조상의 음덕을 기리기 위한 명절 준비로 온 동네에 활기가 넘쳤다. 추석 하루 전날 마을에서는 장정들이 냇가에서 두세 마리의 돼지를 잡았고 집집이 아껴 둔 씨암탉을 잡아 풍성한 차례상을 준비하느라 온 동네가 떠들썩했다. 한편, 아낙네들은 부엌에서 큼직한 생선류의 제물을 쪄낸 다음 시루떡이며 나물이며 전을 부치는 일로 눈코 뜰 새 없이 바빴다. 이를 지켜보며 심부름하는 아이들도 덩달아 신이 났다.

집마다 추석 전날 밤 자정 무렵에 정성스럽게 준비한 차례상을 조상님께 올리고 음덕을 기렸다. 그리고 전통 민속 신앙에서 집터와 집안의 대지를 지켜 준다는 터주신에게 올리는 밥, 떡, 나물, 전 등의 '헌석(제물)'을 뒤뜰 장독대에 정갈하게 차려 놓고 집안의 안녕을 기원했다. 일설에 따르면 명절 때 장독대에 차려 놓은 제물은 갯귀신이나 꽃귀신(花鬼)의 넋을 달래는 민속 제의라고 한다. 그날 밤 동네 아이들은 잠도 잊은 채 새벽이슬을 맞으며 이집 저집 장독대에 차려 놓은 헌석을 몰래 걷어 먹으며 즐겁게 뛰놀았다. 어릴 적 고향 마을에는 명절날 밤에 아이들이 헌석을 걷어 먹으면 무병장수한다는 속설이 전해 왔다. 달 밝은 가을밤 긴 대나무를 가랑이 사이에 끼고 죽마 놀이를 하면서 동네 골목을 누비던 까까머리 고향 동무들이 지금은 어디서 어떻게들 사는지 한없이 그리워진다.

▶새끼 돼지 열여섯 마리

내가 열두 살 때의 일이다. 그해 늦가을 우리집에는 경사가 하나 생겼다. 집에서 기르던 어미 돼지가 새끼 돼지를 열여섯 마리나 낳았던 일이다. 그때만 해도 섬마을 여느 집에서나 돼지 한두 마리쯤은 마당가 돼지우리에 가두어 기르던 때였다. 아침저녁으로 어미 돼지의 임박한 출산을 눈여겨보던 아버지께서 하루 이틀 사이에 새끼를 낳을 것으로 보인다며 나에게 돼지우리를 잘 지키라고 하셨다. 아뿔싸, 어미 돼지의 산통은 하필 부모님께서 바닷일을 나간 오후에 시작되었고 집에는 나 혼자밖에 없었기에 어쩔 수 없이 내가 직접 새끼 받을 준비를 해야만 했다. 돌이켜보면 국민학교 6학년생인 내가 새끼 돼지를 침착하게 받아 낼 수 있었던 것은 전에 이웃집에서 새끼 돼지를 받아 내는 모습을 유심히 지켜보았던 경험이 있었기에 가능했다.

여러 장의 수건과 당목 천, 마른 볏짚 등을 준비해 놓고 새끼를 담을 커다란 대나무 광주리도 돼지우리 밖에 준비해 두고 기다렸다. 얼마간의 시간이 흐른 후 마침내 어미 돼지는 산통을 멈추고 앙증맞은 새끼 돼지를 연이어 낳았다. 나는 그 곁에서 새끼 돼지를 받아 몸을 감싸고 있는 희끄무레한 점막을 수건으로 닦아낸 다음 볏짚을 푹신하게 깐 광주리 안에 한 마리 한 마리 담아냈다. 어미 돼지의 출산이 끝나고 한참 만에 새끼 돼지의 수를 세어 보니 무려 열여섯 마리의 귀여운 새끼 돼지가 광주리 안에서 꼼지락거리고 있었다. 그때 내가 새끼 돼지를 아무 탈 없이 받아 냈던 일이 참 신기했고 놀라웠다. 그날 저녁 바닷일을 마치고 돌아온 부모님은 나를 많이 칭찬해 주셨고, 다음날 내가 새끼 돼지를 받아 낸 일이 온 동네에 소문처럼 퍼져 나갔다.

"아무개네 열두 살 난 아들이 새끼 돼지를 열여섯 마리나 받아 냈다."라고 말이다.

어린 시절 내가 세상에 첫발을 내딛는 새끼 돼지를 받아 냈던 아주 특별한 경험은 평생 잊지 못할 추억 속의 한 페이지로 남으리라.

♣ 눈 덮인 초가에서 굴뚝 연기 피어나는 겨울에는
(참새잡이/ 청둥오리와 꿩 사냥/ 고구마 두대통/ 주낙 낚시/ 순백의 도화지/ 산속 등하굣길/ 재래식 김 양식/ 검은 노다지 김 수확/ 나무 등걸/ 칡 캐기)

까까머리 유년의 섬마을 사계

▶참새잡이

첫눈이 내리고 얼음이 얼기 시작하면 섬마을 아이들은 겨울철 사냥 놀이에 여념이 없었다. 바람 찬 겨울밤 마당 한쪽에 길게 쌓아 둔 볏짚 낟가리 속에 손전등을 비추어 그 속에 둥지를 틀고 있는 참새를 잡기 위해 숨죽인 채 발걸음을 옮겨 다녔다. 밤이 늦도록 이 집 저 집으로 옮겨 다니며 볏짚 낟가리를 뒤져서 예닐곱 마리의 참새를 잡아 왔다. 아이들은 이렇게 잡아 온 참새를 부엌에 옹기종기 모여앉아 아궁이에 불을 지펴 구워 나누어 먹었다. 여기저기에 먹을거리가 넘쳐나는 요즘 처지에서 보면 그 시절 참새잡이는 아주 야만적인 행위라고 볼 수도 있겠다. 하지만 그 시절 한창 성장기에 있던 가난한 섬마을 아이들에게 참새는 동지섣달 기나긴 밤에 주린 배를 달래 주던 최소한의 요깃거리였다. 이렇듯 겨울밤 참새잡이는 궁핍했던 지난 시절 섬마을 아이들에게 부족한 단백질을 보충해 주는 공급원이기도 했던 셈이다.

▶청둥오리와 꿩 사냥

겨우내 황량한 들판으로 변한 논에는 가을 수확철 논바닥에 떨어져 남아 있는 벼 이삭을 쪼아 먹기 위해 청둥오리가 날아들었다. 섬마을 아이들은 이 청둥오리를 잡기 위해 질긴 낚싯줄로 여러 개의 덫을 만들어 논바닥에 길게 설치해 놓고 기다렸다가 청둥오리가 덫에 걸려 푸드덕거리면 논길을 한달음에 내달려서 잡아 왔다. 요즘 같으면 야생 생물을 보호하기 위해 만든 야생생물법 위반 행위에 해당하겠지만 그 시절만 해도 여러 가지로 궁핍한 때였던지라 이런 사냥쯤은 별로 문제가 되지 않았다. 또한, 아이들은 한겨울 눈 쌓인 산 아래 양지바른 보리밭 가장자리에 꿩을 잡기 위해 덫을 설치해 두고 산속에 숨어서 지켜보기도 했다. 어떤 날에는 꿩이 올가미에 걸린 채 온 힘을 다해 푸드덕거리며 덫줄을 통째로 매달고 산속으로 날아가 버리는 때도 있었다. 그러면 아이들은 올가미를 매달고 날아간 꿩을 찾기 위해 주변 산속을 노련한 수색 대원처럼 샅샅이 뒤졌고 마침내 나무 밑이나 풀섶에서 웅크리고 앉아 있는 꿩을 찾아내 돌아오곤 했다.

▶고구마 두대통

엄동설한 여러모로 어려웠던 섬마을 살림살이에서 그나마 겨울한 철을 잘 이겨 내도록 해 주었던 구황 식품은 단연 고구마가 으뜸이었다. 늦가을 밭에서 캐낸 굵고 토실토실한 고구마를 식구들이 이고 지고 집으로 운반해 와서 하루 동안 햇볕이 따가운 마당에 펼쳐 놓고 말렸다. 이렇게 건조한 고구마는 따뜻한 방 아랫목 한켠에 수숫대를 엮어 원기둥처럼 만들고 거기에 고구마를 가득 채운 두대통(수수깡이나 밀짚으로 만든 거적더미)을 마련해 두었다. 한겨울 점심때가 되면 두대통에서 고구마를 꺼내어 가마솥에 삶아 냈다. 이렇게 삶아낸 고구마는 겨울철 식구들의 점심 끼니를 든든하게 해결해 준 고마운 음식이었다. 요즘은 고구마가 다이어트 식품으로 인기가 높지만 그때만 해도 겨울철 삶은 고구마는 가난한 시골 살림에 점심 한끼를 든든하게 해결해 주었던 소중한 먹거리였다.

▶주낙 낚시

절기상 소한(小寒), 대한(大寒) 시기에 섬마을 아이들은 집 처마 곁에

까까머리 유년의 섬마을 사계

매달아 둔 수수깡을 꺼내어 망둥어 주낙을 만들었다. 주낙 낚시는 물 위에서 부력이 좋은 수수깡을 30㎝ 정도 길이로 자른 후, 수수깡 한가운데에 1m가량의 낚싯줄을 매달고 갯지렁이 미끼를 끼워서 바닷물 저류지에 띄워 두었다가 거두어들이는 전통 낚시법이었다. 주낙 낚시는 주로 간척지 제방 안쪽의 염전과 들판 사이의 완충지대에 조성한 바닷물 저류지에서 이루어졌다. 아이들은 대개 서른 개 안팎의 주낙을 만들어 저류지에 띄워 두었다. 물 위에 떠 있는 자기 주낙을 금방 찾아내기 위하여 수수깡 한쪽에 색칠을 해서 다른 사람의 주낙과 구별했다. 저녁 무렵 미끼를 끼워 저류지에 띄워 둔 주낙은 찬 서리가 내리고 냇물이 꽁꽁 언 다음 날 아침 일찍 시린 손을 호호 불어 가며 거두어들였다. 이때 주낙의 미끼를 물고 잡힌 큼직한 망둥어가 적게는 너덧 마리에서 많게는 열 마리를 넘을 때도 있었다.

▶순백의 도화지

한겨울 섬마을에 밤새 눈이 내리면 온 동네가 하얀 도화지로 변했다. 이 순백의 도화지는 온종일 햇빛을 받으며 서서히 녹았는데 눈이 녹아내리는 시간의 경과에 따라 색다른 풍경화를 연출해 냈다. 아침에는 주황빛 맑은 햇살과 초가들에서 모락모락 피어나는 잿빛 굴뚝 연기가 하얀 눈과 어우러져 고요한 섬마을을 평화경으로 물들였다. 그리고 저녁에는 낮 동안 제법 눈이 녹아내려서 동네의 초가지붕과 논밭만 남겨 놓고 황톳길 신작로와 좁다란 골목길이 선명하게 드러난 전원의 풍경을 그려내기도 했다.

▶ 산속 등하굣길

눈보라가 몰아치고 칼바람이 부는 날에 아이들은 신작로 대신 산길을 넘어서 학교에 오갔다. 산길을 지나는 등하굣길은 산마루를 하나 넘어야 했는데 산속의 넓고 양지바른 묏자리는 철없는 아이들의 아지트 겸 놀이터가 되어 몸살을 알았다. 한참 동안 말뚝박기, 고무줄놀이, 자치기 따위의 산속 놀이를 즐기고 난 아이들은 가위바위보 내기를 해서 진 아이가 이긴 아이의 책보를 등에 메고 학교나 집으로 오가는 수고를 무릅써야 했다. 산길에서 내려와 학교가 있는 마을로 향하는 길은 구불구불한 다랭이 논길을 통과해야만 했다. 바람이 세차게 부는 날에는 이 논길을 걷다가 중심을 잃고 날려서 아랫배미 논에 빠지는 일도 종종 있었다. 아아, 생각하면 생각할수록 천진난만했고 순박했던 그 시절, 지금은 다시 돌아갈 수 없는 옛날이여, 추억이여!

▶ 재래식 김 양식

내가 태어나기 전부터 시작하여 우리집은 재래식 김 양식을 이십여 년 가까이 해왔는데 김을 양식하고 가공하는 일에 온 가족이 동원되어 새벽부터 밤늦게까지 눈코 뜰 새 없이 바빴다. 재래식 김을 양식하여 가공하는 일은 여러 공정을 거쳐야 하는 여간 힘든 일이 아니었다. 늦여름부터 아버지는 집 뒤란의 그늘 밑에서 활죽(活竹)을 일일이 쪼개고 다듬어서 김발을 엮었다. 달포가 지나 모두 완성하여 마당에 쌓아 둔 활죽 김발을 아침마다 지게로 져 나르기를 여러 날 지속하여 뗏마(전마선, 노를 저어 이동하는 작은 배) 부두까지 옮겨 두었다. 김발을 손수 만들어서 지게로 져 나르고 바다에 설치해야 했던

까까머리 유년의 섬마을 사계

아버지의 고달픈 노동은 항상 가슴 시린 애잔함으로 뇌리에 남아 있다. 고향 땅에 잠들어 계시는 선친의 고생 많았던 인생 역정 앞에 머리 숙여 존경과 감사를 표할 뿐이다. 그때 아버지는 추수가 끝나자마자 쉴 틈도 없이 뗏마에 활죽 김발을 싣고 노를 저어 바다에 김발을 설치하는 힘겨운 노동을 마다하지 않았다.

재래식 김발은 썰물 때 갯벌 지대에 활죽 김발을 길게 펼쳐 두고 중간중간에 지주를 박아서 밀물 때에도 김발이 떠밀려 가지 않게 밧줄과 노끈으로 단단히 묶고 고정하여 설치했다. 바다에 김발 설치가 마무리되면 곧바로 마을의 텅 빈 논이나 산자락 밑에 김 건조장을 만드는 일로 바빴다. 그 시절 백여 미터 남짓 남향으로 겹겹이 자리 잡은 샛노란 김 건조장은 섬마을의 포근함을 온몸으로 느끼게 해 준 안온한 풍경이었다. 김 건조장 설치를 마치고 김발에서 김을 수확할 때까지의 잠깐 동안이 연중 반농반어(半農半漁)로 바빴던 섬마을에 찾아온 모처럼 만의 농한기였다.

김발을 설치하고 한 달가량 지나면 활죽 김발에 검은 김 포자가 붙어 자랐는데 군데군데 파래나 매생이가 자라기도 했다. 요즘과 달리 그 시절에는 김에 파래가 섞여 있으면 품질이 떨어진다고 여겨 밭에서 잡초를 뽑아내듯 김발에서 일일이 파래를 솎아내고 떼어내야만 했다.

▶검은 노다지 김 수확

그 시절 여러 공정을 거쳐야 했던 재래식 김 가공 과정이 지금도 눈에 선하다. 뗏마를 타고 한 시간 남짓 노를 저어 김 양식장에 도착하여 배에 엎드린 채 길게 자란 김을 부지런히 매서 망태기에 담은 후 다시 노를 저어 부두로 돌아왔다. 배에서 내린 다음 바삐 지게에 지고 몇 번을 쉬어서 겨우 집까지 운반해 온 물김 망태기는 곧장 위에 무거운 돌덩이를 올려서 바닷물을 탈수시켰다. 그리고는 그늘진 곳에 밤새도록 펼쳐 놓았다가 새벽에 긁어모아 분쇄기에 넣고 돌려서 김의 엽채를 잘게 갈아냈다. 그런 다음 커다란 광주리에 넣고 민물로 헹궈 물기가 빠지기를 기다렸다가 김과 물을 일정한 비율로 섞어 저은 후, 한 되씩 퍼서 김틀을 댄 발장에 떠냈다. 김이 붙은 발장의 물기가 적당히 빠지면 건조장에 널어서 말렸다. 햇볕이 좋은 날에는 한나절 만에 바싹 마른 김이 완성되기도 했다. 아침 일찍 건조장에 널어놓은 김이 오후쯤 되어 다 마르면 꼬챙이를 빼서 김 발장을 걷은 후 양지 쪽에 앉아 빠른 손놀림으로 마른 김을 떼어 냈다. 이렇게 발장에서 떼어 낸 김은 보자기에 싸서 따뜻한 방안에 차곡차곡 쌓아 보관했다. 해 질 무렵 건조장 여기저기를 돌아다니며 다음 날 김 건조에 쓰일 빈 발장을 추려서 묶고 먹둥구미에 꼬챙이를 거두어들이는 일이 재래식 김 가공의 마지막 공정이었다. 이렇게 수작업으로 가공한 김은 등급별로 나뉘어 육지의 건어물 도매상이나 수협에서 비싼 값에 전량 수매해 갔다. 그때 아버지가 김을 팔아 받아온 파란색 백 원짜리 지폐 뭉치들이 지금도 눈에 선하다.

재래식 김은 초겨울부터 이듬해 삼월까지 생산했는데 여러 가지의 작업 과정을 거쳐야만 마침내 한 장의 고소하고 쫄깃한 김이 완성되는 고단한 작업이었다. 샛노란 볏짚 이엉을 붙여서 만든 길다란 건조장에 햇볕이 내리쬐어 검은색 윤기를 반짝대며 말라가는 김을 동네 뒷산에 올라 내려다보면 선명한 색채감과 조화를 이룬 섬

까까머리 유년의 섬마을 사계

마을의 따스한 풍경이 마치 한 폭의 그림과도 같았다.

▶나무 등걸

찬 바람이 쇳소리를 내며 몰아치는 겨울날, 나는 꼬마 나무꾼이
되기도 했다. 산에 올라가 나무 등걸을 해서 한 짐 가득 지게에 지
고 몇 번을 쉬어가며 겨우 집까지 돌아오곤 했다. 죽은 나무와 썩은
등걸을 찾아 산속 여기저기를 살피며 돌아다니다 보면 어느새 산등
성이를 넘고 골짜기를 건너와 있곤 했다. 산속에서 죽은 나무를 발
견하면 먼저 낫으로 잔가지를 베어낸 다음, 통나무를 도끼로 도막
도막 잘라 냈다. 그리고 밑동이 썩은 등걸은 발로 차거나 도끼로 쳐
서 캐낸 다음, 군데군데 모아 두었다가 지게에 지고 돌아왔다. 산에
서 구해 온 나무 등걸을 처마 밑 마루 벽에 기다랗게 차곡차곡 쌓아
두는 재미는 가을철 수확의 기쁨을 누리는 농부보다도 넉넉하고 뿌
듯했다.

그 시절 나무 등걸은 산속에서 죽은 나무와 밑동이 썩은 등걸만
을 찾아 자르고 캐서 가져오는 것을 철칙으로 여겼다. 이런 순박한
마음들이 모여 섬마을의 산림은 항상 푸르렀고 울창했다. 눈 내리
는 겨울밤 처마 밑에 쌓아 두었던 나무 등걸로 아궁이에 불을 지펴
서 온돌방을 뜨겁게 달구었다. 이때 아궁이의 장작불이 사그라들어
뻘건 숯불로 변하면 그 속에 고구마를 넣어 구워 냈다. 온 가족이
뜨끈한 아랫목에 모여 앉아 입가에 숯검정을 묻힌 채 군고구마를
까먹으며 도란도란 이야기꽃을 피웠다. 오늘같이 추운 날에는 그
시절 초가의 따뜻한 아궁이에서 구수하게 익어 가던 군고구마 향내
가 그리워진다.

▶칡 캐기

한겨울 동네 아이들은 괭이, 삽, 호미, 낫을 준비해 지게에 지고 칡이 군락을 이루는 칡산으로 향했다. 겨울 간식거리인 칡을 깨기 위해서였다. 칡산에 도착해 지게를 벗어 놓고 맨 처음으로 하는 일이 주변을 돌며 캘만한 칡을 찾는 일이었다. 아이들은 이때 칡의 줄기를 살펴 가며 뇌두(腦頭)가 굵고 캐기가 수월해 보이는 것을 찾아 정했다. 칡 찾기가 끝나면 다음은 칡의 뇌두를 중심으로 반경 2m 이내 주변의 돌덩이를 치우고 잡풀을 베어 냈다. 말하자면 칡을 캐기 위해 터를 잡는 사전 작업인 셈이다. 자리를 잡고 잠깐의 휴식을 취한 후 본격적인 칡 캐기 작업에 들어갔다. 아이들은 번갈아 가며 뇌두 아래 칡뿌리를 따라 괭이와 삽으로 흙이며 돌덩이를 파냈다. 운이 좋으면 칡뿌리가 땅속에서 가로 방향으로 뻗어 나가는 칡을 만나는 것인데, 그 이유는 칡을 캐기에 한결 수월하기 때문이다. 한참 동안 땅속을 파 가다가 칡뿌리가 가늘어지는 부분에 이르면 두세 명의 아이들이 칡뿌리를 잡고 하나, 둘, 셋을 외치며 힘껏 잡아당겼다. 순간적인 힘이 가해지는 탓에 뿌리가 끊어지고 아이들은 칡과 함께 뒤로 나뒹굴며 엉덩방아를 찧었다. 하지만 칡뿌리가 땅속 깊숙이 세로 방향으로 뻗어 내려가는 칡은, 캐기가 아주 힘들고 만만치 않아서 대개는 어느 정도 캐다가 뿌리를 잘라내야만 했다. 아이들은 칡을 캐고 나서 어른들에게 배운 대로 칡을 캐기 위해 파냈던 구덩이에 다시 흙을 메우고 발로 밟아 산림을 보호해 주는 일을 잊지 않았다. 이렇듯 그 시절 순박했던 시골 사람들은 자연과 공존하는 삶의 이치를 철칙으로 지키고 따랐었다. 이렇게 한나절 동안 서너 구덩이에서 칡을 캐어 각자 몫으로 공평하게 나눈 다음 지게에 지고 집으로 돌아왔다.

집에 도착하면 산에서 칡을 캐느라 기진맥진한 기력을 회복하기 위해 곧장 밥부터 먹어야 했다. 그때 삶은 고구마든 꽁보리밥이든 묵은지에 돌돌 감아 먹던 맛은 꿀맛 그 자체였었다. 산에서 캐 온 칡은 냇가로 가져가 지푸라기를 뭉쳐서 흙을 닦고 냇물로 깨끗이 씻어 냈다. 씻어 온 칡은 어느 정도 물기가 마르면 소의 여물을 써는 작두를 이용해 적당한 크기로 잘라냈다. 칡을 자를 때 대개 암칡(가루칡)은 알갱이 모양의 가루가 나왔고 수칡(물칡)은 흑갈색의 칡 물이 방울방울 흘러나왔다. 가루칡은 생채로 아이들의 간식거리가 되어 껌처럼 씹는 재미와 달착지근한 맛을 선사해 주었다. 또, 물칡은 잘게 조각내어 물과 함께 가마솥에 넣고 장작불로 하루 정도 푹 고와 내면 달콤쌉쌀한 맛의 칡즙이 되어 어른들의 쓰린 속을 달래 주었다. 예부터 칡은 한방에서 위를 건강하게 해 주는 건위제(健胃劑)로 널리 알려진 약재인데 속설에는 남성의 정기를 약화시키는 약재로도 전해 온다. 문득 어언 반세기 전 추운 겨울날 손가락을 호호 불며 산속을 헤치고 캐 온 칡을 동네 아이들과 함께 양지바른 담벼락에 옹기종기 기대앉아 질겅질겅 씹어 삼키던 지난 추억이 생각난다. 너나없이 모두가 가난했지만 넘치는 인정으로 서로를 의지하며 살았던, 지금은 돌아갈 수 없는 까까머리 내 유년의 향수를 추억해 본다. 해 질 무렵 은빛 억새꽃이 군무(群舞)를 추듯 넘실대는 강둑에 앉아 텅 빈 마음속에 자리 잡은 허전함을 달래 본다.

나는 섬에서 나고 자랐다. 사람들은 누구나 고향이 있고 그 고향을 그리워하며 살아간다. 고향이 도시이든 시골이든, 육지이든 섬이든 그것은 그리 중요하지 않다. 진정 중요한 것은 자기를 낳고 길러 준 고향에 대하여 가슴 깊은 향수(鄕愁)를 간직하고 있느냐, 없느냐이다. 지금도 엊그제같이 생생한 어린 날의 고향 섬 살이를 추억할 수 있어서 나는 참 다행이다.

무심히 흘러가 버린 세월 속에 이제는 고향의 자연도 인심도 몰라보게 변했다. 오늘따라 반세기 전의 정든 고향이 너무도 그리워 정지용의 『향수』한 구절을 떠올려 본다.

"옛이야기 지줄대는 실개천이 휘돌아 나가고, 얼룩백이 황소가 해설피 금빛 게으른 울음을 우는 곳, -그곳이 차마 꿈엔들 잊힐리야.

질화로에 재가 식어지면 비인 밭에 밤바람 소리 말을 달리고, 엷은 졸음에 겨운 늙으신 아버지가 짚벼개를 돋아 고이시는 곳, -그곳이 차마 꿈엔들 잊힐리야."

다시는 돌아갈 수 없는 정겨운 유년의 동심(童心)이 지나간 세월을 거슬러 뇌리 속에 파노라마처럼 스쳐 간다. 요즈음 부쩍 어린 시절의 추억이 자주 나를 소환하는 것은 그만큼 나이가 들었고 고독이 깊어가는 징표이리라. 그래도 나는 항상 이 고독을 가까이하며 마음껏 누리고 싶다. 삶의 순간순간 그 고독이 초대하는 유년의 추억 속으로 즐거이 찾아가 내 삶이 다하는 날까지 맑은 영혼의 순수를 따르며 살고 싶다.

까까머리 유년의 섬마을 사계

섬마을 전래
한국 전통 음식 만들기 초간단 비법

♣ 메주 만들기

시기: 음력 10월 30일 무렵 시작(2개월 15일 정도)

재료: 노란색 굵은 콩(대두)

▶메주 만드는 순서

① 메주용 노란 콩 1말 기준으로 7덩이 정도의 메주를 만들 수 있다.

② 콩을 씻어서 건져 솥에 넣고 물을 부은 후 가열한다(**초벌삶기**). 한두 시간 정도 지난 후 다시 솥에 불을 지펴 가열한다(**두벌삶기**).

③ 삶은 콩을 솥에서 건져 내어 소금을 한 주먹 뿌린 다음 소쿠리에 담아 물기를 없앤다.

④ 물기를 없앤 삶은 콩을 분쇄기에 넣고 갈아 낸다.

⑤ 갈아 낸 콩을 대아에 담아 사각형 모양으로 메줏덩이를 만든 다음, 따뜻한 곳에 볏짚을 깔고 그 위에 일정한 간격으로 메줏덩이를 놓아 건조시킨다.

⑥ 적당하게 메주가 마르면 바람이 잘 통하게 양파망 등에 넣어 다시 건조시킨다. 따뜻한 곳에서 말리는 동안 자연스럽게 발효가 된다.

⑦ 발효가 다 된 메주를 햇볕이 잘 드는 실외에서 2~3일 정도 또다시 건조시킨다.

까까머리 유년의 섬마을 사계

♣ 간장 및 된장 담그기

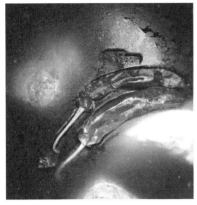

시기: 음력 1월 15일 무렵 시작

재료: 메주, 소금, 맑은 물, 말린 고추, 숯덩이

▶간장 및 된장 담그는 순서

① 음력 1월 15일경에 메줏덩이를 깨끗이 씻어서 소쿠리에 담아 말린다.

② 물과 소금을 배합(메주 7덩이 기준 : 맑은 물 2동이+소금 8되)하여 저은 후 소금물을 체로 걸러 낸다.

③ 깨끗한 항아리에 걸러 낸 소금물을 부은 다음 메줏덩이를 넣는다. 그리고 말린 고추 10~15개 정도와 숯덩이 5개 정도를 넣어 띄운다.

④ 간장 물이 검고 진하게 숙성되는 동안(담근 후 20일 이내) 항아리 뚜껑을 낮에는 열어 햇볕을 쐬고, 밤에는 닫아 두기를 반복한다. 이때 항아리 뚜껑 부분을 그물망으로 씌워 벌레 따위가 들어가지 못

하게 한다.

⑤ 3~4개월 정도 지난 후 간장 물에 띄워 숙성시킨 메줏덩이를 건져서 깨끗한 항아리에 넣고 으깨어 차곡차곡 눌러서 된장이 되도록 숙성시킨다.

⑥ 간장 물은 체로 걸러 낸 후 솥에 붓고 가열하여 검고 진한 간장이 되도록 달인다.

까까머리 유년의 섬마을 사계

♣ 시골 두부 만들기

시기: 음력 10월~음력 2월 무렵(주로 가을철, 겨울철이 적기)

재료: 노란색 굵은 콩(대두)

▶시골 두부 만드는 순서

① 노란색 굵은 콩(대두)을 맷돌이나 분쇄기를 이용하여 두 조각 형태로 탄다.

② 타 낸 콩의 껍질을 알맹이와 분리하여 제거한다.

③ 맑은 물에 10시간 정도 담가서 물에 불린다.

④ 타서 물에 불린 콩을 맷돌이나 분쇄기에서 잘게 갈아 낸다.

⑤ 갈아 낸 콩물을 그대로 솥에 붓고 약한 불로 가열하는데, 이때 솥에 눌어붙지 않게 나무 주걱으로 저어 준다.

⑥ 가열한 콩 국물이 손으로 만져서 뜨겁게(절대 끓이지 말 것) 느껴질 때, 당목 같은 천으로 만든 자루에 퍼 넣고 눌러서 짠다(짜고 남은 콩 찌꺼기가 비지).

⑦ 짜낸 콩물을 솥에다 다시 붓고 중불로 가열하는데 이때 나무 주걱으로 계속 젓기를 반복하면서 끓인다.

⑧ 콩 국물이 끓으면 부풀어 오르는데 이때 간수(바닷물 등)를 끓고 있는 솥에 조금씩 적당량 부어 준다.

⑨ 조금 있다가 두부 덩이가 몽글몽글 떠오르면 끓이기를 멈추고 바가지로 솥 안의 두부 덩이를 건져서 당목 천을 바닥에 깐 네모난 판에 부어 담는다.

⑩ 두부 덩이를 가득 담은 판에 당목 천을 덮고, 그 위에 널빤지 등을 올린 다음 맷돌같이 무거운 물체를 올려서 두부의 물을 짜낸다(30분 정도).⑪ 30분 정도 지나면 두부 덩이가 굳어져 마침내 시골 두부가 완성된다. 이것을 사각으로 자른 다음 짜낸 두붓물에 그대로 담가 두면 두부가 부드러워진다.

까까머리 유년의 섬마을 사계

♣ 청국장 만들기

시기: 음력 10월, 11월 무렵(주로 가을철, 겨울철이 적기)

재료: 노란색 굵은 콩(대두)

▶청국장 만드는 순서

① 노란색 굵은 콩(대두)을 3~4되 정도 깨끗이 씻어서 솥에 넣은 다음 물을 붓고 두 번 삶는다(초벌, 두벌삶기).

② 큼지막한 소쿠리의 바닥에 다듬은 볏짚을 깔고 삶은 콩을 담아서 잘 덮는다.

③ 삶은 콩을 담은 소쿠리 아래에는 헌 이불이나 담요 등을 깔고 소쿠리 위에도 이불을 덮어 따뜻한 방에서 2~3일 정도 발효시킨다. 만약 방이 너무 뜨거우면 청국장이 잘 뜨지 않고 신맛이 나기 때문에 방 온도를 적당하게 유지해야 한다.

④ 2~3일 정도 지나면 효모(바실러스균)가 생기는데 발효된 콩을 절구통에 넣고 빻다가 '굵은 통 소금'을 약간 뿌린 다음, 다시 절구질

하여 적당히 으깬다.

⑤ 절구질로 으깨어 만든 청국장을 적당한 크기의 덩이로 뭉쳐서 비닐봉지나 용기에 담아 냉동 보관하면서 그때그때 꺼내 조리해 먹는다.

까까머리 유년의 섬마을 사계

♣ 고추장 만들기

시기: 음력 10월, 11월 무렵

재료: 찹쌀, 고춧가루, 소주, 굵은 소금, 물엿

▶고추장 만드는 순서

① 찹쌀 5되 가량을 5~6일 정도 물에 담가 두는데 2일에 한 번씩 물을 갈아 낸다.

② 6일 정도 지나면 물에 불린 찹쌀을 건져서 시루에 넣고 찐다.

③ 쪄낸 찹쌀을 대아에 퍼서 식힌 다음 미지근한 상태에서 잘게 빻아 놓은 '누룩' 가루를 약간의 물과 함께 넣어 섞는다. 그런 다음 하루 정도(24시간) 따뜻한 방에 두고 삭인다.

④ 하루 정도 삭인 후 고춧가루를 많이 넣어 젓는다. 그런 다음 2홉짜리 소주 2병, 약간의 굵은 소금(간을 맞추는 정도의 양), 물엿 등을 넣고 골고루 섞는다.

⑤ 여러 재료를 배합하여 만든 고추장을 대아에 담아 둔 상태에서 1

일 2회 정도 젓기를 5~6일 동안 반복한 후 마지막 날이 되면 완성된 고추장을 맛볼 수 있다.

♣ 엿기름 만들기

시기: 음력 3월, 10월 무렵

재료: 생보리(정미하지 않은 보리)

▶엿기름 만드는 순서

① 생보리를 깨끗한 물에 10시간 정도 담근다(보통 저녁에 담가서 아침에 건져 냄).

② 건져 낸 생보리를 소쿠리에 담아 두고 아침, 저녁으로 뒤적이면서 촉(싹)이 날 때까지 물주기를 반복한다.

③ 생보리에서 파란 촉(싹)이 나오면 물을 부어 엉겨 붙어 있는 보리 덩어리를 떼어 낸 다음 물기를 뺀 상태에서 마당에 넓게 펴서 햇빛에 3일 정도 말린다.

④ 말린 생보리를 자루에 담아 1일 정도 따뜻한 방에 두었다(발효)가 다시 마당에 넓게 펴서 바싹 말린다.

⑤ 바싹 말린 생보리에 붙어 있던 뿌리를 제거한 후, 체로 쳐서 알맹이만 맷돌이나 분쇄기로 갈아 내면 엿기름이 완성된다.

♣ 식혜 만들기

시기: 아무 때나 만들 수 있음

재료: 엿기름가루, 쌀, 생강, 설탕

▶식혜 만드는 순서

① 쌀을 깨끗이 씻어 밥솥에 넣고 물의 양을 조금 적게 부어서 '된
   밥'이 되도록 밥을 짓는다.

② 엿기름 가루를 담갔다가 걸러 낸 다음 거른 물을 '된밥'에 붓고
   흰 설탕을 적당히(달게) 넣고 젓는다.

③ 이것을 보온밥솥에 넣고 10시간 정도 보온을 시키면서 약 3시간
   단위로 보온밥솥을 열고 숟가락으로 젓기를 반복한다.

④ 10시간이 지나면 밥통을 열어 체나 구멍 난 소쿠리 등에 밥알을
   걸러 낸 다음, 그 밥알에 적당량의 설탕과 찬물을 약간 배합하여
   그릇에 담아 둔다.

⑤ 밥알을 건져 내고 남은 식혜 물에 생강, 설탕 등을 적당히 넣고

까까머리 유년의 섬마을 사계

끓인다. 끓여 낸 식혜 물이 식으면 그릇에 담아 건져 둔 밥알을
알맞게 띄워서 저어 마신다.

♣ 누룩 만들기

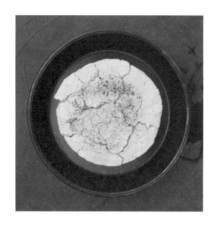

시기: 음력 3월, 7월 무렵

재료: 보리쌀(정미한 것)

▶누룩 만드는 순서

① 방앗간에서 잘게 빻아 온 보릿가루에 물을 약간만 붓고 되직하게
반죽을 한다.

② 되직하게 반죽한 보릿가루를 보자기 천에 싸거나 자루에 넣어 양
푼 같은 용기에 담아서 누르고 다져서 덩이 모양을 만든다.

③ 용기에서 모양을 만들어낸 누룩 덩이를 꺼내 햇볕이 들지 않은
서늘한 곳의 바닥이나 선반에 볏짚을 깔고 올려서 1개월 정도
두면 숙성되면서 건조된다.

④ 1개월이 지나면 누룩 덩이를 꺼내서 덩이째로 조각낸 다음 3~4
일 정도 햇볕에서 말린다.

⑤ 그런 다음 조각 난 누룩 덩이를 절구통에 넣고 가루로 찧어 내면
누룩이 완성된다.

♣ 농주(農酒) 담그기

시기: 음력 11월~1월까지

재료: 쌀, 누룩, 막걸리

▶농주 담그는 순서

① 쌀을 씻어 깨끗한 물에 10시간 정도 담가 두었다가 건져 내어 시루에 찐다.

② 시루에 쪄낸 쌀을 대아에 퍼서 잠시 식히다가 따뜻한 상태에서 누룩 가루를 넣고 배합한다. 이때 물을 약간 넣으면서 배합하면 좋다.

③ 이것을 항아리에 다독다독 담아 1일이 지나면 막걸리를 5~10병 **(기준 : 1동이·5병, 1항아리·10병)** 가량을 부어 밀봉한 후, 15일에서 20일이 경과하면 발효되어 농주가 만들어진다.

④ 이렇게 발효된 항아리 속 농주의 술지게미를 적당량 바가지로 퍼서 작은 대아에 담고 적당량의 물과 함께 섞어 주무른 다음 체로 걸러서 마시면 된다.

♣ 우뭇가사리 만들기

시기 : 차가운 겨울철이 적기

재료 : 우뭇가사리(도서 지역 방언-독옷)

▶우뭇가사리 만드는 순서

① 갯바위에서 채취하여 말려 둔 우뭇가사리(일명-독옷, 도구옷)를 물에 담가 두었다가 깨끗이 씻어 낸다.

② 씻어 낸 우뭇가사리를 솥에 넣고 물을 적당히 부은 다음 가열하여 고아 낸다.

③ 고아 낸 우뭇가사리를 구멍 난 소쿠리를 받쳐 대아에 걸러 낸다.

④ 걸러서 대아에 담아 1일 정도 차가운 곳에 놓아 두면 굳어서 말랑말랑한 우뭇가사리가 완성된다.

⑤ 더운 여름철에는 우뭇가사리가 굳지 않고, 보통 냉장고에 넣어 두면 물기가 사라져 쭈글쭈글해짐.

♣ 젓갈(멸치젓/황석어젓) 담그기

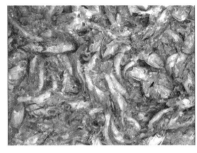

시기 : 멸치나 황석어가 많이 잡히는 시기(음력 4월~5월 무렵)

재료 : 멸치, 황석어, 소금

▶젓갈(멸치젓/황석어젓) 담그는 순서

① 멸치나 황석어를 깨끗이 씻어 옹기 또는 통(김장용 비닐봉지 사용)에 넣고 소금을 많이 뿌린 다음 1일 정도 그대로 둔다.

② 하루가 지나면 소금을 뿌려 두었던 멸치나 황석어를 각각 작은 항아리에 층층이 담으면서 또다시 소금을 뿌린다.

③ 항아리에 담은 멸치나 황석어를 다독다독 눌러서 그 위에 모조지 등으로 덮은 다음, 공기가 통하지 않도록 항아리 입구를 비닐로 밀봉하여 뚜껑을 닫는다.

④ 밀봉한 항아리를 장독대에 놓아두고 6~10개월 정도 지난 후 젓갈이 곰삭아지면 꺼내서 조리해 먹을 수 있다.

⑤ 항아리에서 곰삭은 젓갈을 알맞게 꺼내 고춧가루, 다진 마늘, 깨소금, 쪽파, 설탕 등의 양념을 적당히 배합한 후 버무려서 먹는다.

♣ 콩나물 기르기

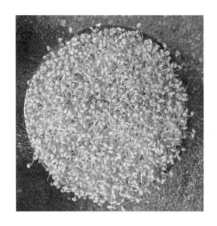

시기 : 주로 겨울철 농한기

재료 : 노란색 굵은 콩(대두), 검정콩(흑대두-서리태콩)

▶콩나물 기르는 순서

① 옹기 한 동이 기준, 노란색 굵은 콩(대두) 3되(작은되)를 준비하여 깨
   끗한 물로 씻은 다음, 씻은 콩을 양파망에 넣어 저녁부터 아침까
   지 물이 가득한 대야에 담가 둔다.

② 아침에 대야에서 양파망 채로 콩을 건져 내어 널찍한 채반에 담
   아 하루 동안 햇볕이 들지 않는 마른 곳에 둔다.

③ 저녁 무렵 양파망 속 콩에 물뿌리개로 물을 골고루 뿌려 주고 물
   기를 뺀 후, 채반에 양파망 채로 담아 따뜻한 아랫목에 둔다.

④ 다음 날에도 반복해서 저녁 무렵 양파망 속 콩에 물뿌리개로 물
   을 골고루 뿌려 주고 물기를 뺀 후, 채반에 양파망 채로 담아 따
   뜻한 아랫목에 둔다.

까까머리 유년의 섬마을 사계

⑤ 이렇게 2~3일이 지난 후 콩에서 싹(촉)이 나면 양파망 속 콩을 넓은 채반에 부어 놓고 썩은 콩이나 불량 상태인 콩을 골라 낸다.

⑥ 싹이 난 콩만 골라 낸 후 따로 양파망에 넣어 햇볕이 들지 않는 그늘진 곳에서 대야의 물(얼지 않게 상온-15℃의 물 사용)에 한나절(5-6시간) 동안 담가 두었다가 건져 낸다.

⑦ 깨끗한 옹기 바닥에 다듬은 볏짚(또아리 형태)을 10cm 높이 정도 깔고, 건져 낸 발아 상태의 콩을 모두 담은 후, 다시 다듬어진 볏짚을 펴서 표면에 덮고 검정 비닐봉지로 살짝 덮어서 아랫목에 둔다.

⑧ 다음 날 아침 옹기 표면의 볏짚 높이까지 물(얼지 않게 상온-15℃의 물 사용)을 넉넉히 채웠다가 금방 물을 비운 다음, 물이 충분히 빠지도록 옹기를 거꾸로 엎어서 10분 정도 두었다가 바로 세워서 다시 비닐봉지로 살짝 덮은 후 아랫목에 둔다(다음 날 아침에도 반복함).

⑨ 이후, 콩나물의 싹이 2cm 정도 자랐을 때, 실내에서 옹기 채로 뉘어서 대야의 물(얼지 않게 상온-15℃의 물 사용)에 한나절(5-6시간) 정도 담가 두었다가 거꾸로 엎어서 10분 정도 물을 뺀 후, 검정 비닐봉지로 살짝 덮어서 아랫목에 둔다.

⑩ 이후, 콩나물의 싹이 4cm 정도 자랐을 때, 실내에서 옹기 채로 뉘어서 대야의 물(얼지 않게 상온-15℃의 물 사용)에 하루(10~12시간) 정도 담가 두었다가 거꾸로 엎어서 10분 정도 물을 뺀 후, 검정 비닐봉지로 살짝 덮어서 아랫목에 둔다.

⑪ 이후 ⑨번 과정을 반복하여, 콩나물의 싹이 8cm 이상 자랐을 때, 적당량의 콩나물을 뽑아서 요리에 사용하면 된다.

⑫ 콩나물이 다 자란 상태에서도 날마다 아침에 실내에서 옹기 채로

뉘어서 대야의 물(얼지 않게 상온-15℃의 물 사용)에 30여 분 담갔다가 10분 정도 물을 뺀 후, 검정 비닐봉지로 살짝 덮어서 아랫목에 두고 수시로 콩나물을 뽑아 요리에 사용하면 된다(매일 아침에 반복함).

4. 나의 단상 (斷想)

사색이 남긴 말

'모든 학생' 중심의 교육 현장을 다녀와서

함께 사는 세상 만들기, 다문화 교육 연수를 마치며

변혁의 시대, 우리 교육의 지향점과 교사의 자세

교권 회복에 대한 단상

아, 세월호 그 간절한 기원

연안 여객선 안전 운항과 해상교통 발전을 위한 제언

사색이 남긴 말

내가 세상을 살면서 지향하는 삶의 자세는 언제 어디서나 근면 성실하고 상식과 원칙을 지키며 정직하게 사는 것이다.

현재의 삶에 안주하며 자만하기보다는 항상 부족함의 자세로 성찰하며 겸손하게 살자.

내가 신앙(信仰)처럼 지키고자 하는 삶의 가치 중의 하나는 나의 말과 행동에 대하여 끝까지 책임지는 것이다.

매사에 수도자(修道者)처럼 절제하며 나 자신을 낮추고 부단히 공덕(功德)을 쌓으며 살자.

나는 어제도 오늘도 내일도 아니, 삶이 다하는 날까지 내 신념(信

까까머리 유년의 섬마을 사계

念)에 대한 확신으로 한결 같고 싶다.

낮춤이 곧 높임이다.

생각해 보면 순결한 마음의 안식(安息)은 스스로 항상 '비움'과 '내려놓음'으로 임할 때 주어지는 소중한 선물이다.

하늘을 우러러 자신이 힘써 노력하지 않고 그냥 얻으려는 사욕(邪慾)은 영혼을 병들게 하는 악마의 속삭임이다.

어리석은 사람은 배고픈 것은 참아도 배 아픈 것은 못 참는다고 한다. 촌음(寸陰)이라도 영혼을 병들게 하는 마약 같은 시기심(猜忌心)을 경계(警戒)하자.

없는 것을 잡으려고 있는 것을 놓치지 말라. 지금의 작은 행복이 그 무엇보다 소중한 것이다.

세상은 누구에게나 보는 대로 보이고 아는 만큼 보인다.

지도자의 권위는 자신을 낮추는 데서 나온다. 높은 자리에 오르려는 사람은 사람을 섬기는 자세를 지녀야 한다.

쇠는 용광로에서 불릴수록 단단해지고, 사람은 세파(世波)를 견뎌낼수록 강해진다.

세월은 쏜살같이 흘러가고 부모님은 기다려 주지 않는다. 하루라도 빨리 부모님이 살아계실 때 마음 가는 대로 봉양(奉養)해 드려야 뒤늦게 후회하지 않는다.

아아, 불러도 불러도 그립고 가슴 뭉클한 그 이름. 어머니~, 어머니~, 어머니!

세상에서 가장 큰 이름 어머니! 그 어머니는 내 집을 찾아온 모든 이에게 콩 한 조각이라도 먹이고, 쌀 한 톨이라도 들려 보내는 인정(人情)의 또 다른 이름이다.

인간은 누구나 본능과 이성을 지니고 살아간다. 본능에 따른 행동은 대체로 부정적인 결과를 불러오지만, 이성에 따른 행동은 대부분 순탄한 결과로 귀결된다. 이때의 이성적인 행동을 위한 근간(根幹)은 인내이다.

한 번뿐인 인생에서 자신의 신념을 버리고 명리(名利)에 눈멀어 사는 어리석음은 결단코 경계할 일이다.

자신의 지위가 낮을지언정 인격까지 낮은 것이 아니므로 자신이 머무는 곳에서 책임과 의무를 다하는 것이 당당하게 사는 삶이다.

거짓은 장황(張皇)하여 구차(苟且)하지만, 진실은 간명(簡明)하여 당당(堂堂)하다.

까까머리 유년의 섬마을 사계

선진국이란 그 나라의 부강한 경제력만이 아니고, 국민 한 사람 한 사람의 자발적인 규범 준수와 수준 높은 교양 의식에서 나오는 영예로운 이름이다.

혁신(革新)은 익숙한 것, 기존의 틀, 고정 관념 등과의 결별에서 출발한다.

어린 날의 가난과 시련을 밝게 이겨 낸 사람은 그 고난이 키워 낸 겸허함과 여유로움으로 자신의 삶을 흔들림 없이 경영(經營)하며 살아간다. 그대여, 우리의 삶에 불현듯 찾아오는 시련을 웃으면서 당당히 맞서 이겨 내자.

세상에 그냥 얻어지는 것은 없다. 나에게 꼭 필요한 것이라면 물러서지 말고 용기를 내어 부딪히고 이겨 내야 내 것이 된다.

아무리 독한 겨울일지라도 뚜벅뚜벅 찾아오는 봄을 이기는 겨울은 없다.

사람 사는 일은 아무도 모른다. 앞일을 경솔하게 속단(速斷)하지 말고 항상 차분하게 주어진 삶에 최선을 다하는 것이 지혜로운 삶이다.

나만 옳고 다른 사람은 그르다(我是他非)는 독선(獨善)과 아집(我執)은 소통을 가로막는 장애물과 같아서 언제나 경계해야 한다.

다른 사람에게 상처를 주는 말은 주먹으로 때리는 폭력보다 더 무섭다. 언제나 한 마디의 말일지라도 신중히 생각한 끝에 가려서 해야 한다.

미움과 증오의 반환점은 연민(憐愍)과 동정(同情)이다.

언제나 속도전과 빨리빨리 만을 강조하는 조급증이 뜻하지 않은 위험을 불러온다.

치밀한 계획에 따른 행동은 성공을 불러오지만, 즉흥적인 생각에 따른 행동은 실패를 불러온다.

인생을 뚜렷한 가치관과 분명한 목표가 없이 살아가는 것은 대양(大洋)을 표류(漂流)하는 조각배의 항해와 같다.

무언가를 고치고 바꾸려면 생각에만 머물지 말고 당장 행동으로 옮기는 추진력이 필요하다.

내가 간절히 바라는 일, 즐겁게 할 수 있는 일에 아낌없이 열정을 쏟는 것이 나를 가장 행복하게 하는 일이다.

고향은 우리의 마음속에서 항상 그리움을 샘솟게 하는 추억의 샘 터이다.

까까머리 유년의 섬마을 사계

'모든 학생' 중심의 교육 현장을 다녀와서

　며칠 전 우리 학교는 겨울방학 중 교사 연수의 일환으로 전국에 널리 알려진 교육 활동 선진 학교 몇 군데를 찾아서 유익한 현장 연수를 다녀왔다. 그중에 한 곳이 군산 회현중학교였다.

추운 겨울 날씨에도 현관 앞에 나와 기다렸다가 해맑은 미소로 우리를 반겨 주시던 교장 선생님의 모습에서 회현중학교의 교풍을 짐작할 수 있었다. 이어서 한 시간 남짓 진행된 교장 선생님의 회현중학교 교육 활동 소개 내용을 통해 많은 것을 느끼고 배울 수 있었다. 특히, 학업 성적 위주의 '일부 학생' 중심이 아닌, 학생들 저마다의 재능과 끼를 발견하고 키워 주는 '모든 학생' 중심의 교육 내용은 신선한 충격이었다. 이는 학교 교육이 지향해야 할 궁극의 목표가 아닐까도 생각해 보았다.

또한, 회현중학교가 실천하고 있는 다양한 형태의 '프로젝트 수업'은 학생들의 흥미를 진작시켜 자발적인 참여를 이끌고 교육 목표 달성을 극대화할 수 있는 신개념 수업 모델이었다. 이 수업 모델은 새로운 교수법에 목말라하는 우리 학교 선생님 한 분 한 분의 마음에 큰 울림으로 다가오기에 충분했다. 실제로 연수를 마치고 전체가 한자리에 모여 워크숍을 진행하는 동안 회현중학교의 '프로젝트 수업'에 대하여 여러 선생님이 이구동성으로 극찬하며 우리 학교에서도 실천해 보자고 제안하기도 했다.

특히, 교장 선생님께서 우리에게 들려주신 많은 가르침 중에 물론 농담이거나 책 속의 한 구절이겠지만 아인슈타인과 에디슨 이야기, 어느 장학사의 지구본 이야기는 우리 교육의 경직성을 단적으로 설파한 가르침이었다. 이는 일선 교사로서 무거운 책임감과 함께 학교 교육의 지향점을 어디에 두어야 하는가에 대하여 가슴 깊이 고민하게 하였다.

이번 연수를 통해 나는 회현중학교의 교육 활동 사례를 본보기 삼아 그동안 타성에 젖어 안주해 왔던 나의 교육 행태를 반성하며

까까머리 유년의 섬마을 사계

차근차근 한두 가지만이라도 개선하고 실천해 보려고 마음먹었다. 올곧은 마음으로 진정성을 가지고 임하다 보면 지나간 교직 생활보다는 조금이라도 더 좋은 교사가 될 수 있지 않을까 생각해 본다.

군산 회현중학교 중앙 현관에 걸려 있는 "나를 가꾸고 남을 배려하는 세움 · 나눔 교육"의 교육 가치가 우리나라 수많은 학교에 들불처럼 번지기를 소망하며 뜻깊은 가르침을 주신 교장 선생님께도 깊이 감사드린다.

함께 사는 세상 만들기,
다문화 교육 연수를 마치며

-한국 다문화 사회의 특징-

    최근 한국 사회에 일어난 여러 가지 변화 중의 하나는 아주 빠르게 다문화 사회가 도래했다는 점이다. 이러한 시대의 흐름에 맞추어 우리 사회 내부에서 활발히 진행되고 있는 다문화 사회에 대한 인식 제고 노력은 매우 시의적절한 대응이다. 이는 세계화 시대를 살아가는 우리가 더불어 사는 사회를 구현하는 의미에서도 꼭 필요한 일이다. 특히, 이번 연수는 그동안 막연하게 알고 있었던 다문화 사회에 대한 올바른 이해와 폭넓은 인식을 하게 해 준 뜻깊은 시간이었다.

    그러면, 한국 사회에서 나타나는 다문화 사회의 특징을 개략적으로 말해 보겠다.

까까머리 유년의 섬마을 사계

　먼저, 행정안전부가 통계청 인구주택총조사 자료를 활용해 발표한 '2018년 지방자치단체 외국인 주민 현황'에 따르면 2018년 현재 우리나라에 거주하는 외국인 이주민의 수는 약 205만여 명 정도로 파악되는데 이들에 대한 정치, 경제, 사회, 문화, 교육, 법률 등 전반에 걸친 관심과 배려가 절실히 요구되는 상황이다.

　한국에 거주하는 외국인 이주민의 현황은 2018년 11월 기준, 우리나라 전체 인구 대비 약 4%에 달하며, 이들의 국적은 대략 22개 국가로 이 중에서 중국 국적자가 가장 큰 비중을 차지하며 베트남, 태국이 그 뒤를 잇는다. 그리고 이들은 대부분 이주 노동자 중심의 이주민으로서 서울, 경기, 인천 등 수도권 지역에 약 126만여 명 정도가 거주하며 비율로는 61.8%가량이다.

　이번 연수를 통해 알게 된 이주민 노동자의 가슴 아픈 사연 한 가지를 소개하면 대략 이렇다. 한 이주민 노동자가 우리나라 중소 사업장 30여 곳을 전전하며 일했는데 실제 임금을 받은 곳은 고작 예닐곱 군데 정도이고, 나머지 일터에서는 '불법 체류자'라는 약점 때문에 온갖 욕설과 폭행을 당하고 임금도 받지 못한 채 쫓겨났다는 것이다. 이런 비인간적인 처사나 무경우가 외국인 이주민 노동자를 고용하고 있는 일부 사업장에서 버젓이 자행되고 있다는 것이다. 우리 사회의 후진성을 보는 것 같아 부끄럽다.

다음으로, 한국에 거주하는 외국인 이주민의 특징을 말해 보면 다문화적 특성을 나타내는 인구의 증가가 가파르게 진행되고 있으며 우리 사회는 외국인 이주민에 대하여 '데니즌(denizen)'과 '마지즌(margizen)' 개념에 근거한 계층적 차별을 하고 있다는 점이다.

'데니즌(denizen)'은 주로 전문직에 종사하는 사람들로 일시적인 이주를 통해 타국에 머물더라도 출신국의 시민권을 포기하지 않

까까머리 유년의 섬마을 사계

으며 체류 국가에 영주할 의사가 없는 이주민을 말한다. '마지즌 (margizen)'은 이주 노동자처럼 체류 국가에서 법적, 정치적, 사회문화적 권리를 보장받지 못하고 주변적인 범주에서 살아가는 사회 경제적 취약자를 일컫는다. 이런 경향은 '데니즌'에 대해서는 존경심을 드러내고, '마지즌'에 대해서는 차별적 태도를 보이는 등의 이중적 행태를 드러낸다는 점이다.

끝으로, 한국 다문화 사회의 미래는 FTA와 같은 국가 간 자유 무역 협정으로 인한 외국계 고급 인력의 입국, 결혼 배우자 부족으로 인한 국제결혼 이주민의 유입, 해외 동포의 입국, 역유학, 오랜 외국 생활을 마치고 돌아오는 재외 국민의 입국 등 다양한 형태의 이주민이 지속적으로 증가할 것으로 전망된다. 이로 인해 파생되는 우리의 단일민족 이데올로기 문제와 외국인 이주민에 대한 차별적인 태도 문제는 반드시 극복하고 해결해야 할 과제이다.

이제 우리는 누대에 걸쳐 자랑스럽게 여겨 왔던 단일민족 이데올로기를 성숙한 선진 시민 의식으로 극복하고 다문화 사회의 다양성을 존중하는 사고의 일대 전환이 필요하다. 지난 19대 국회의원으로 선출된 필리핀 출신 결혼 이주 여성이나 탈북자 출신 연구원의 사례는 한국 사회가 다문화 사회로 가는 하나의 상징이라고 본다.

요컨대, 한국 사회가 성숙한 다문화 사회로 나가기 위해서는 소수자 집단의 다양한 권리를 존중하고 그들에게 정치적, 법적, 경제적, 사회적 측면에서 불평등을 겪지 않도록 하는 제도적인 장치를 마련해야 한다. 아울러, 우리 사회 구성원 모두가 일상 속에서 그들을 배려하며 문화적 다양성을 존중하는 실천이 무엇보다도 절실하다.

변혁의 시대,
우리 교육의 지향점과 교사의 자세

-조벽 교수의 『나는 대한민국의 교사다』를 읽고-

우리의 교육 현실은 짧은 시간 내에 해결이 간단치 않은 수많은 난제를 안고 있다. 교육 주체들은 각 주체대로 작금의 우리 교육에 대한 낙관론보다 비관론에서 휩싸여 있다. 교사는 교사대로 절망감에, 학생은 학생대로 입시 경쟁의 파고 속에, 학부모는 학부모대로 늘어만 가는 사교육비 부담에, 중심을 잃고 휘청대고 있다. '한국 교육, 이대로는 미래가 없다.'라는 언론 보도, 자녀 교육을 위해 해외로 유학을 보내거나 심지어 이민을 떠나는 사람들이 증가하고 있다는 통계를 접하면서 교육에 종사하는 한 사람으로서 마음이 씁쓸하다.

하지만 조벽 교수의 『나는 대한민국의 교사다』를 읽으면서 비관적으로만 느껴졌던 우리 교육의 현실에 대하여 한 줄기 서광처럼 밝은 희망의 단서를 찾을 수 있었다. 그것은 교사의 변화와 혁신을 위한 긍정적인 사고와 끊임없는 노력에서 찾을 수 있다.

까까머리 유년의 섬마을 사계

최근 우리의 교육 붕괴 현상은 산업화 시대에 적합한 교육 체제가 지식 기반 시대의 교육 체제로 변모하는 과정에서 생기는 과도기적 현상이라는 것이다. 그동안 산업사회를 이룩하는 데 혁혁한 공을 세운 획일성 교육은 이제 지식 정보화 시대를 거쳐 4차 산업 혁명 시대에 적합한 자율성, 다양성, 창의성 교육에 그 자리

를 양보할 때라는 것이다. 이제는 국가가 변했고, 세계도 변했으며, 사회가 필요로 하는 인재의 종류도 변했다. 따라서 개인, 국가, 사회의 생존 전략도 변해야 한다. 아울러 교육 목적과 방법도 변해야 한다.

이제 미래의 우리 교육이 지향해야 할 바는 분명해졌다. 다양화, 특성화, 자율화가 특징인 지식 기반 사회 교육의 틀을 세우기 위해서 산업화 사회가 필요로 했던 획일적, 일방적, 수직적 교육의 틀을 깨야 한다는 것이다. 이를 위한 실천의 첨병은 현장 교육 담당자로서의 교사임이 분명해졌다. 고품질의 교육 시스템을 끊임없이 만들어 내고 이를 일선 교사들이 익혀서 학교 현장에서 역동적으로 실천해 나갈 때 우리 교육의 미래는 광명과도 같이 밝아질 것으로 본다. 글로벌 인재의 양성과 관리는 국가와 인류 사회의 미래를 담보하는 가장 큰 자산이기 때문이다.

21세기 4차 산업 혁명 시대가 지향하는 자율성, 다양성, 창의성 교육을 실천하기 위한 첫 단추로 현장 교사들의 비장한 각오와 노

력이 뒤따라야 한다. 이를테면 텍스트에서 조벽 교수가 말한 한국 교육의 걸림돌을 제거하는 여섯 가지 전략은 오늘의 현장 교사들이 기본으로 삼아야 할 자세요, 변화의 시대에 발맞추어 가는 교사들의 책무라고 생각한다.

그 여섯 가지 전략을 간략히 요약하면, 교사들은 시대의 흐름을 잘 읽고 선견지명(先見之明)의 혜안을 가져야 하며, 각자 스스로가 리더로서의 책임감을 인식하는 일이 필요하다. 또한, 지금까지의 타성적 무기력을 극복하기 위해 당장 새로운 마음가짐으로 실천 가능한 계획을 세우고 이를 실행에 옮겨가야 하며, 학생이나 사회의 장점을 찾아 이를 더욱 신장시켜 나가도록 해야 한다. 그리고 맹목적인 신봉에서 벗어나 새로운 시대와 사회가 요구하는 교수법을 배우고 실천하는 데에도 부단히 노력해야 한다. 마지막으로 현장 교사들에게 남은 소임은 교사 각자의 마음속에 내재하고 있는 기존의 체계와 가치관을 시대 변화에 맞추어 새롭게 정립하는 것이다.

위에서 열거한 사항들은 현장 교사들이 개별적으로 선택할 수 있는 것들이고, 각자 마음대로 선택하는 것들이기에 일선 교사들이 무엇을 어떻게 선택하여 실천하는가에 따라 우리 교육의 미래는 물론이고 장차 국가의 명운도 크게 달라질 수 있다고 본다.

이제 현장 교사들이 견지해야 할 우리 교육에 대한 지향점은 분명해졌다. 나날이 새로운 교수법과 자율성, 다양성, 창의성을 추구하는 교육으로의 지향을 통해 새로운 시대를 이끌어 갈 글로벌 창의 인재를 키워 가는 데 열과 성을 다해야 한다.

까까머리 유년의 섬마을 사계

교권 회복에 대한 단상

최근 '교실 붕괴'라는 신조어의 등장은 교권을 경시하는 사회 풍조에 기인한 바 크다. 1990년대 후반부터 우리 교육 현장에서 학생의 인권을 중시해야 한다는 사회적 분위기가 확산하면서 각종 매체의 교권 흔들기, 교사에 대한 학부모의 폭언이나 폭력 행위 등이 끊임없이 발생하고 있다. 게다가 간혹 일부 학생은 선생님을 경찰서에 신고하고 이에 출동한 경찰관은 선생님을 현행범 대하듯이 고압적인 자세로 사법 행정을 펼치고 있는 것도 현실이다. 물론, 어떤 경우에라도 교사의 학생에 대한 체벌, 폭언 등의 아동 학대 행위는 절대로 있어서도 안 되고 정당화할 수 없다. 그렇지만 교사가 학생을 바르게 훈육하는 지도 과정에서 사소한 실수라도 저지르게 되면 가차 없이 고발되고 범법자로 내몰리는 오늘의 교육 현실은 가혹하다. 이런 마당에 어떤 교사가 학생이 바르지 못한 행동을 한다고 해서 그때그때 바르게 가르치고 훈육하려 들겠는가? 불현듯 엄격하기로 유명한 프랑스의 교육이 생각나서 씁쓸할 따름이다.

　교권 경시 풍조는 사회 변화에 따른 여러 가지 요인들이 복합적으로 작용하여 생겨난 현상이겠지만 각종 매체나 사회의 여론이 교사에 대한 이미지를 '촌지, 체벌, 폭력' 등의 대상물로 몰아세운 것이 주요 원인이라고 본다. 또한, 가끔씩 학교 현장에서 이루어지는 교육적 훈육마저도 학생 체벌로 확대 재생산되고 부풀려져서 현장의 선생님들에게 적잖은 상처를 주고 있다. 물론, 이 지경에 이르기까지는 학생 체벌로 물의를 일으킨 교사의 책임이 크지만, 무엇보다도 일부 체벌 교사의 문제 행동을 각종 매체가 지나치게 악의적으로 보도하여 이런 일이 교육 현장에 만연한 현상처럼 오도해 온 것이 더 큰 원인이라고 생각한다.

　까까머리 유년의 섬마을 사계

학교 현장에서 선생님들이 존경받지 못하고 교권을 침해당하는 일이 지속되면 우리 교육은 존립 자체를 크게 위협받게 될 것이다. 이는 자라나는 2세들의 올바른 성장에 지장을 초래할 뿐만 아니라 나아가서는 국가와 민족의 밝은 미래도 기대할 수 없게 할 것이다.

다음의 일화는 어느 책에서 읽었던 이야기로 기억한다.

한 학생이 선생님을 볼 때마다 항상 예의 바르게 인사하며 수업 시간에 다른 아이들은 떠들어도 언제나 미동도 하지 않고 선생님의 말씀에 열중하기에,

어떤 학생이 그 학생에게,

"넌 왜 선생님을 그렇게 무서워하니?"라며 물었더니,

이렇게 대답했다고 한다.

"나는 교단에 서 있는 저분이 내 부모님이라고 생각해. 실제로 우리 선생님들은 대부분 누군가의 아버지이거나 어머니잖아. 그런데 만일 우리가 그분들을 욕하고 경멸하는 모습을 보인다면 그 자식들은 얼마나 마음이 아프겠니? 너는 네 부모님이 부족하다고 너를 잘 가르치지 못한다고 해서 네 부모님을 무시할 수 있어? 아니면 돈으로 다른 부모님을 살 수 있어?"라며 말했다고 한다.

다소 고루하게 들릴지 모르겠으나 옛말에 '군사부일체(君師父一體)'라는 말이 있다. 과거 우리 조상들은 스승을 부모님, 임금님과 함께 가장 존경해야 할 대상

으로 여기며 살아왔다. 오늘의 우리는 왜 그토록 우리 조상들이 스승에 대하여 각별한 예의를 다했는지 성찰해 보아야 한다. 그것은 바로 교육이 희망임을 인식했기 때문이며 그 희망의 상징으로서 자식에 대한 교육이 무엇보다 소중한 일이라고 생각했기 때문이다.

자신을 아끼고 타인을 배려하는 학생, 따뜻한 가르침으로 학생을 이끄는 선생님, 자녀에게 엄격하면서도 자애로운 부모님, 이 교육의 세 주체가 서로에 대한 믿음을 가지고 제 자리에서 묵묵히 소임을 다할 때 점점 사그라드는 우리 교육의 불씨는 되살아나 들불처럼 활활 타오를 것이다.

이제부터라도 우리 사회가 교육 현장에 대하여 애정 어린 시선으로 바라보고 격려를 아끼지 않는다면 열과 성을 다해 묵묵히 교육 활동에 전념하는 수많은 선생님에게 큰 용기가 될 것이다. 아울러, 우리 선생님들이 밝고 희망찬 현장 교육에 매진할 수 있도록 적합한 제도를 마련하고 교권을 존중하는 사회 풍토를 만들어 가야 한다. 이제 더는 경박한 여론몰이로 교육계 전체를 매도하는 마녀사냥을 되풀이하지 않기를 바랄 뿐이다.

아, 세월호 그 간절한 기원

2014년 4월, 충격적인 '세월호' 침몰 사고를 모두 기억할 것이다. 수학여행의 설레는 마음을 안고 제주도로 향하던 안산 단원고 학생들과 각기 다른 사연을 지닌 채 세월호에 승선하여 제주도로 향하던 일반인 승객들의 허망한 죽음이 같은 시대 같은 나라에서 살아가는 우리에게 말로는 다 표현할 수 없는 가슴 먹먹한 슬픔에 잠기게 했다. 이 사고는 수백 명의 고귀한 목숨을 손 써 볼 겨를도 없이 그냥 망연히 바닷속에 놓아 버린 대참사였다.

그동안 많은 사람이 사고의 원인이나 문제점에 대하여 말해 왔고 사후 약방문(死後藥方文) 격의 해결책을 제시하기도 했다. 하지만 세월호 사고 당시 선원들을 비롯한 어른들의 소극적인 대처가 그 무엇보다도 큰 문제점이었음은 부인할 수 없다. 배가 침몰해 가는 절박한 상황 속에서 소중한 생명을 살리기 위해 모든 수단과 방법을 동원하지 않은 것은 절대로 용서받지 못할 범죄 행위이다. 돌이켜

보면 세월호가 침몰해 가는 초기 상황에 그곳을 지나던 대형 선박 두 척(두라에이스호, 드래곤에이스 11호)이 있었다. 이 두 척의 대형 선박을 침몰해 가는 세월호에 가깝게 이동시켜 부두에 접안할 때 사용하는 밧줄로 세월호의 선체를 묶어서 당기는 힘, 즉 무게 중심을 이용했더라면 침몰 시간을 조금이라도 늦출 수 있었을 것이고, 이 시간만큼 배 안에 있던 귀중한 생명을 한 사람이라도 더 구할 수 있지 않았을까? 안타까운 심정으로 추정해 본다. 또한, 사고 순간 세월호 선장이나 해상교통을 관리 감독하는 기관에서 배 안에 남아 있던 승객들에게 즉시 배 안에서 탈출하도록 적극적으로 안내하고 대처했더라면 참담한 희생을 최소화할 수 있지 않았을까? 때늦은 회한을 가져 본다.

2014년 9월 어느 주말 나는 막냇동생과 함께 섬마을에 홀로 계시는 어머님을 찾아뵙기 위해 고향 장산도에 갔다. 그날 섬마을에 도착하여 어머니의 일손을 잠깐 도와드린 후, 한창 가을 낚시철이기

까까머리 유년의 섬마을 사계

도 해서 무료함도 달래고 휴식도 취할 겸 바닷가로 갯바위 낚시를 하러 갔다. 그런데 갯바위 낚시터로 향해 가던 중 그곳 바닷가 한쪽 큰 소나무에 매달려 있는 작지만 선명한 하나의 '노란색 별' 모양의 추모 글자판을 보게 되었다. 그 글자판에는 이런 간절한 기원이 적혀 있었다.

"황○○아, 이모부다. 보고 싶다. 빨리 돌아와라."

나는 "왜 여기에 세월호 추모 글귀가 매달려 있지?"라며 생각해 보니, 바로 여기 바닷가 앞쪽 섬들 너머에 옹기종기 모여 있는 조도 군도(鳥島群島)가 세월호 사고 현장이라는 것을 금방 깨닫게 되었다. 아마도 이 추모 글귀는 가족이나 친척 중에 장산도에 연고가 있어서 사고 현장과 가까운 이곳에 간절한 기원을 매달아 놓았을 것이라고 짐작해 보았다. 추모 글귀가 매달려 있는 바닷가에서 동남쪽을 바라다보면 손가락(주지도), 발가락(양덕도) 모양의 섬이 떠 있다. 이 섬들을 비롯해 주변의 여러 섬이 모여 조도군도를 이루며 그 바다 너머에 가슴 아픈 세월호가 침몰해 있는 것이었다.

나와 막냇동생은 2주가 지난 10월 중순 또다시 그곳 바닷가에 갯바위 낚시를 하러 가게 되었다. 갯바위 낚시터로 이동하던 중, 전에 바닷가 소나무에 매달려 있던 추모 글자판이 소나무 아래 모래톱에 떨어져 박혀 있는 것을 발견하고는 잔정이 많은 막냇동생이 그것을 주워 낚싯줄로 단단히 묶어 매달면서 가족 품으로 빨리 돌아오기를 바라는 마음을 보탰다. 그로부터 다시 보름쯤 지난 10월 말경 인터넷 뉴스를 통해 황○○ 학생의 부모님이 진도 팽목항에 미역국, 떡, 케이크 등 조촐한 생일상을 차려 놓고 딸이 하루빨리 돌아오기를 기원한다는 기사를 읽은 적이 있다.

　그런데 참으로 신기한 일이 일어났다. 지성이면 감천이라 했던가? 거짓말처럼, 아니 기적처럼 故황○○ 학생은 그것도 생일날에 시신으로나마 부모님 곁으로 돌아왔다는 뉴스를 접하게 되었다. 그때 가족은 물론 우리 모두의 진심 어린 소망과 간절한 기원이 한데 모여서 정말로 믿기지 않을 기적 같은 일이 일어난 것에 나는 가슴 찌릿한 전율을 느꼈다.

　나는 소망한다. 2014년 한 해 진도 팽목항, 그리고 온 나라를 노란 물결로 물들였던 우리들의 가슴 절절한 바람을 한데 모아 이 땅에서 다시는 이런 참담한 사고가 일어나지 않기를 기원한다. 더불어 우리들의 마음속에 깊은 상흔으로 자리 잡은 세월호 사고의 아픔이 조속히 치유되기를 간절히 바란다. 아직도 돌아오지 못한 세월호 실종자들이 하루빨리 가족의 품으로 돌아오기를 기원하며 세월호 사고로 귀중한 목숨을 잃은 희생자들의 영전(靈前)에 명복을 빈다.

연안 여객선 안전 운항과
해상교통 발전을 위한 제언

지난 2014년 우리 사회에 엄청난 충격을 안겨 준 세월호 침몰 사고의 아픈 기억이 떠오른다. 다시는 이런 아픔을 되풀이하지 않기 위해 모두가 지혜를 모아 우리 사회 내부의 적폐를 찾아 바로 잡는 반면교사로 삼자는 생각에서 이 글을 쓴다. 내가 나고 자란 곳은 전라남도 신안의 작은 섬마을인데 지금도 매월 한두 차례씩 연안 여객선을 이용해 노모가 살고 있는 섬마을을 찾는다. 이런 까닭에 나는 여느 일반인보다 바다를 자주 접하는 편이다. 또한, 바다에 대한 상식도 나름대로 지니고 있다고 자부한다.

그러면 내가 연안 여객선에 승선하여 섬마을을 오가면서 느끼고 경험한 연안 여객선 안전 운항의 걸림돌이 되는 문제점과 이에 대한 적절한 해법을 제시해 보겠다.

　첫째, 연안 여객선의 항로상에 각종 그물이나 어구의 설치를 규제해야 한다. 여객선을 타고 지나가다 보면 항로상에 그물이나 어구가 여기저기 불규칙하게 설치되어 있는 것을 목격하게 된다. 실제로 여객선이 항로상에 설치된 그물이나 어구를 피해 다니면서 운항하고 있어 안전사고 발생의 우려가 크다. 이를테면 여객선 스크루(screw)에 그물이 감겨 운항을 멈추고 해상에서 표류하는 경우가 종종 발생하기도 한다. 연안에 그물이나 어구를 설치하여 어획고를 높이려는 어민들의 상황이 비록 생계와 직결되는 문제라고 하더라도 여객선이 통행하는 항로상에 만큼은 그물이나 어구를 설치하는 것은 피해야 한다.

　둘째, 여객선에 승객과 화물을 함께 싣는 화객선(貨客船)의 문제를 정비해야 한다. 카페리 형태의 승객과 화물을 함께 싣는 연안 여객선(화객선)에 승용차, 1톤 이하의 차량 등 소형 차량 이외의 중대형 화물 차량이나 위험물을 적재한 차량의 선적을 금지하는 해상 운송 교통 법규를 조속히 마련해야 한다. 한 가지 다행인 점은 최근 정책 당국이 국제법 규정에 따라 액체 산소통이 설치된 차량의 여객선

　　　　　　　까까머리 유년의 섬마을 사계

선적 금지를 점진적으로 추진하겠다고 밝힌 점이다. 화객선의 문제는 높은 파도나 항로 변경 시 무게 중심이 한쪽으로 급격히 쏠려 선박이 순식간에 복원력을 잃고 침몰하는 사고 발생의 위험성을 안고 있다. 특히, 가을 수확철 농수산물을 실어 나르는 적재 중량이 많은 중대형 화물 차량은 반드시 화물만 운송하는 화물선을 이용하도록 제도와 법규를 마련하고 이를 철저히 준수하도록 관리 감독해야 한다. 물론, 승객만 운송하는 여객선과 화물만 운송하는 화물선으로 이원화하는 것이 바람직하겠으나 여객선 선사 측이나 이용객의 입장에서 볼 때 앞서 말한 승객과 소형 차량 위주의 선적이 가장 현실적인 대안이 될 수 있다.

셋째, 여객선의 해양 사고 예방을 위한 선박 내의 각종 안전 시설물 규정을 강화해야 한다. 여객선의 침몰 상황에 대비하여 선실 내에 구명동의를 승객 정원수보다 10% 이상 더 비치하고 보관함의 잠금장치도 없애야 한다. 또한, 모든 여객선에는 반드시 승객 정원

수에 비례하는 적정 수량의 '구명벌'을 비치하도록 지도 감독해야 한다. 선장이 위치하는 조타실에는 유사시 사용 가능한 선박 유리창 파괴용 중형 도끼나 해머를 비치해 두어야 한다. 이밖에 선실의 천장에 비상 탈출구를 좌우로 두 군데 이상 설치하도록 의무화하는 법규를 마련하는 등 여객선의 각종 안전 시설물 규정을 대폭 강화해야 한다. 특히, 여객선이 좌현이나 우현으로 기울어지며 서서히 침몰하는 상황을 가정할 때 선실 천장의 비상 탈출구는 인명 구출에 결정적인 도움을 줄 것으로 본다.

넷째, 여객선 운항의 실질적인 책임자로서 여객선 선장의 자격 요건을 강화하고 선원들에게는 여객선 안전 운항 교육을 정기적으로 실시해야 한다. 아울러, 과적 등의 운항 규칙을 지키지 않는 선사(船社)에 대한 제재를 강화하는 방향으로 법규를 정비해야 한다. 세월호 사고 이후 연안 여객선 운항에서 눈에 띄게 달라진 것은 승객의 신분증을 확인한 후 승선권을 매표하는 것, 출항 시에 선적한 차량을 고박하는 것, 해상 날씨에 따라 엄격하게 입출항을 통제하는 것 등이다. 앞으로도 정책 당국에서는 여객선 안전 운항을 위한 실효성 있는 방안들을 끊임없이 정비하고 개선해 나가야 한다.

다섯째, 여객선으로 사용하는 선박의 선령을 건조 후 이십 년까지로 한정하고 노후 선박 교체를 위한 지원금을 교통 분담금 형태로 국가가 조성하여 여객 선사에 지원해야 한다. 또한, 육상 거주민들에 비해 열악한 도서 주민들의 교통 편익을 제고하고 육지와 섬으로 이루어진 국토의 효율적인 활용을 위해서도 연안 여객선의 공영화를 점진적으로 이루어 나가야 한다. 현재 연안 여객선으로 운항하고 있는 우리나라 여객선들의 선령을 살펴보면 십오 년 이상인 선박이 대부분을 차지해 노후화가 심각한 상태이다. 누가 뭐라고 해도 해상교통 발전을 위한 가시적인 노력의 첫걸음은 노후 선박을 신형 선박으로 교체하는 일에서부터 시작임이 분명하다. 만약 국가가 해상교통 발전 문제를 경제적인 잣대로만 국한하여 투자 대비 실익이 없다는 관점에서 바라본다면 도서민의 삶의 질 향상과 국토의 균형적인 활용은 요원한 일이 될 것이다.

여섯째, 해양수산부 산하에 해상교통만을 전담하는 독립 관청을 만들어 해상교통의 모든 부문을 일원화하여 관리해야 한다. 또한, 지금까지 우리 사회의 사각지대나 다름없었던 낙후된 해상교통 분야의 관련 제도나 법규를 세밀하게 정비하고 이를 관리 감독하는 독립 관청에 강력한 법적, 행정적 권한을 부여해야 한다.

알다시피, 2014년 세월호 사고 이전까지의 우리나라 연안 여객선 운항과 해상교통에 관한 정책은 여러모로 미비했다. 또한, 해상교통 행정 관리 시스템도 일원화가 이루어지지 않아 행정의 난맥상이 드러나기도 했다. 늦었지만 다행인 점은 최근 들어 해상교통 정책에 대한 정비와 개선이 차츰차츰 가시적인 성과를 내고 있다는 점이다. 이제부터라도 세월호 사고의 아픔을 교훈 삼아 해상교통의 중요성을 육상(도로) 교통 정책에 준하는 관점에서 바라보고, 여기에 내재하고 있는 문제점들을 찾아 개선해 나가는 해상교통 정책의 새로운 패러다임을 모색해야 한다.

까까머리 유년의 섬마을 사계

5.
지명(地名) 이야기

고운 우리말과 정겨운 문화를 간직한 지명

경기도 일원의 지명 탐구

독도(獨島)의 지명 유래

제주 성산읍 '섭지코지' 지명 탐구

신안 장산도 지명의 국어학적 고찰

고운 우리말과 정겨운 문화를 간직한 지명

♣ 지명(地名)의 의미

사람이 모여들어 공동체가 형성되면 이 공동체와 밀접한 관련을 맺고 있는 자연물이나 취락에 자연스럽게 부여된 명칭이 이른바 지명이다.

지명에는 그 지역에서 살다간 옛 조상들의 삶의 자취가 스며들어 있다. 그 고장의 독특한 자연환경과 생활 양식뿐만 아니라 역사, 풍속, 관습, 언어, 사상, 전설 등이 지명에 반영되어 나타나는데 이를 통해 사라져 가는 옛말과 방언의 모습을 파악해 내기도 한다. 이렇게 볼 때 지명은 오랜 역사를 통하여 조상들로부터 물려 받아온 귀중한 언어 문화재라 할 수 있다(이돈주, 1994:28).

지명은 일반 언어와 달리 명명 과정에서부터 유연성을 강하게 지니고 생성되기 때문에 한 지역에 전해 오는 지명에는 그 지역 사람

까까머리 유년의 섬마을 사계

들만이 경험한 삶의 애환과 특유의 정서가 담겨 있다. 아울러 지명에는 짙은 향토성이 배어 있어서 그 지역 주민들에게 애향심과 일체감을 조성해 주는 역할을 하기도 한다.

언어는 항상 신생, 성장, 사멸의 과정을 겪는다. 국어만 놓고 보더라도 15세기 훈민정음 창제 이후 지금까지 우리 국어가 끊임없이 변천해 왔음은 주지하는 바이다. 이처럼 언어는 부단히 변하기 때문에 그 변화 과정을 정확하게 파악하기는 쉽지 않다. 그러나 지명은 비록 바뀌기는 했으나 한자 표기를 근거로 그 유연성을 발견할 수 있다. 아울러, 지명은 명명된 유래나 전설이 구전되고 지형적·물적 증거가 존재하므로 이를 통해서 공시적, 통시적 언어의 변화 과정을 고찰하는 데 중요한 자료로 활용할 수 있다.

♣ 한국 지명의 변천사

▶상고 시대

중국 진나라 때 진수가 편찬한 『삼국지 위지 동이전』에 나타나는 삼한의 지명은 중국인에 의해 당시 중국의 한자음으로 기록되었기 때문에 그 뜻을 알 수 없는 것들이 많다.

▶삼국 시대

고려 시대 김부식이 편찬한 『삼국사기』에는 삼국의 지명에 대한 기록이 전하는데 이는 현전하는 가장 오래된 기록이면서 유일한 기록이다. 이를테면, 『삼국사기』 「지리지」 34권은 '신라', 35권은 '고구려', 36권은 '백제'의 지명을 다루고 있다. 그리고 37권에서는 '고구려, 백제'의 지명에 대하여 덧붙여 다루고 있다.

삼국 시대의 고을 지명은 우리말에 한자를 차용하여 만든 이두(吏讀)나 향찰식(鄕札式) 표기로 표현되었다. 『삼국사기』 「지리지」의 '임피현본백제시군(臨陂縣本百濟屎郡)', '청풍현본고구려사열이현(淸風縣本高句麗沙熱伊縣)'의 기록에서 보듯이 '시(屎)'는 피(소변(小便)의 뜻)에서 '임피(臨陂)'로, '沙熱伊(사널리)'는 '서늘하다'는 의미로서 '청풍(淸風)'으로 바꾼 것이다. 이후 우리나라의 지명은 대부분 한자 지명으로 쓰이게 되었다.

▶통일 신라 시대

우리나라에서 가장 먼저 지명의 대폭적인 변화가 이루어진 시기는 757년(경덕왕 16년)이다. 통일 신라 시대에는 고유 지명을 한자의 뜻에 따른 두 음절 지명으로 바꾸어 표기하였다. 이는 우리나라 지명 가운데 도성 단위의 상위 행정구역 명칭이 한자화 하는 출발점이 되었고 이후 점차 하위 행정 단위로도 한자어 지명이 파고들어 일반화하는 계기가 되었다.

▶고려 시대

고려 시대에는 군현제도를 통해 중앙집권적 형태로 지방을 통치하면서 전국을 오도와 양계로 행정구역을 재편하였다. 그 밑에 경(京), 도호부(都護府), 목(牧), 군(郡), 현(縣)과 특수 행정구역인 향(鄕), 소(所), 부곡(部曲)을 두었다. 이와 같은 행정구역의 개편 과정에서 새로운 지명들이 생겨나기도 하였다.

▶조선 시대

조선 시대에 들어 지명은 다시 한번 대폭적인 변화를 겪게 되었다. 조선 시대 지방 행정제도는 1413년(태종 13년)에 확립된 팔도제와 군현제가 바탕이 되었다. 각 군현은 등급에 따라 부(府), 대도호부(大都護府), 목(牧), 도호부(都護府), 군(郡), 현(縣)으로 구성되었다. 한양, 개경, 평양 등에는 부방제(部坊制), 그리고 각 군현에는 면리제(面里制)를 실시하였다. 이 과정에서 지명의 이름소(목포·무안·신안……)는 과거의 내용을 대부분 그대로 사용하였으나 형태소(부·목·군·현……)의 경우 대폭 변동이 이루어졌다.

19세기 후반까지 유지되어 오던 조선 시대의 행정 지명은 1894년 갑오개혁을 계기로 크게 변화하였다. 1895년 팔도제를 폐지하고 지방 제도 개정과 지방관 관제를 공포, 시행하면서 크게 변했다. 전국을 23부의 행정구역으로 나누고 종래의 부·목·군·현 등의 행정구역을 개편해서 336개의 군으로 통일하였다. 1897년 대한제국의 성립과 동시에 수도 한성부를 제외한 전국의 행정구역을 다시 13도(道) 7부(府) 1목(牧) 331군(郡)으로 개편하였다. 이와 같은 행정구역의 개편 과정은 지명이 크게 바뀌는 계기가 되었다. 이때 시행했던 13도제의 행정구역은 1945년 이후 지명의 골격을 이루게 되었다.

▶일제 강점기

일제는 1914년 행정구역을 재편하고 자원을 수탈하기 위해 토지 조사 사업과 함께 지도를 새롭게 제작하였다. 이 과정에서 우리말 고유 지명이 일본식 한자 지명으로 바뀌거나 새로운 지명이 생겨나기도 했다. 이전의 고유 지명도 한자로 바꾼 사례가 허다했다.

* 일제가 우리의 민족정신과 정체성을 말살하기 위해 바꾼 일본식 지명의 예

인천 중구 을왕동: 늘목마을→을왕리(乙旺里)

경기 수원시 이목동, 율전동: 배나무골→이목동(梨木洞), 밤밭골→율전동(栗田洞)

경기 군포시 산본동: 산밑→산본(山本)

현재의 각 지방 행정구역의 지명은 이때 형성된 것이 대부분이다. 일제는 조선 총독의 지휘 아래 지방의 도·부·군을 거쳐 면·동·리에 이르기까지 식민지 지배를 위한 행정조직으로 정비하면서 우리나라의 지명을 바꾸어 놓았다. 조선 시대 목(牧)·부(府)·군(郡)·현(縣)으로 불리던 고을은 일제 강점기를 거쳐 오면서 시(市)나 군(郡)으로 바뀌었다.

▶해방 이후

광복 이후 분단과 한국전쟁을 거치면서 또다시 대폭적인 행정구역의 변화가 있었다. 1960년대 이후에는 도시화가 진행되면서 새로운 지명들이 생성되었다. 특히 수도권의 경우 행정구역이 급격하게 바뀌고 거주지역이 확대되면서 지명의 변화 속도는 매우 빠르게 진행되었다. 산지 지명의 경우 시가지가 확대되면서 소멸한 경우도 적지 않게 발생했으며 동·리 지명의 경우 과거의 지명을 바탕으로 복원된 경우도 일부 나타났다.

1945년 광복 당시 우리나라의 행정구역은 13개 도로 편제되었으며 이 중에서 5개 도는 북한에 속하게 되었다. 남한에서는 1946년

까까머리 유년의 섬마을 사계

에 경기도에 속해 있던 서울이 특별시로, 전라남도에 속해 있던 제
주도가 도로 승격하였다. 이후 일부 대도시는 인구가 증가하면서
직할시로 승격했다가 지방자치 제도의 시행으로 1995년에 광역시
로 개편되었다. 현재 우리나라의 행정구역 편제는 1개 특별시, 6개
광역시, 8개 도, 1개 특별자치시, 1개 특별자치도 등으로 나뉜다. 그
리고 특별시는 자치구로, 광역시는 자치구와 군으로, 도는 시와 군
으로 하위 편제를 구분하고 있다. 또한, 시와 구는 읍·면·동으로,
군은 읍·면으로 나누고 있다. 한편, 읍·면은 법정리와 행정리, 동
은 법정동과 행정동 등의 지명으로 구분하고 있으며 인구의 분포에
따라 지리적 범위는 일치하지 않는 경우가 많다.

오늘날 주요 대도시 지명에서 서울만이 유일한 고유어 명칭으로
남아 있다. 특히, 우리의 고유 지명을 한자 지명으로 바꾸는 과정에
서 한자의 의미를 부회(附會)하거나 좋은 뜻을 가진 글자로 한자를
교체하거나, 동음 견인(같거나 비슷한 음상에 의존하여 연상적 어원을 부여)에 따른
오기 등이 발생하여 본래와는 다른 지명으로 바뀌거나 엉뚱하게 변
하여 전해지는 예가 많다.

♣ 지명 어휘의 특징

▶지형적 특성이 나타나는 지명 접미사

일반 언어에 있어서 접미사의 개념은 어근 뒤에 붙어 그 어근에
뜻을 더하기도 하고 때로는 품사를 바꾸기도 하는 어사로서 독립된
의미를 갖지 못하는 형태소를 말한다. 그러나 이돈주(1965:391)는 지

명 접미사에 대하여 원래 어사 자체의 주의미 범주를 벗어나서 일응(一應: 하나에 응하는) 지명에 널리 분포하게 된 사실을 근거로 합성어의 구성이라기보다 마땅히 지명에 관련된 특수형으로 보았다.[1]

① '-고지/-구지/-코지/-쿠지/-꾸지/곶 系' 지명

쇠낭구지(金出)(지도 감정), 텃구지(자은 고장)

돌꾸지(도초 만년)

'-고지/-구지/-코지/-쿠지/-꾸지' 系 지명은 본래 '곶(串, 岬)'에서 파생한 변이형태라고 보는데 '곶+이=고지'의 형태로 분석할 수 있다.[2] '곶'은 지세 환경으로 볼 때 해안선이나 육지 또는 평야 지대의 산기슭이 뾰족하게 튀어나온 지형을 가리키는데 특성상 '-기미/-지미/-구미/-금' 系 지명과 대조를 이룬다.

宋河振(1985:95)는 '곶[koc]' 系 지명에서 큰 지역은 '口(입, 부리)'字를 빌어 표기하였고 차츰 작은 지역에 '岬, 串' 字를 쓰기 시작한 것으로 본다.

제주 서귀포시 성산읍(섭지코지): 이 '곶'계 지명은 지형적으로 보면 해안선을 따라 뾰족하게 튀어나온 곳이다. 한자 표기로는 '협지곶

---

1 이돈주(1965:391)는 지명 접미사의 Base form(기저형)을 단일접미사 17개와 복합접미사 7개로 나누어 다음과 같이 제시하고 있다.
● 단일접미사: -기(-지, -치), -미, -데, -개, -애, -테, -내, -벌, -울, -둠, -등, -이, -비, -실, -수, -목, -머리
● 복합접미사: -기미, -데미, -뎅이, -배미, -뱅이, -둠배, -젱이

2 홍순탁(1979:86)에서는 전남 진도군 지명 '나루꾸지(羅里), 대구지(竹田), 솔오지(松湖)' 등의 형태 분석을 통해, '-오지'의 원형은 '-고지'로 /ㄹ/ 밑에서 /ㄱ/이 탈락한 예이며, 이 구성은 '곶(串) + 이'라고 본다. 또한, '-구지, -꾸지'는 '-고지'의 변이형태라고 간주한다.

까까머리 유년의 섬마을 사계

(狹地串)'인데 '섭지코지'로 부르는 것은 /h/구개음화가 어두에서 실현되는 전남 서부 방언적 자질이 작용한 결과이다. 제주도는 1946년 도로 승격되기 이전까지 전라남도에 속해 있었고 지리적으로도 최단 거리여서 전라도 사람들이 많이 거주하였다. 특히, '협지곶'을 '섭지코지'로 부르는 것은 전남 서부 방언이 이 지명에 잔존하고 있음을 보여 주는 좋은 사례이다. 가령, 전남 서부 방언에서 '형→성', '힘→심'으로 부르는 것과 같이 어두에서 /h/구개음화가 실현된 것이다.

전남 신안군 장산면(윤구지): 이곳은 장산도의 북쪽 첫머리에 있고 바다로 나가는 길목이라 하여 '윤구지(尹衢地)'라 하였으나 1930년 섬의 관문인 이곳에 선착장이 생기면서 현재의 마을이 형성되었으며 북쪽 어귀 바닷가에 위치한다고 하여 '북강(北江)'이라고 부른다.

'윤구지(尹衢地)'란 옛날에 관리가 관할 임지를 찾아갈 때 맨 처음으로 도착하는 길목 같은 지점으로, 미리 지역의 유지나 경륜 있는 사람들이 그 벼슬아치를 영접하기 위해 마중 나가서 기다리던 곳이다. 그런데 필자는 이 '윤구지'를 이곳의 지형이 해안선으로부터 뾰족하게 돌출된 곳이므로 벼슬아치를 뜻하는 '윤(尹)'에 지명 접미사 '-구지'가 결합된 형태라고 본다.

② '-고미/-구미/-그미/-기미/-지미/-금' 系 지명[3]

꼴기미(邑洞)(흑산 진리)

모지미(馬里)(흑산 비리)

석구미(石村)(흑산 홍도)

막금(장산 다수)

이 항의 '-기미' 系 지명은 지형으로 보면 해안선이 오목하게 들어간 곳의 지명에서 주로 나타나며 형태론으로는 '어간+기미'의 구조로 이루어진다.

손희하(1991:146~147)에서는 '阿'자의 새김을 '씀'으로 간주하고 '언덕, 모롱이, 비탈(丘, 隈, 阿)'의 의미로 본다. 또한, '씀'은 지명어에서 '산, 골짜기, 산모롱이, 등성이, 고개, 굽이' 등을 나타내는 지명 접미사로 '-금, -끔, -끼미, -구미' 등으로 널리 쓰이고 있는데 이들은 모두 '씀'의 변이형태로 보기도 한다.[4]

전남 목포시 온금동(다순구미): '다순구미'는 목포에서 '온금동(溫錦[5]洞)'으로 불리는 곳인데 한자어 '온(溫)'이 양지바르고 따뜻함을 의미하는 전남 방언 '다순(따습다)'으로 바뀌어 지명 접미사 '-금'의 변이형태인 '-구미'와 결합한 지명이다. '-구미'는 지형으로 볼 때 강가

---

3 손희하(1991:146-147)에서는 '阿'자의 새김을 '씀'으로 간주하고 '언덕, 모롱이, 비탈(丘, 隈, 阿)'의 의미로 본다. 또한 '씀'은 지명어에서 '산, 골짜기, 산모롱이, 등성이, 고개, 굽이' 등을 나타내는 지명 접미사로 '-금, -끔, -끼미, -구미' 등으로 널리 쓰이고 있는데, 이들은 모두 '씀'의 변이형태로 보기도 한다.

4 孫熙河(1991:147)은 여기에 속하는 지명으로 '공서금(산:고흥 금산)', '생끔(굽이:고흥 대서)', '생끼미(산:고흥 과역)', '대삿구미(산:보성 득량)', '고라금재(고개:고흥 금산)' 등을 예로 들고 있다.

5 지명 접미사 '-금'을 한자어 '錦'으로 표기한 것은 동음 견인에 의한 한자 표기로 오기한 예이다.

나 바닷가를 기준으로 움푹 파여 들어간 곳을 나타낸다. 실제로 목포의 '다순구미'도 과거에는 이곳에 어선들이 풍랑을 피하거나 잠시 기항하여 정박하던 항·포구의 기능을 했었다. 그 후 간척 매립하여 내화 벽돌 공장이 들어섰으나, 지금은 빈 공장 터만 덩그러니 남아 있다.

전남 장흥군 안양면(군영구미): 이충무공의 『난중일기』[6]에 전하는 전남 장흥의 '군영(軍營)구미'는 임진왜란 당시 군영과 함께 군량미를 보관하던 창고가 있었던 곳이다. 현재 전남 장흥군 안양면 '해창(海倉)'으로 불리는 '군영구미'는 지형 면에서 볼 때 바닷가 해안선이 움푹 파여 깊숙이 들어간 전형적인 항·포구 지형이다. 과거 이곳은 선박이 풍랑을 피하여 정박하기에 용이한 곳이었고 장흥 지역의 세곡미를 집하·운송하던 곳이었다. 지금은 간척이 이루어져 원래의 해창 포구는 없어지고 이 자리에 논이 조성되어 들판이 되었다.

③ '-골/-실' 系 지명[7]
지픈골(深洞)(지도 봉리), 텃골(基洞)(신의 하태서), 초분골(자은 송산)
두무실(屯谷)(지도 내양), 곰실(熊谷)(하의 웅곡), 물아리실(水谷)(암태 수곡)

---

6 이충무공의 『난중일기』에는 '군영구미, 이목구미, 원두구미, 화준구미' 등 총 네 곳의 '-구미'계 지명이 출현하는데 모두 움푹 패어 들어간 포구 형태의 지형을 가진 지명들이다.

7 유재영(1982:249)에서 지명 접미사 '-골'은 '그불'의 변이과정을 통해 어원을 찾을 수 있다고 본다. 즉, '그불〉구올〉고을'로 음변되었고, '고을'은 축약되어 '골'로도 쓰인다고 본다. 그런데 국어 전래지명의 한자화 과정에서 보면 소단위 지명엔 대부분 '고을, 골'은 '洞'으로, '실'은 '谷'으로 표기하고 있다고 지적한다.
《龍飛御天歌》註解部 表記 地名에서 보면, '그불', '골' 兩形이 공존해서 '고을'이나 '골'의 탈락형 '올'에는 '洞'으로 표기했고, 古形 '그불'에만 '村'으로 표기했음을 밝히고 있다. 또한, 국어로는 '고을'의 축약형도 '골'이요 '골짜기'의 생략형도 '골'로 나타나고 있어 이들이 동일 어원임을 추정한다.

이 '-골'은 현전 지명에서 한자어 '谷, 洞'에 대응하는데 전남 신안지역의 자연 마을 지명에서 가장 많이 발견되는 유형으로써 고유어 '고을'에서 음변되어 '골'로 자리 잡은 것으로 본다.[8]

한편, '-실' 系 지명은 한자어 '谷'에 대응하는데 전남 신안지역의 자연 마을 지명에서는 '谷, 里'에 대응하며 나타난다.

이돈주(1965:412)는 '-실' 系 지명에 대하여 '谷'을 뜻하는 것임에도 불구하고 '-골'로 쓰이는 예가 적고 대개 '-실'로 쓰이고 있다고 하면서 이것이 도서 지역에서는 일례(一例)도 없다고 간주한다. 그러나 필자가 고찰한 전남 신안지역의 자연 마을 지명에서는 위의 예처럼 '-실' 系 지명이 다수 발견됨을 확인할 수 있다.

전남 담양군 용면(가마골): 이곳은 과거 숯을 굽던 가마터가 자리 잡고 있던 마을이라고 해서 부르는 지명인데 가마와 마을의 뜻을 합하여 '가마골'로 부른다.

전남 화순군 북면(곰실): 한자 지명 '웅곡(熊谷)'으로도 부르는 '곰실' 마을은 마을 뒷산이 곰의 형상을 하고 있다고 해서 부르는 지명이다.

---

8 현재 '-골'이 붙은 지명의 기원은 적어도 두 가지를 고려해야 할 것으로 본다. 하나는 골짜기(谷)의 뜻에서 유래한 것이요, 다른 하나는 '洞'을 지칭한 '고을'의 축약형이다. 후기중세국어에서도 '골'은 '谷, 洞, 州'와 동음으로 쓰였다는 점을 상기하면 쉽게 이해된다. 그리고 '-골'과 '-실'의 분포상의 차이를 보면 '-골'은 도서 내륙 지역에 많이 나타나는 반면, '-실'은 산간 지역에서 훨씬 우세하게 나타난다.

까까머리 유년의 섬마을 사계

④ 기타 지명 접미사의 유형

○ '-기/-지/-치'系 지명

골생기(지도 당촌)

고막지(古幕里)(비금 고서)

너분치(자은 한운)

○ '-뫼/-메/-미'系 지명

달메(月山)(지도 광정)

시리메(甑山)(안좌 자라)

갈미(鳩山)(임자 대기)

○ '-데미/-디미/-똠'系 지명

아리데미(자은 유천)

곤디미(昆里)(흑산 비리)

건네똠(임자 광산)

○ '-개/-갱이/-애/-앵이'系 지명

달개(月浦)(도초 발매)

빗갱이(橫島)(증도 대초)

목애(장산 대리)

○ '-터/-테'系 지명

읍장터(지도 읍내)

고사테(지도 감정)

○ '-내' 系 지명

버드내(柳川)(자은 유천), 가느내(細川)(압해 복룡)

○ '-벌/-불/-부리' 系 지명

뒷벌(後浦)(장산 오음)

앞장불(前場浦)(임자 도찬)

○ '-등/-둥' 系 지명

포랫등(자은 고장), 비석등(비금 구림), 여울등(안좌 향목)

○ '-이' 系 지명

다랭이(月郞村)(도초 수다), 반댈이(半月里)(안좌 반월), 푸냉이(草蘭)(암태 당사)

○ '-목' 系 지명

물목(水項)(도초 수항), 돈목(猪項)(도초 우이), 활목(弓項)(장산 팽진)

○ '-마리/-머리' 系 지명

두마리(斗洞)(장산 도창)

비두머리(星村)(도초 우이), 마추머리(馬草)(장산 공수)

○ '-나루/-나리/-너리' 系 지명

남강나루(南江)(암태 와촌)

팽나리(彭津)(장산 팽진)

배너리(舟津)(안좌 대리)

○ '-말/-멀/-몰/-마실/-모실'系 지명

거친멀(荒頭村)(압해 가룡)

지와몰(瓦村)(암태 와촌)

갯모실(비금 덕산)

○ '-바우/-바구/-바/-배'系 지명[9]

굴바우(窟岩)(신의 하태서)

벙배(장산 대리), 난배(廣岩)(안좌 마진)

지명 접미사의 유형과 관련하여 조사한 전남 신안지역의 자연 마을 지명 중에서 가장 높은 빈도수를 보인 지명 접미사는 '-골/-실' 系 지명이었다. 반면, '-내'系 지명과 '-벌/-불/-부리'系 지명이 가장 낮은 빈도수를 보였다. 물론, 전남 신안지역 전체 지명을 통해 도출한 것은 아니지만 그렇더라도 지명 접미사가 취락 명에 가장 많고 다양하게 분포하는 점으로 미루어 볼 때 상당히 주목할 만한 특징이라고 본다.

이를 토대로 한 가지 흥미로운 특징을 살필 수 있다. 그것은 전남 신안지역이 도서 해안 지역임에도 불구하고 내륙 산간 지역에서 집중적으로 발견되는 '-골/-실'系 지명이 상당수 분포하고 있으며 도서 해안 지역에 빈도수가 높을 것으로 예상되는 '-벌/-불/-부리' 系 지명은 오히려 극소수 나타나고 있다는 점이다.

---

9 '바위'에 대한 방언형인 '바우, 바오'는 전남 신안지역 지명에 흔하게 나타나지만, '바구'는 전남 동부 방언(광양, 여천, 고흥 등지)에서 주로 쓰인다.

▶지명어의 한자 차자(借字) 표기 방식

고유 지명과 한자 지명의 선후 관계는 고유어형이 먼저이고 한자
어형이 나중이다. 한자가 차용되기 이전부터 고유어형 지명은 존재
하였기 때문이다. 지명도 우리말이기 때문에 이것을 표기하는 문자
와는 상관없이 민족의 언어 속에서 존재해 왔음은 확연한 사실인데
고유 지명 역시 그 표기는 한자로 되어 있다. 어떤 것은 '音借' 표
기로, 어떤 것은 '訓借' 표기로 되어 있으며 이밖에 '音+訓借' 혹은
'訓+音借' 등과 같이 표기된 것도 있다.

○音借 표기

한운(閑雲) (자은 한운), 향목(香木) (안좌 향목), 분매(盆梅) (압해 분매)

○訓借 표기

솔섬(松島) (지도 읍내), 버드내(柳川) (자은 유천), 먼들(遠坪) (비금 신원)

○音+訓借 표기

궁섬(弓島) (흑산 다촌), 감바우(甘岩) (안좌 복호), 창몰(倉村) (장산 도창)

○訓+音借 표기

새삼(鳥三) (임자 이흑암), 흔질(白吉) (자은 유각), 솔치(松峙) (비금 수대)

경북 울릉군 울릉읍(독도) - 독도(獨島)의 한자 차자 표기 유형
* 音+音 표기: 석도(石島)

까까머리 유년의 섬마을 사계

* 訓+訓 표기: 돌섬(독섬)[10]

* 音+訓 표기: 석섬(石섬)

* 訓+音 표기: 돌도(독島)

현재의 '獨島(독도)'라는 명칭은 '訓+音 표기' 유형의 '돌도(독島)'에서 '독-'을 '홀로 외로이 동해 바다에 떠 있는 섬'이라는 뜻에서 한자어 '獨'을 반영한 표기라고 본다.

▶지명을 통한 우리말 탐구

① 음운론적 특징

○구개음화(/k/, /h/구개음화)

전남 신안지역의 지명어에는 /k/, /h/구개음화가 주로 어두에서 나타나고 있는데 이는 전남 서남부 지역의 방언적 자질이 긴밀하게 작용하고 있음을 짐작하게 한다. 특히, 서상준(1984a:25-26)은 전남지역에서 'ㅋ'→'ㅊ'의 구개음화가 보고되고 있으나 뚜렷하게 확인되지는 않았다고 간주한다. 하지만, 전남 신안지역 지명에서 이것의 호례(好例)가 발견되는데 신의면 상태서리 앞쪽 바다에 있는 '키섬(箕島)'을 '치섬'으로 부르는 것이 그것이다.

[ㅋ] → [ㅊ]

---

10 '돌'은 전남 방언에서 '독'으로 부르는데, 독도 지명에 전라도 사투리가 잔존하는 이유는 이규원의 『울릉도 검찰일기』에서 찾을 수 있다. 이규원이 1882년 4월 30일부터 5월 11일까지 울릉도에 12일 동안 체류하면서 기록한 내용 중에, 그곳에서 만난 사람들의 출신 지역을 따져보니 강원도(14명-10%), 경기도(1명-0.7%), 경상도(10명-7.2%), 전라도(115명-82.1%) 등으로 나타났으며, 특히 전라도 사람들이 압도적으로 많았다고 한다. 이는 전라도 사투리가 독도 지명에 잔존하는 증거라고 할 수 있다.

짐무덕←김무덕(흑산 가거도)

진절←긴절←긴자루(하의 후광)

흔질←흔길←흰길(신의 상태서)

지아몰←지와몰←기와몰(암태 와촌)

[ㅋ] → [ㅊ]

치섬←키섬[11](신의 상태서)

[ㅎ] → [ㅅ]

소지←효지(지도 자동)

신여←힌여←흰여(자은 유각)

설루굴←혈루굴(압해 가룡)

소지섬←효지섬(압해 복룡)

○어두 경음화

경음화는 음이 강화되어 나타나는 음운 현상인데 동시 조음으로
부터 오는 후두 긴장이나 성문 폐쇄가 수반된다. 특히, 전남 방언은
어두 자음 'ㄱ, ㄷ, ㅂ, ㅅ, ㅈ'에서 경음화가 두드러지게 나타나는데
이러한 현상은 전남 신안지역 지명어에서도 흔하게 발견된다.[12] 즉,

---

11 林敬淳(1985:34)에 의하면 '키(箕와 舵)'는 구개음화이며, '체(篩)'는 모음추이로서 각각 동음어 '치'
    가 되자 同音衝突을 피하기 위해 '키(箕)'는 '방에치'로 '체(篩)'는 '얼금치'로 구분하는 관형어를 붙
    인다는 것이다.

12 李翊燮(1989)에 따르면 전남 방언에서는 어두 평음이 된소리로 발음되는 경음화 현상이 두드러지게
    나타나는데 '두부→뚜부', '가지→까지', '가락지→까락지', '돌배→똘배' 등을 예로 들 수 있다. 또한
    이러한 경음화 현상은 충청도에도 많고 나머지 지방에서도 특히 현대로 올수록 많아지는 추세이지
    만 중부지방보다 남부지방에서 그 정도가 가장 현저하다고 본다.

까까머리 유년의 섬마을 사계

여기서도 전남 방언의 자질이 긴밀하게 작용하고 있음을 짐작할 수 있다.

삐들개바우←비둘기바우(임자 대기)

꼬사리섬←고사리섬(안좌 자라)

또깨비섬←도깨비섬(안좌 구대)

쑤시먼들←수수먼들(압해 대천)

○'ㅣ'모음 역행동화

우리 국어의 모음은 위치상으로 전설모음과 후설모음이 대립하고 있다. 전남 신안지역 지명어에도 선행 음절의 후설모음이 전설모음으로 바뀌는 예가 많다. 특히, 선행 음절의 후설계 모음 /o, u, ə, a/ 등의 후행모음이 /i/와 같은 전설모음과 만나면 역행동화가 이루어져 앞의 후설모음이 /ε, e, ø, y/와 같은 전설계 모음으로 바뀐다.

가젱이←가정이(지도 내양)

천베미고랑←천범이고랑(지도 탄동)

독젱이골←독정이골(지도 태천)

검생이←검산이(증도 방축)

○ 전설모음화

전설모음화는 고유어 지명에서 아주 흔하게 나타난다. 특히, 전남 방언의 경우 후설성 모음 'ㅓ, ㅏ, ㅜ' 등은 표준어에 비해 전설모음화의 경향이 짙고 전설성 모음 'ㅔ'/e/와 'ㅐ'/ε/의 비변별적 특성 때문에 /e/의 /i/로의 교체가 일반화된 실상이다. 이밖에도 전남 신안지역 지명에서는 특별한 유형의 전설모음화가 산견된다. 즉, '시리←시루', '노리←노루', '나리←나루' 등은 'ㄹ'음 뒤에서 일어나는 특별한 경우이고, '농에←농어+ㅣ←농어', '독새←독사+ㅣ←독사', '방애←방아+ㅣ←방아' 등은 접미사 /-i/가 첨가되어 이루어진 특별한 경우이다.[13]

　이미←예미(임자 재원)

　잇다리←옛다리(자은 한운)

　독새골←독사골(비금 광대)

　부체섬←부처섬(안좌 여흘)

　이와 같이 통시적 음운 변화를 바탕으로 살펴본 지명 어휘의 음운론적 특징은 다음과 같이 요약할 수 있다.

　먼저, 자음의 변화로 /k/, /h/ 구개음화가 주로 어두에서 실현되는 구개음화 현상이 두드러진다. 이밖에 어두 자음 'ㄱ, ㄷ, ㅂ, ㅅ, ㅈ'이 된소리로 실현되는 어두 경음화가 파악된다.

　다음으로, 모음의 변화는 후설모음이 /ɛ, e, ø, y/와 같은 전설계 모음으로 바뀌는 'ㅣ'모음 역행동화가 파악된다. 또한, 전설성 모음 'ㅔ' /e/와 'ㅐ' /ɛ/의 비변별적 특성 때문에 /e/가 /i/로 교체되는 경우와 접미사 /-i/가 첨가되어 이루어지는 특별한 경우의 전설모음화를 고찰할 수 있다.

13　최전승(1995:299)에서는 역사적 변화의 과정에서 '버리(峰)'와 '터리(毛)'형들은 '벌:버리', '털:터리'의 대립에서 접미사 /-i/를 첨가한 형태가 오늘날 방언형으로 밀려났으나 다른 대부분의 동물, 곤충 부류들은 접미사 /-i/가 연결된 변이형으로 점차 대치되어 갔다고 본다.

까까머리 유년의 섬마을 사계

② 형태론적 특징

○ 방언 어휘

귀뚝(굴뚝): 귀뚝바우(임자 이흑암)

기[14](게): 기바우여(임자 이흑암)

비개(베개): 비개바우(임자 이흑암)

메물(메밀): 메물섬(임자 진리)

메루[15](며루): 메루봉(비금 지당)

채일(차일): 채일봉(비금 수치)

지름(기름): 지름바우(비금 수치)

부칠(부춘돌[16]): 부칠여(비금 광대)

14　이돈주(1978:192)와 서상준(1997:492)에서 보듯이 전남 신안지역 방언의 단모음 체계는 전설 저모
　음 'ㅐ/ɛ/'가 결여된 9모음으로 이루어져 있다.
　〈전남 신안지역 방언의 단모음 체계〉

혀의 높이 \ 혀의 위치	전 설 모 음		후 설 모 음	
	평순모음	원순모음	평순모음	원순모음
고모음	ㅣ	ㅟ	ㅡ	ㅜ
중모음	ㅔ	ㅚ	ㅓ	ㅗ
저모음	( )		ㅏ	

　서상준(1997:492)은 전남 서부 방언에는 'ㅔ'와 'ㅐ'의 최소 대립어(게[蟹]:개[犬], 네[汝]:내[我], 테
　[輪]:태[胎] 등)가 존재하지 않는다고 간주하며, 다만 이들 어사가 완전히 변별력을 상실한 것은 아니
　어서 'ㅣ'와 'ㅔ'로 대체되어 최소쌍(기[蟹]:게[犬], 니[汝]:네[我], 티[輪]:테[胎])을 형성한다고 본다.

15　전남 방언에서 脣音에 후행하는 'ㅕ[jə]' 중모음은 단모음화하여 e/E/ 또는 /i/로 실현된다.
　즉, 벼루→[peru],[piru] ; 별→[pe:l],[pi:l] ; 볕→[pet],[pit] ; 벼락→[perak],[pirak] ; 며느리
　→[menuri],[minəri] ; 병아리→[peŋari],[?piŋari] 등을 예로 들 수 있다. 이는 변이과정에서 /je/→/
　e/→/i/의 단계를 거친 것으로 보는데, 신안지역 방언은 /je/→/e/의 단계가 주로 나타나며 대체로 /i/
　化의 단계에까지는 오지 않은 것으로 보인다.

16　'부춘돌'은 뒷간(변소) 바닥에 부출 대신 좌우에 놓아서 발로 디디게 했던 돌을 말한다.

제주 제주시 오라동(오름가름): '오름'은 큰 화산의 중턱이나 기슭에 생기는 작은 화산을 뜻하고 '가름'은 '거리'를 나타내는 제주 방언이다.

경남 밀양시 삼랑진읍(매롱새미): 여름철 우물가에서 매미들이 요란하게 운다고 해서 붙여진 명칭이며 '매롱'은 '매미'를 뜻하는 경남 방언이다.

충북 영동군 심천면(지푸내): 물이 깊은 하천이 있는 마을이라는 뜻으로 '깊다'의 뜻을 가진 방언 '지푸다'에서 유래한 명칭이다. '지푸내'는 어두에서 /k/구개음화가 실현된 예이다.

○ 형태의 변동

굼봉: 구(九) + 운(雲) + 봉(峯) (지도 태천)

꼭두말배미: 곡도(幻) + 말(斗) + 배미 (지도 선도)

독젱이골: 돌(石) + 정(井) + 이 + 골(洞) (지도 태천)

돈북징이: 동백(冬柏) + 정(亭) + 이 (증도 증동)

참샘굴: 찬(寒) + 샘(井) + 굴(谷) (증도 방축)

구분개: 굽(曲) + 은 + 개(浦) (증도 증동)

도리메: 돌(回) + 이 + 메(山) (임자 대기)

설루굴: 혈(血) + 루(淚) + 굴(洞) (압해 가룡)

③ 의미론적 특징[17]

○ 古語 요소

언(堰/堤): 언머리(지도 광정), 새언안(지도 내양), 언목(신의 하태동)

돝(猪): 돝목/돈목(도초 우이)

길마(鞍): 질마재(장산 대리)

초리(尾): 여초리끝(도초 우이)

구무(穴): 구무여(흑산 예리), 구무개(흑산 태도)

머귀/머구(梧桐): 머구섬(안좌 시서), 머구섬(암태 신석)

구시(槽): 구시둥벙(안좌 마진), 구시골(자은 고장), 구시배미(자은 백산)

한새(鶴): 한새골(장산 오음), 한새골(자은 한운), 한새봉아리(하의 웅곡)

불무(冶): 불무고지(자은 유각), 불무섬(하의 대리), 불무청(임자 이흑암)

머구리(蛙): 머구리섬(팔금 원산)

뉘누리(湍/渦): 뉘죽은여(비금 광대)

만/바탕(場): 주낙바탕(비금 수대), 짱바탕(암태 오상), 장바탕(안좌 산두)

고라(螺): 고라실(임자 도찬)

걸(渠): 걸구석(임자 광산)

뒤(北): 뒷개(하의 웅곡)

한(大): 한틀(임자 대기)

괴(猫): 괘바우(임자 대기), 고이섬(압해 고이)

몰(馬): 몰나리(하의 웅곡), 몰바우(임자 삼두), 몰주검이(도초 죽련)

---

17 바다에 관한 섬 지역어의 어휘를 조사해 보면 육지에서는 생각할 수도 없는 분야에까지 미세한 어
   휘의 분화가 이루어져 있음을 알게 된다. 즉, 바람, 배, 물고기, 해초, 물때, 조수(潮水), 해녀 등이 이
   러한 어휘의 분화를 보여 주는 항목들인데, 전남 신안지역 지명어를 통해서도 이들의 어휘 체계를 충
   분히 살필 수 있다.

곳(花): 곳섬(花島)(도초 우이)

O어원 탐색을 통한 지명어의 의미 이해

전남 신안군 자은면 구영(개창): '개창'은 앞이 훤히 트여 전망이 좋
은 땅을 일컫는 '개창지(開敞地)'에서 유래한 말인데 이곳 지명에서
'개창'은 해안가 갯벌 지대를 간척하여 논으로 조성한 넓고 바닥이
질펀한 들판을 의미한다.

전남 신안군 자은면 대율(쉴참거리): 이곳은 길가에 둥구나무의 숲이
있어서 행인들이 쉬어 가던 곳인데 '쉬(다)'의 '쉴'과 '참'이 합해진
말이다. 여기서 '참'은 '잠깐의 때(時間)'를 의미하는 말인데 '쉴참'은
'일을 하거나 길을 가다가 잠깐 동안 쉬는 시간'을 뜻한다. 전남 신
안지역 방언으로는 '술참'이라고 한다. 또한, '거리'는 어떤 지점을
뜻하는 공간의 개념이 들어 있는 어사이다. 결국, '쉴참＋거리'가
합성된 '쉴참거리'는 시간과 공간의 의미가 들어 있는 특이한 지명
어휘라고 본다.

전남 신안군 자은면 면전(댄둥): 이 지명은 전남 신안지역에서 '배
를 대는 갯벌 지대의 등성이'를 의미하는 말이다. 본래 '대는 등'
이 '댄등'으로 축약된 후 방언형인 '댄둥'으로 음변하여 불리고 있
는 지명이다. '댄둥'은 과거 선착장 시설이 미비했던 도서 지역에서
'개(浦)'를 통해서 오가던 선박이 임시로 정선할 때 접안하던 단단한
갯벌 지대를 말한다.

까까머리 유년의 섬마을 사계

노두목(비금 내월)

소죽거리(비금 구림)

버던(柳等)(비금 지당)

배나리(도초 만년)

가장골(도초 죽련)

쇠고들(鼻島)(도초 우이)

도리샘(흑산 진리)

우뭇둠벙(흑산 오리)

벅수머리(장산 팽진)

덕대섬(안좌 구대)

방독골(압해 분매)

요강기미(압해 송공)

   이처럼, 지명은 오랫동안 전승되어 오면서 여러 가지 변화 요인에 따라 유연성을 상실한 경우가 많다. 음운 변화로 인해 본래의 어원을 찾기 어렵게 된 경우도 있고 다양한 의미 교체로 말미암아 가공적인 어원을 부여하여 엉뚱하게 새로운 지명으로 발전한 예도 많다.[18]

---

18   서울 중구 필동은 '붓 만드는 고을'에서 유래했다고 알고 있지만 그렇지 않다. 마을에 한성부의 행정 구획을 동 · 서 · 남 · 북 · 중의 방위로 구분해 설치한 관아 중 하나인 남부의 부청이 있어 부동 · 붓골(부의 고을)이라고 불렀다. 그런데 '붓골'을 한자로 표기하는 과정에서 음상에 의존한 의미 부여를 통해 필동(筆洞)으로 오기하였고 이것이 고착화하여 지금까지 이어지고 있다.

▶지명에 스며있는 생활 문화

전남 진도군 의신면(옻밭골·漆田里): '옻밭골'은 마을 주변의 산에 옻나무가 많이 자생하는 곳인데 옻나무를 벌채하여 옻칠 재료를 구했다는 유래를 가지고 있는 마을 이름이다.

전남 신안군 신의면(치섬·箕島): '치섬'은 하늘에서 내려다보면 섬의 모습이 바람을 이용해 곡식의 낟알과 껍질을 걸러내는 전통 생활 도구인 '키'와 같은 형상이라고 하여 '키섬(치섬)'이라 부른다. 특히, 흥미로운 점은 주민들이 '키섬'을 '치섬'으로 부르면서 굳어진 지명인데 어두에서 /k/구개음화가 실현되는 전남 방언의 자질을 확인할 수 있다는 점이다.

경남 창녕군 유어면(소벌·牛浦): '소벌'은 수심이 2~3m 이내의 늪지대로 형성된 물가인데 과거 이곳 주민들이 소를 끌고 와서 물을 먹이던 곳으로써 늪지대가 평평한 벌판처럼 생겨서 '소벌(소에게 물을 먹이던 벌판)'이라 불렀으나 일제가 1914년 행정구역 개편 당시 한자 지명인 '우포(牛浦)'로 바꾸어 버렸다. 이렇듯 일제는 우리말을 통해 전해지는 민족정신과 정체성을 말살하기 위하여 우리의 고유 지명을 한자 지명으로 바꾸는 치졸한 식민지 정책을 실행하기도 했던 것이다.

까까머리 유년의 섬마을 사계

♣ 지명을 활용한 내 고장 알기 교육

▶국어지식 교육의 현장화 실천

　지명을 국어지식 교육에 활용하는 방법으로 여러 가지 음운 변동 현상을 학생들이 현재 살고 있는 자기 고장의 지명을 통해 익히고 학습하도록 하는 것이다. 최근 국어지식 교수 · 학습 모형으로 각광 받고 있는 것이 탐구학습 모형인데,[19] 이를 통해 국어지식 교육을 귀납적으로 접근하여 지명의 분석 과정과 분석 결과로 나온 음운 규칙의 구사에 중점을 둔다면 학생들이 올바른 국어 생활을 영위하는 데 유용한 방법이 될 것으로 본다.[20]

　따라서, 지명이 명명된 당시부터 지금까지 변천해 전해 오는 과정과 한자로 바꿔 표기한 과정을 통해 파악되는 음운 변화의 양상, 우리말과 한자어의 관계 등을 살피는 현장 교육을 모색해 볼 수 있다. 또한, 학생들이 음운 변동 현상이 선명하게 드러나는 내 고장 지명을 직접 조사하여 국어지식 학습에 활용한다면 교과서 속에 예로 제시된 음운 변동 현상을 학습할 때보다 훨씬 더 깊은 관심을 가지고 흥미롭게 국어지식 학습에 임할 것이다.

19　김광해(1992)의 탐구학습(발견학습) 모형은 학교 교육의 현장에서 학생들로 하여금 지식을 발견하는 경험을 시킬 수 있도록 하고자 하는 시도이다. 그는 탐구 수업을 하나의 전략으로 인식하며 문법(국어지식)을 탐구의 특성과 연결시켜 문제 해결 과정으로 보았다. 이는 듀이의 반성적 사고를 근간으로 하여 개발된 개념으로 탐구학습을 통하여 학습된 지식이 더 강력하게 내면화될 수 있다는 장점을 내세운다.

20　박영목 · 한철우 · 윤희원(2003:295)은 국어지식의 교수 · 학습 모형에 대하여 과거에는 연역적 교수 방법을 보다 많이 활용하였으나, 현재에는 탐구학습 등을 중심으로 하는 귀납적 방법을 선호하고 있음을 지적한다.

▶향토 사회 교육의 일환

단위학교의 교육 활동 프로그램 중에서 지역 사회와 관련한 향토 사회 이해 교육의 일환으로 내 고장의 지명을 활용하면 학생들의 학습 흥미도를 증진할 수 있을 뿐만 아니라 생동감 넘치는 지역 사회 문화 전승 교육의 실천이 가능하다고 본다.[21]

내 고장 지명을 활용해 얻어지는 향토 사회 이해 교육의 교육적 성과를 몇 가지로 정리해 보면 다음과 같다.

첫째, 자기 고장의 지명에 대한 탐구는 향토 사회의 가치관 함양 교육을 능동적으로 실천하는 방법이 될 것이다.

둘째, 고유 지명은 주로 지형이나 전설 등과 밀접한 관련을 맺고 있는 것이 많으며 토속적이면서 고유한 우리말로 이루어진 지명이 상당히 많다. 지명을 교사와 학생이 함께 현장 조사하는 과정을 통해 학생들은 우리말의 아름다움을 느끼고 가치를 깨닫게 될 것이다.

셋째, 중등학교 국어 교과서에는 간혹 지명 전설이 제시되기도 하는데 학생들이 교과서에 실려 있는 예시 내용만을 학습하는 데 그치지 않고, 자신이 살고 있는 지역에도 지명 전설이 존재하는지를 직접 조사해 보게 한다. 이러한 지명 탐구학습은 학생들에게 향토 사회에 대한 애착심을 제고하고 색다른 공부의 재미를 느끼게

---

21   이삼형 외(2001:96)에 의하면 언어는 결국 문화의 일부인데 언어 안에는 그 언어를 사용하는 이들의 문화가 반영되어 있으며, 바로 이런 이유로 말미암아 언어가 수행하는 기능 가운데는 그 사회의 문화를 보존하고 전수하는 기능도 들어가 있게 되는 것이며, 국가가 국어교육을 강조하고 국어교육에서는 또한 문화의 전수와 창조를 강조하게 되는 사연 역시 이러한 사정에 연유한다고 본다. 이처럼 문화의 전수와 창조에 커다란 기여를 하는 것이 언어라고 볼 때, 한 지역에서 전해 오는 지명어는 지역사회의 문화를 전승하는 기능을 수행한다고 볼 수 있다.

까까머리 유년의 섬마을 사계

할 것이다.

넷째, 학교 현장에서 이루어지는 창의적 체험활동 중, 동아리 활동 시간에 다양한 형태의 동아리 활동반을 조직·운영해 오고 있다. 동아리 활동 시간에 '지명 탐구반'을 조직하여 학생들과 함께 내 고장의 지명을 조사하고 연구한다면 자신이 사는 지역을 공부하는 것이므로 학생들에게는 매우 흥미진진한 학습의 장이 될 것이다.

▶체험 학습과의 연계

지명을 학교 현장에서 체험 학습의 일환으로 시행하고 있는 테마형 체험 학습과 연계하여 문화 교육의 측면에서 활용할 수 있다. 현장성을 생명으로 하는 지역의 유적, 전설, 지명 등을 종합하여 현장 답사하는 형식으로 테마형 체험 학습 프로그램을 준비할 수 있다.

학년 단위의 같은 동아리 활동반이 한 장소를 찾아가 특정 제보자에게서 그 지역의 지명에 관한 설명을 듣는 방법을 택할 수도 있고, 학급을 몇 개의 모둠으로 나누어 각 모둠이 다른 장소에 찾아가 스스로 제보자를 찾고 그곳의 지명 유래나 지명 전설 등을 조사하는 협동 학습[22]의 방법을 활용할 수도 있다. 이때 학생들이 스스로 제보자를 찾고 만나는 과정에서 학교 밖 타인과 능동적으로 소통하는 기회를 가질 수 있다. 아울러, 학생들이 내 고장의 지명을 조사•탐구하는 현장 학습 활동을 통해 교실 밖에서 이루어지는 새로운 형태의 산교육을 체험할 수 있다.

---

22 신헌재 외(2003:20-21)에 의하면 협동학습(Cooperative Learning)은 학습자들이 소집단을 구성하여 학습자 개인이 학습 책무성을 지니고 상호 의존하면서 공동의 목표를 달성한 후 목표 달성의 양과 질에 적절한 보상을 받는 학습구조라고 정의한다.

♣ 지명의 가치와 중요성

한 지역의 지명에는 그곳에서 살다간 조상들의 사상과 생활 감정이 풍부하게 담겨 있다. 지명에는 역사, 지리, 문화, 언어 분야의 귀중한 자료들이 많이 남아 있으므로 이들 분야의 학문 연구에서 지명의 가치는 실로 크다고 하겠다.

지명에는 우리의 고유한 옛말이 화석처럼 남아 있어서 오래전에 잊히고 사라진 우리말의 흔적을 살피는 데 귀중한 자료가 된다. 즉, 지명은 그 지역의 사라져 가는 방언과 소멸해 가는 향토 문화를 재구(再構)하는 데 매우 유용한 재료가 된다.

송하진(1983:2~3)은 국어학에서 지명 연구가 제공하는 도움으로 국어의 여러 가지 음운·의미의 통시적 변화를 설명해 줄 수 있으며 고어휘 발굴, 어원 제공, 훈민정음 이전의 차자 체계 등을 살피게 해 주는 동시에 나아가서 역시적(易時的) 방법에 의한 고대국어의 어휘, 국어의 계통 문제 해결에까지 직결된다고 하였다.

이처럼 지명 연구가 국어학에서 차지하는 위상은 실로 큰데 이는 지명이 지니는 토착성과 보수성에 기인한다. 다시 말해 누대에 걸쳐 전승해 온 지명의 연구를 통해 국어의 음운이나 의미의 변천사를 고증해 낼 수 있기 때문이다.

한편, 지명의 교육적 활용 방안으로는 자기 고장의 지명을 통해 생활 속에서 이루어지는 국어지식 교육의 실천이 가능하다. 또한, 향토 사회 가치관 교육과 함께 각종 체험활동을 통한 교육적 활용이 다양하게 이루어질 수 있다.

이러한 언어 문화재로서의 지명을 연구하는 일은 조상들의 얼을

되새기고 소멸해 가는 전통문화를 계승한다는 취지에서 매우 뜻깊
은 일이라고 하겠다.

▣ 참고 문헌 및 자료 출처

* 강병륜(1990),「충청북도의 지명어 연구」, 박사학위 논문, 인하대 대학원.

* 김광해(1995), "언어 지식 영역의 교수 학습 방법",「국어교육연구」제2집.

* 박영목・한철우・윤희원(2003),『국어교육학 원론』, 서울 : 박이정.

* 박정호(2005),「전남 신안지역의 지명 연구」, 석사학위 논문, 전남대 교육대학원.

* 손희하(1991),「새김어휘 연구」, 박사학위 논문, 전남대 대학원.

* 송하진(1983),「삼국사기 지리지의 지명어 연구-음운 및 차자 표기상의 특색 구명-」, 석사학위논문, 전남대 대학원.

* 서상준(1997), "영산강 유역의 방언",「영산강 유역사 연구」, 광주 : 날빛.

* 신헌재 외(2003),『국어과 협동학습 방안』, 서울 : 박이정.

* 유재영(1982),『전래지명의 연구』, 이리 : 원광대 출판부.

* 이돈주(1965), "전남 지방의 지명에 관한 고찰-특히 지명 suffix의 분포를 중심으로 한 시고-",『국어국문학』29호, 국어국문학회.

* 이돈주(1994), "지명의 전래와 그 유형성",『새국어생활』제4권-1호, 국립국어연구원.

* 이삼형 외(2001),『국어교육학』, 서울 : 소명출판.

* 이익섭(1989),『국어학 개설』, 서울 : 학연사.

* 임경순(1985), "보길도 방언고",「언어의 비교」, 전남대 출판부.

* 최전승(1995),『한국어 方言史 연구』, 서울 : 태학사.

* 한비야(1999),『바람의 딸, 우리 땅에 서다』, 서울 : 푸른숲.

* 홍순탁(1979), "진도의 지명",「호남문화연구」10・11집, 전남대 호남문화연구소.

* 위키백과, (https://ko.wikipedia.org/wiki/)

* 한국지명유래집 중부편, (https://terms.naver.com/)

까까머리 유년의 섬마을 사계

경기도 일원의 지명 탐구

♣ 들어가는 말

지명 중에는 오랜 세월의 흐름 속에서 원래의 모습을 그대로 유지한 채 전해 오는 것이 있는가 하면, 어떤 것은 인위적인 가감(加減)이나 변개(變改)를 거쳐 본래의 모습이나 어의(語意)를 완전히 잃어버린 것이 있다.

지명이 달라지는 경우를 보면 오랫동안 전승되어 오면서 자연적 혹은 인위적으로 생기는 변화에 따라 유연성을 상실하기도 하고, 음운의 변화를 거쳐 어형이 달라짐으로써 본래의 어의를 잃어버리기도 한다. 그리하여 새로운 어형이 형성되면 여기에 끌리어 가공하거나 견강부회(牽强附會)한 어원을 부여함으로써 후대에는 본래와 전혀 다른 지명으로 변하게 된다.

이 글에서는 경기도 일원의 몇몇 지명을 통해 여러 가지 형태로 왜곡 변천해 온 지명을 재구(再構)하여 그 유래나 어원에 부합하는 지명 어휘로 밝혀 보고자 한다. 지명에 얽힌 오류는 여러 각도에서 밝혀 볼 수 있겠으나 여기에서는 국어학의 관점에서 음운론적 해석이나 형태론적 이해를 바탕으로 왜곡 변천해 온 지명들만을 개략적으로 살펴보기로 한다.

♣ 취음(取音) 및 취훈(取訓)에 따른 표기상의 이기(異記)

경기도 일원의 지명 중에서 왜곡 변천이 뚜렷한 지명을 찾고 그 왜곡 변천의 과정에 대한 체계적인 분석을 통해 지명 어휘의 본래 어의를 재구해 본다. 또한, 경기도 일원의 지명에서 새롭게 가공하거나 견강부회한 어원 부여로 인해 오기(誤記)하여 변개(變改)한 지명 사례들도 찾아본다.

▶도일(石谷)

'도일(石谷, 석곡)'은 경기도 시흥시 거모동 군자초등학교 북쪽 돌산 골짜기에 위치하는데 조선 초기까지만 해도 바닷물로 인해 '돌도을, 돌골, 돌고지'라고 불렀다가 후대에 오면서 '도일(石谷, 석곡)'이라고 불렀다고 한다. 이곳에 간척이 이루어져 바닷물이 들어오지 않게 되면서 현재의 위치에 고착된 지명으로 남아 있다. 일설에는 경기도에서 제일가는 마을이라 하여 '도일(道一)'이라 칭했다고 하지만 이는 지형이나 지세로 보아 상당히 왜곡된 해석이다.

까까머리 유년의 섬마을 사계

▶ 대암(竹栗)

'대암(竹栗, 죽율)'은 경기도 시흥시 '새말' 서쪽에 자리 잡은 땅이름
인데 조선 시대 이곳에 대나무와 밤나무가 많아 '대밤(竹栗, 죽율)'이
라 불렸으나 후대로 내려오면서 '대암'으로 부르다가 근래에는 '댐'
이라고 부르기도 한다. 일설에는 마을 서쪽 '숫통뫼산'의 큰 바위를
'대암(大岩)'이라 불렀는데 이곳에 민가가 들어서면서 바위 이름을
따서 '대암(大岩)'이라고 불렀다고 하나, 이는 인위적인 변개(變改)라
고 본다.

▶ 고잔(高棧)

현재 경기도 안산시 고잔동으로 부르는 이곳은 간척 사업이 이루
어지기 전에는 서해안의 포구로써 선박이 자주 드나들던 곳이었다.
이 포구에 배를 정박하고 나서 육지로 오르내리기가 불편하여 갯벌
지대에 나무로 말뚝을 박고 그 위에 사다리 형태의 다리를 만들어
이동하였기 때문에 '높은 사다리가 있는 곳'이라는 뜻에서 '고잔(高
棧)'이라 부르게 되었다고 한다.

▶ 가루개(葛峴)

경기도 과천시 갈현동(葛峴洞)의 '가루개'는 예부터 이곳에 칡이 많
다 하여 생긴 땅이름인데 현재의 한자 지명 '갈현(葛峴)'이 '가루개'와
동궤의 어의를 지니는 지명 어휘인지는 좀 더 고찰해 보아야 한다.

그러면, 위의 네 지명을 문헌 자료에 나타난 고증을 통해 국어학
적 관점에서 바로잡아 본다.

첫째, 자료1의 '도일(石谷, 석곡)'을 살펴보면 고대의 문헌이나 금석문에서 '도일'은 한자로 '石谷'으로 표기하고 있다. 고대어에서 '谷'은 '실'에 대응되는데 '실'은 울림소리 사이에서 유성음화되어 '실'로 되고, 이것이 중세국어 이후 점차 음운 변천을 겪어 중앙어에서 반치음 소실로 인해 '일'로 음변하게 된다. 그러므로 '도일'은 '石谷'에서 비롯된 형태임을 알 수 있다. 따라서 '道에서 제일가는 道一'이라는 견해는 음상의 유사성에 따른 잘못된 해석이다. 이는 '돌실〉돌실〉도실〉도일'로 음변하여 형성된 것임이 틀림없다.[23]

둘째, 자료2의 '대암(竹栗, 죽율)'은 한자어 지명 '竹栗'에 대응하는 자연 마을 지명으로 간주한다. 조선 시대에 이곳에 대나무와 밤나무가 많이 있었다는 설이 지형이나 지세로 보아 수긍이 간다. 그러나 '竹栗'의 한자 두 음절을 모두 해독하면 '대밤'이 되므로 '대암(大岩)'과는 상당히 거리가 있다. '대밤(竹栗, 죽율)'의 음운 변천 과정을 살펴보면 '대밤〉대밤〉대왐〉대암'으로 파악해 볼 수 있다. 이때 음변 과정에 나타나는 '대암'은 마을 서쪽 '숫통뫼산'의 큰 바위를 가리키는 '대암(大岩)'과는 무관하다고 본다. 여기서 '대암'은 다시 'ㅏ'모음이 탈락하여 '대암〉댐'이 되어 '댐'으로 불리기도 한다. 이를테면 경기 방언에서 '알밤'을 '알암'이라 하는데 이는 유성음 아래서 '밤'이 순경음화를 거쳐 최종적으로는 '-암'이 된 사례와 같다. 김수장의 『해동가요』 속에 실려 있는 이정보(1693~1766)의 시조 초장에는 "올여논 물실어 녹코……"의 시구가 나오는데 여기서 '올여논'

---

23 '돌실〉돌실〉도실'에서 'ㅿ'앞의 'ㄹ'탈락 현상은 일찍이 중세국어 자료에서도 확인된다. "부텨의 도ᅀᆞᆷ 몯고 (법화 3:98).~돌 옮〉도ᅀᆞᆷ"

까까머리 유년의 섬마을 사계

은 '올벼(일찍 거두는 벼)논'을 의미한다. 이 역시 동궤의 음운 변천의 결과에 의한 것이다. 따라서 '대암'은 '竹栗'을 지칭하는 '대밤'에서 유래된 지명으로서 이를 '대암(大岩)'과 관련짓는 것은 현실 한자음에 집착한 견강부회라고 본다.

셋째, 자료3의 '고잔(高棧)'은 '높은 사다리'와 관련되는 한자어 지명으로 그대로 수용할 법도 하다. 그러나 '고잔'은 '곶(串)'과 '안(內)'이 합성하여 이루어진 합성어(곶이안>곶이안>고지안>고잔>고잔)이고 이를 한자로 음차하여 '고잔(高棧)'으로 표기한 것이다. 따라서 '고잔'의 한자 표기는 '고잔(高棧)', '고잔(古棧)', '고잔(古殘)' 등 다양하게 표기하는데 대표적인 표기는 '高棧'과 '古棧'이다. 본래 '곶(串)'은 지세 환경으로 볼 때, 해안선이나 육지 또는 평야 지대의 산기슭이 뾰족하게 튀어나온 지형을 가리키는데 '갑(岬)'을 의미하는 땅이름에 주로 쓰인다.

넷째, 자료4의 '가루개(葛峴)'는 '갈고개(葛峴)'에서 'ㄱ'이 탈락한 '갈오개'로 이는 다시 모음 교체에 의해 '갈우개'가 된다. 즉, '갈고개>갈오개>갈우개(→가루개)'와 같은 음운 변화를 겪은 것이다. 그런데 한자 지명 어휘 '갈현(葛峴)'의 '葛'이 문자 그대로 '칡'을 의미하는지, 아니면 단순히 '갈고개'의 '갈'을 음차하여 음독한 것인지는 판단이 쉽지 않다. '갈'이 고유어라면 고어 '갈다(分)'에서 비롯된 '가르>갈'과 연계하여 '갈라진(갈래)'의 뜻이 되므로 '칡이 무성한 고개'가 아닌 '갈래 고개'로 해석할 수 있다. 한편, 한자어에 중점을 둔다면 일반적인 해석처럼 '칡이 많은 고개'로 불렸을 가능성도 배제할 수 없다. 다만 '가루개'가 '갈현(葛峴)'에 대한 속지명이라는 것은 분명하지만 '갈현(葛峴)'과 '가루개'가 동일 지명 어휘라는 사실을 밝히는 데는 이들의 음운 변천 과정에 대한 명확한 설명이 없이는 설득력을 얻기가 쉽지 않다.

♣ 음운 변동에 따른 지명 어휘 분석

대체로 지명어에서 파악되는 음운 변동의 양상은 일상어에서 나타나는 것처럼 다양한 형태의 변동을 겪어 원래의 표기와는 상당한 차이를 보이는 것들이 많다.

그러면 『지명유래집』 '경기도 편'을 통해 추출한 몇몇 지명 중에서 음운 변동을 겪은 지명 어휘들을 음운 변동 현상에 따라 분석해 본다.

▶음운의 탈락

새오개/새우개(광주 목현)

가래올/-울(이천 장호원)

소래울/- 올(이천 장호원)

너다리/너더리(성남 판교, 파주 문산)

버드나리(광주 곤지암)

위의 '새오개/새우개(광주 목현)', '가래올/-울(이천 장호원)', '소래울/-올(이천 장호원)' 등의 지명에서 '-오/-우, -올/-울'은 'ㄱ'탈락을 겪은 지명어의 흔적들이므로 일관된 해석이 없이는 많은 혼란이 따른다.

'너다리/너더리(성남 판교, 파주 문산)'는 '널(板)'에 '다리'가 합성된 합성어 '널다리'에서 'ㄹ'탈락을 거친 후, 다시 모음조화에 의해서 '너더리'로 불리는데 구어적 방언에서는 '너다리'보다 '너더리'로 흔히 지칭한다.

'버드나리(광주 곤지암)'는 '버들'과 '내(川)'의 고어형 '나리'가 합성된 '버들나리'에서 역시 'ㄹ'음이 탈락한 지명어이다.

음운의 탈락이 살펴지는 지명 어휘 중에는 음운사적으로 규명해야만 밝혀지는 것들이 있다. 앞서 보았듯이 '谷'에 대응하는 고유어 '실'이 음운 변천의 과정을 거쳐 '일'로 된 지명어로 '돌실〉도일(石谷)'이 호례(好例)이다. 이는 '실'이 유성음화하여 '실'이 된 후, 반치음이 소실하여 '일'로 음변한 지명 어휘이다.

뒤일〈뒤실〈뒤실[북곡(北谷)](시흥 능곡)

쇠일〈쇠실〈쇠실[금곡(金谷)](여주 가남)

'북곡(北谷)(시흥 능곡)'이 '뒤일'로 해석되는 것은 고어에서 '앞'은 '南', '뒤'는 '北'을 의미하는 것이 보편적이기 때문이다. 그래서 '北'을 석독한 것이 '뒤'이므로 '북곡(北谷)'은 '뒤실'로 석독되며, '뒤실'이 '뒤일'로 음운 변동을 거쳐 '뒤실〉뒤실〉뒤일'로 굳어진 것이다.

'금곡(金谷)(여주 가남)'을 석독한 옛 표기는 '쇠실'로 추정되는데 현재의 방언형이 '소일'로 나타나는 것은 '쇠'의 동음이의성에 관련이 있기 때문이다. 즉, '金'을 뜻하는 '쇠'와 '牛'를 뜻하는 '쇠'가 있어서 '쇠(金)'를 '소(牛)'로 착각하여 '쇠죽→소죽', '쇠꼬리→소꼬리'와 같이 '쇠(金)'가 '소(牛)'로 둔갑한 형태의 표기라고 보아 '쇠일'을 '소일'로 부르게 된 듯하다.

놀메기〈놀뫼기〈노루뫼기〈노루목이[노루목이(獐項)](고양 장항)

한편, 음운 탈락이 자음에서만이 아니고 모음에서도 일어나는 사례가 있는데 '놀메기(고양 장항)'는 '노루목이〉노루뫼기〉놀뫼기〉놀메기'로 불리면서 '노루'가 '놀'로 줄어들어 모음 'ㅜ'가 탈락한 것임이 확인된다. '노루목이(獐項)'는 좁고 긴 형태의 지형과 관련이 깊은 지명 어휘이다.

▶자음동화 현상

경기도 지역 지명 어휘 중에는 자음동화에 의하여 'ㄱ'이 'ㅁ' 앞에서 'ㅇ'으로 동화를 겪는 경우가 종종 발견된다.

송말〈속말(의왕 학의, 안성 양성)

동막〈독막(안성 금광)

'송말(의왕 학의, 안성 양성)'은 원래 '마을이 깊숙이 자리 잡고 있다.'라는 의미의 '속말(속의 마을)'에서 비롯되었으나 지역민들은 '송말'의 '송'을 소나무의 '송(松)'과 관련시켜서 '소나무가 많은 마을'이라는 뜻에서 유래한 것으로 믿고 있다.

'동막(東幕)(안성 금광)'도 흥선 대원군의 천주교 박해 당시 교인들이 이 마을에 숨어 살면서 질그릇(독)을 구워 생계를 꾸려간 데서 유래된 '독막'이 원래의 지명이다. 그런데 '독막'이 '동막'으로 자음동화하여 지칭되면서 발음에 따라 한자로 취음한 것이 '동막(東幕)'이 된 것이다.

까까머리 유년의 섬마을 사계

이밖에 '목골(안산 원곡)'도 원래는 이 마을에 큰 연못이 있어서 '못(池)골'이라고 불렀는데 '못골'이 '목골'로 불리는 것은 음상의 유사성에 따른 변화를 거친 발음이 굳어진 경우이다.

▶구개음화 현상

지명어에서 파악되는 구개음화는 근대 국어 시기에 광범위하게 나타나는 현상인데 경기도 일원의 옛 지명에서 오늘날까지 상당수 파악되고 있다.

장터고개(場趾洞)(파주 맥금)
절골(寺谷洞)(파주 금촌)
오정동(五丁洞)(부천 오정)
양지동(陽地)(안양 만안)
솔치(松峙)(양평 양동)

위의 지명들에서 나타나는 '장, 절, 정, 지, 치'등은 모두 '댱〉쟝〉장', '뎔〉졀〉절', '뎡〉졍〉정', '디〉지', '티〉치'처럼 구개음화하여 오늘에 이른 지명의 한자어이다.

그런데 지명 어휘 중에는 언뜻 보아 구개음화 현상이 적용되어 쓰이는 것을 바로 파악하기 쉽지 않은 경우도 있다. 즉, 수원시 정자동에 '조기정 방죽'이라는 연못이 있다. 이 '조기정'의 지명 유래를 명확히 파악하기 위해서는 어원을 살피지 않을 수 없다. 그 단서는 『춘향전』의 이본(異本) '이어사노정기(李御史路程記)'에서 찾을 수 있다. 육당 최남선의 『고본춘향전』 '이어사노정기'에는 다음과 같은 기록이 나타난다.

"지지딘를 올라셔서 참나무정이 얼른지나 교구덩(交龜亭) 도라들어 팔달문 닉다라……."

위의 기록에 보이는 '교구덩'이 '조기정'의 옛 표기인데 '교구덩'이 '조기정'으로 음변한 것은 구개음화에 따른 것으로 보인다. 특히, 흥미로운 점은 '교구덩'이 '조기정'으로 음변하는 과정에서 첫 음절의 '교'가 '조'로 바뀔 때 전라도 방언에 존재하는 'k구개음화'가 작용하고 있으며, 끝음절의 '덩'이 '정'으로 바뀔 때 't구개음화'가 나타난다는 점이다. 즉 『춘향전』의 공간적 배경이 전라도 남원이라는 점에서 볼 때 '교구덩'을 '조기정'으로 부르는 것은 'k구개음화'를 거친 것임이 틀림없다. 즉, '교구덩〉교귀덩〉죠귀정〉조기정'으로 음변하는 과정을 살필 수 있다. '교구덩(交龜亭)'의 지명 유래는 이 정자에서 화성의 신·구 유수가 거북돌 신표 반쪽을 서로 맞대어 보고 교체식을 가졌다는 데에서 유래했다고 한다. 이렇듯 구개음화 현상이 지명어에 적용되어 굳어진 지명 표기를 바르게 알지 못한다면 그 해석이 엉뚱한 방향으로 흐를 가능성이 크다.

♣ 지명어의 표기 형태 분석

지명 어휘들 가운데는 앞서 말한 바와 같이 음운 변화를 겪어 쉽게 알 수 없는 경우도 있지만 어떤 것은 형태적 상이(相異)나 변화 양상에 따라 그 해석 및 유래를 금방 알아차릴 수 없는 것도 많다.

까까머리 유년의 섬마을 사계

▶동음이의어에 따른 해석 오류

'성(城)'을 뜻하는 고어의 '잣'이 '잿(재)'으로 문헌상에 나타나기도 하는데 본래 '잣'은 '城'의 고석자(古釋字)로써 현대국어의 '잣(栢)'과 동음이의어로 파악된다. 이런 형태의 동음이의어가 지명어에 나타날 때 어원 파악에 혼란을 초래하여 왜곡된 유래나 해석의 오류를 낳게 한다.

잣골(栢橋)(포천 영중)

'잣골(栢橋)(포천 영중)'은 태봉국의 궁예가 쌓은 성이 있다고 하여 '잣골(城洞)'이라 지칭해 온 지명인데 '잣'이 '城'을 뜻하는 고어라는 것을 모르는 상황에서, 음상(音像)의 유사성에 따라 잣나무의 '잣'과 관련지어 후대에 '백(栢)'으로 표기한 경우이다. 이와 유사한 사례로 고양시 성석동 '작골'도 잣나무가 많아서가 아니라, 고봉산성(古峰山城)에서 유래한 '잣골(城洞)'이 '잣골〉작골'로 음변 과정을 거쳐 붙여진 지명으로 보아야 한다.

▶표기 형태의 인식 부족

현재까지 전해 오는 지명 중에는 옛 표기와 현대 표기가 동일하거나 유사하게 일치하는 것도 있으나 대개의 경우 음운 변천이나 표기 체계의 변화 등으로 옛 표기와는 다르게 나타나는 것들이 적지 않다. 예를 들어, 의왕시 학의동의 '고분재(古分峴)'의 옛 표기는 '곱(曲)다'의 관형사형 '곱은'에 '재(峴)'가 합성된 합성어로서 '곱은재'가 '고본재'로 연철되어 음변한 것이다. 즉, '고분재'는 '곱은재〉

'고븐재〉고븐재〉고분재'와 같은 음운 변천과 표기 형태의 변화를 거쳐 현재와 같은 '고분재'로 불리게 된 것이다.

15세기 중세국어에서 '곱은재'의 표기는 연철 표기에 따라 '고븐재'로 표기하였고, 16세기 이후 둘째 음절 이하의 '·'가 소실되어 'ㅡ'로 변천함에 따라 '고븐재'가 된 것이다. 이는 또다시 근대 국어 시기에 원순모음화가 일어나 '고븐재〉고분재'로 음변하여 현재의 표기와 같은 지명 어휘가 된 것으로 볼 수 있다.

▶한자 차자(借字) 표기 양상

대체로 지명이 문헌에 등재되어 나타나는 모습은 대부분 한자이거나 아니면 한자식 지명으로 기록되어 나타난다. 특히, 고유어 지명을 한자어로 훈차(訓借)하거나 음차(音借)하는 과정에서 그것이 반드시 본래의 뜻에 맞는 한자를 택하여 쓰지 않은 경우도 많아서 세월이 지난 후 한자음만을 고려하여 지명을 관찰하면 본뜻에서 벗어나기 쉽다. 예를 들어, '고잔'이라는 지명은 전국 여러 곳에서 산견(散見)되는데 대표적인 한자 표기는 '고잔(高棧)'이나 '고잔(古棧)'으로 나타나 있다. 이것은 '곶(串)'에서 유래한 것임이 분명하다. 앞에서도 말했듯이 '곶'은 지세 환경으로 볼 때 해안선이나 육지 또는 평야 지대의 산기슭이 뾰족하게 튀어나온 지형을 뜻하는 지명 접미사이다. '고잔'은 '곶이안〉고지안〉고잔'의 음변 과정을 거쳐 이를 한자어로 취음한 결과 '高棧' 또는 '古棧'으로 표기했을 것이라고 본다.

한편, '곶이안'과 대조되는 '곶이밧(串外)'은 '곶밧'으로 줄어들고 여기서 '곶'을 한자어로 훈자하여 '花'로 바꾸고, '밧'은 '밭'으로 음변시킨 후, 한자어 '田'으로 바꾸어 마침내는 '곶밭(花田)'에까지 이

252

까까머리 유년의 섬마을 사계

르게 된 것으로 추정한다.

▶한자어 지명으로 바뀐 고유어 지명

현재 우리가 사용하고 있는 지명은 크게 두 갈래의 뿌리로 나눌 수 있다. 하나는 순수 고유어 또는 한자를 조합한 고유어 지명이고, 다른 하나는 한자로만 이루어진 한자어 지명이다. 전자는 대체로 자연 마을 지명에서 주로 나타나는 땅이름이고, 후자는 법정 마을이라고 부르는 행정 지명에서 흔히 나타나는 땅이름이다. 하지만 우리가 현재 부르고 있는 지명을 살펴보면 자연 마을에서도 고유어 지명이 한자어 지명으로 바뀌어 쓰이는 사례를 흔하게 찾아볼 수 있다.

○‘고유어 지명’이 ‘한자어 지명’으로 바뀐 예

너더리(<널다리) → 板橋(성남 판교)

밤밭 → 栗田(수원 파장, 화성 장안)

샘골 → 泉谷(성남 사송, 안산 사동)

돌모루 → 石隅洞(양주 회천)

배나무골 → 梨谷(남양주 와부)

나부들(<넓은들<넙은들) → 廣坪(포천 영중)

찬우물 → 冷井(안성 삼죽, 과천 갈현)

산밑 → 山本(군포 산본)

위의 사례에서 보듯이 한자어 지명 중에는 고유어로 된 자연 마을 지명을 단순히 한자어로 바꾸어 표기한 지명들이 많다. 하지만 법정 마을 지명의 한자식 지명 표기는 대개의 경우 단일 지명이 아닌 여러 지명이 혼합되어 이루어진 통합 지명의 형태가 대부분이므로 이를 면밀히 분석하지 않고서는 본래 지명의 근거를 찾기가 쉽지 않다.

특히, 한자식 혼합 지명에서 주목해야 할 점은 1914년 일제가 행정구역을 통폐합하면서 우리의 고유어 지명을 한자어 지명으로 무턱대고 바꾸어 버렸다는 점이다. 예를 들어, 광명시 '하안동(下安洞)'은 '하평, 안현, 가림동, 안기, 율일, 금당리' 등을 합하고 '하평, 안현'의 머리글자를 따서 '하안동'이라 하였고, 성남시 '분당동(盆唐洞)'은 '분점, 당모루, 정수터, 벌터' 등을 합하여 '분점과 당모루'의 머리글자를 따서 '분당동'이라고 하였다. 이러한 통합 지명은 일제 시대뿐만 아니라 광복 후에도 나타나는데 이는 급격한 도시화로 인해 기존의 군, 읍, 면, 동 등이 팽창하거나 통폐합되면서 행정 지명과 법정 지명을 개칭하여 생겨난 경우이다.

▶인위적 첨삭에 따른 표기 변천

경기도 일원의 지명은 표기 과정에서 생긴 오기, 시대의 변화에 따른 개칭, 행정 당국의 무관심으로 인한 개변 등 여러 요인에 따라 인위적 첨삭이 가해져서 지명의 표기가 달라진 점을 확인할 수 있다.

첫째, 지명을 한자로 표기하는 과정에서 본래 지명의 어원과 멀어진 한자 표기의 지명어가 많다는 점이다. 이는 지명의 역사성과 유연성을 배제한 마구잡이식 한자 표기 형태의 지명으로 둔갑한 것이라고 본다. 고양시의 '九山(<龜山, 거북매)', 부천시의 '吳丁(<梧亭, 머귀정)', 화성군의 '桐化(<同化, 동화)' 등이 그 예이다.

까까머리 유년의 섬마을 사계

둘째, 1914년 일제에 의해 이루어진 행정구역 통폐합 과정에서 의도적인 지명 개편이 두드러진다는 점이다. 대개 기존 군, 읍, 면, 동 등의 자연 마을 지명을 합하여 머리글자만을 따서 개칭한 방법이다. 예를 들면, 앞에서도 언급했듯이 성남시의 '분당동'은 '분점과 당모루'의 머리글자를 따서 '분당'이라고 개칭한 경우이다.

셋째, 지역 고유의 토속성을 담고 있는 고유어 지명이 행정 당국의 무관심 속에서 한자식 땅이름으로 개변한 경우가 많다는 점이다. 예를 들어, 안양시의 '평촌(坪村, 平村)'은 벌판에 위치한 마을을 뜻하는 고유어 지명 '벌말'을 한자식 땅이름으로 개칭한 대표적인 사례이다. 이밖에도 안양시의 '날미'를 '飛山(비산)', 군포시의 '산밑'을 '山本(산본)', 성남시의 '너더리'(<널다리)를 '板橋(판교)', 화성시의 '동다리'를 '石橋里(석교리)', '샘말'을 '泉村(천촌)', 수원시의 '배나무골'을 '梨木洞(이목동)' 등으로 개칭한 경우를 들 수 있다.

♣ 맺는말

지금까지 경기도 일원의 지명을 바탕으로 취음 및 취훈에 따른 표기상의 이기, 음운 변동에 따른 지명 어휘 분석, 지명어의 표기 형태 분석 등에 대하여 개략적으로 살펴보았다. 위의 논의 내용을 요약하면 다음과 같다.

첫째, 취음 및 취훈에 따른 표기상의 이기에서는 본래 지명 어휘의 의미와는 동떨어진 왜곡된 지명 유래와 풀이가 다수 존재하고 있다는 점이다. 즉, '도일(石谷, 석곡)'은 '돌실>돌실>도실>도일'로 음변한 것이며, '대암(竹栗, 죽율)'은 '竹栗'을 지칭하는 '대밤'에서 유래된 지명으로서 이를 '대암(大岩)'과 관련짓는 것은 현실 한자음에 집착한 견강부회이다. 또한, '고잔'은 '곶(串)'과 '안(內)'이 합성하여 이루어진 합성어(곶이안>곶이안>고지안>고쟌>고잔)이고 이를 한자로 음차하여 '고잔(高棧)'으로 표기한 것이다. '가루개'는 '갈고개(葛峴)'에서 'ㄱ'이 탈락한 '갈오개'로, 이는 다시 모음 교체에 의해 '갈우개'가 된다. 즉, '갈고개>갈오개>갈우개(→가루개)'와 같은 음변 과정을 거친 것이다.

둘째, 음운 변동에 따른 지명 어휘 분석에서는 음운의 탈락을 겪은 지명으로 '새오개/새우개(광주 목현)', '가래올/-울(이천 장호원)', '소래울/- 올(이천 장호원)' 등의 지명에서 '-오/-우, -올/-울'은 'ㄱ'탈락이, '너다리/너더리(성남 판교, 파주 문산)', '버드나리(광주 곤지암)' 등의 지명에서는 'ㄹ'탈락이 확인된다. 그리고 음운 탈락이 자음에서뿐만 아니라 모음에서도 발생하는 사례가 있는데, '놀메기(고양 장항)'는 '노루목이>노루뫼기>놀뫼기>놀메기'로 불리면서 '노루'가 '놀'로 줄어들어 모음 'ㅜ'가 탈락한 경우이다. 또한, '송말〈속말(의왕 학의, 안성 양성)', '동막〈독막(안성 금광)'은 음운이 동화한 지명 어휘로써 'ㄱ'이 'ㅁ' 앞에서 'ㅇ'으로 자음동화를 겪은 경우이다. 그리고 근대 국어 시기에 광범위하게 나타나는 구개음화 현상도 경기도 일원의 옛 지명에 현재까지 상당수 전해 오고 있다.

그 예로 '장터고개(場趾洞)(파주 맥금)', '절골(寺谷洞)(파주 금촌)', '오정동(五丁洞)(부천 오정)', '양지동(陽地)(안양 만안)', '솔치(松峙)(양평 양동)' 등을 들 수 있다. 즉 '장, 절, 정, 지, 치' 등에서 모두 '댱>쟝>장', '뎔>졀>절', '뎡>졍>정', '디>지', '티>치'처럼 구개음화하여 오늘에 이른 지명 어휘들이다. 또한, 수원시 정자동에 위치한 '조기정 방죽'의 '조기

까까머리 유년의 섬마을 사계

정'은 '교구덩'이 옛 표기인데 '교구덩'이 '조기정'으로 음변한 것도 'k구개음화'와 함께 't구개음화'가 작용한 결과라고 본다. 즉, '교구 덩〉교귀덩〉죠귀정〉조기정'으로 음변하는 과정을 살필 수 있다.

셋째, 지명어의 표기 형태를 분석해 보면 형태적 상이(相異)나 변화 양상에 따라 그 해석 및 유래를 금방 알아차릴 수 없는 것이 많다 는 점이다. '잣골(栢橋)(포천 영중)'은 '성(城)'을 뜻하는 고어의 '잣'이 '잿 (재)'으로 문헌상에 나타나기도 하는데, 본래 '잣'은 '城'의 고석자(古 釋字)로써 현대국어의 '잣(栢)'과 동음이의어에 따른 해석상의 오류라 고 본다. '고분재(古分峴)(의왕 학의)'는 '곱(曲)다'의 관형사형 '곱은'에 '재 (峴)'가 합성된 합성어로서 중세국어에서 '곱은재'의 표기는 연철 표 기에 따라 '고본재'로 표기하였고, 다시 16세기 이후 둘째 음절 이 하에서 'ㆍ'가 소실되어 'ㅡ'로 변천함에 따라 '고븐재'로 변했다가 근대 국어 시기에 원순모음화가 일어나 '고븐재〉고분재'로 음변하 여 현재에 이른다. 또한, 고유어 지명을 한자어로 표기하는 과정에 서 그것이 반드시 본래의 뜻에 맞는 한자로 표기하지 않은 경우도 많다. 즉, '고잔(高棧)(안산 고잔)'은 '곶이안〉고지안〉고잔'의 음변 과정을 거쳐 이를 한자어로 취음한 결과 '高棧(고잔)'으로 표기했을 것이라 고 본다. 아울러, 경기도 일원의 지명 중에서 고유어 지명이 한자어 지명으로 바뀌어 쓰이는 사례로는 '너더리(〈널다리)→板橋(성남 판교)', '밤밭→栗田(수원 파장, 화성 장안)', '배나무골→梨谷(남양주 와부)', '산밑→山 本(군포 산본)' 등을 들 수 있다. 한편, 두 지명을 합하여 부른 통합 지 명으로는 '하평, 안현'의 머리글자를 따서 부르는 '하안동(광명 하안)' 과 '분점과 당모루'의 머리글자를 따서 만든 '분당동(성남 분당)'을 들 수 있다. 이밖에도 경기도 일원의 지명은 표기 과정에서 생긴 오기,

시대 변화에 따른 개칭, 행정 당국의 무관심으로 인한 개변 등 여러 요인에 따라 인위적 첨삭이 가해져 표기가 달라진 점을 확인할 수 있다.

요컨대, 지명은 지역의 언어 문화재로서 가치가 매우 크다. 지명에는 그 지역 사람들만이 경험한 삶의 애환과 특유의 정서가 담겨 있다. 또한, 지명에는 짙은 향토성이 배어 있어서 그 지역 주민들에게 애향심과 일체감을 조성해 주기도 한다. 지명은 비록 바뀌기는 했어도 한자 표기를 근거로 그 유연성을 발견할 수 있으며, 지명이 명명된 유래나 전설이 구전되고 지형적・물적 증거가 존재하므로 이를 통해서 국어의 공시적, 통시적 변천 과정을 고찰하는 데 귀중한 자료로 활용할 수 있다.

까까머리 유년의 섬마을 사계

■ 참고 문헌

* 김기빈(1995), 『일제에 빼앗긴 땅이름을 찾아서』, 살림터.

* 김윤학(1996), 『땅이름 연구』, 박이정.

* 배우리(1994), 『우리 땅이름의 뿌리를 찾아서 1』, 『우리 땅이름의 뿌리를 찾아서 2』.

* 이돈주(1965), "전남 지방의 지명에 관한 고찰-특히 지명 suffix의 분포를 중심으로 한 시고-", 「국어국문학」 29.

* 이명규(1983), "경기도 방언의 일고찰", 「한국학논집」 4.

* 이명규(1983a), "『춘향전』 이본의 노정기 고찰(一)", 「국어국문학」 100.

* 이명규(1997), "그릇된 지명에 관한 고찰", 「서울 문화」 3.

* 이승언(1992), 『의왕의 전통과 문화』.

* 최범훈(1987), "경기도 서해안 '고지'계 지명", 「이병선 박사 회갑 기념 논총」.

* 『내 고장 안산』(1990), 안산문화원.

* 『시흥군지 상』(1988), 『시흥군지 하』(1988), 시흥군.

* 『지명유래집』(1987), "경기도 편", 국립지리원.

* 『한국지명총람』(1986), "경기도 편", 한글학회.

독도(獨島)의 지명 유래

　최근 일본은 대한민국 고유의 영토인 독도(獨島)를 자국의 영토라고 온갖 생트집을 부리면서 국제적인 영유권 분쟁 지역으로 만들기 위하여 안간힘을 쓰고 있다.

　지난 2006년 4월, 독도와 울릉도 사이의 배타적 경제 수역을 일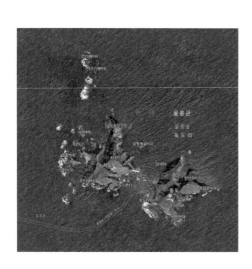본 해상보안청 소속 순시선이 무단으로 침범하는 사건이 발생하였다. 이 사건 직후 대한민국 최고 통치권자로서 당시 노무현 대통령은 "한일 관계에 대한 대통령 특별 담화문(2006.04.25.)"을 발표하여, 독도는 역사

적으로나 실효적으로나 분명한 대한민국의 영토이며 독도에 대한 영유권이 대한민국에 있음을 대내외에 천명하였다.

소중한 국토의 막내, 우리의 독도를 외세로부터 굳건히 지켜내는 일에 나도 조금이나마 힘을 보태고자 지명학의 관점에서 '독도의 지명 유래'를 제시해 본다.

독도(獨島)는 순우리말로 나타내면 '독(돌)섬'이다. 1900년대 초반 독도는 '석도(石島)'라고 불리기도 하였다. 일반적으로 지명에서 고유 지명에 대한 한자 차자표기(借字表記) 방식은 네 가지로 분류한다. 이 네 가지 방식에 따라 '독도(獨島)'의 한자 차자표기 방식[24]을 분류해 보면 다음과 같이 표기할 수 있다.

첫째, 훈차(訓借) + 훈차(訓借) = '독(돌)섬'
둘째, 훈차(訓借) + 음차(音借) = '독(돌)島'
셋째, 음차(音借) + 훈차(訓借) = '石섬'
넷째, 음차(音借) + 음차(音借) = '石島'

그러므로, '석도(石島)'는 현재의 '독도(獨島)'를 가리키는 다른 명칭인 것이다. 또한, '독도'가 '돌섬'이 아닌 '독섬'으로 불리게 된 것은 이규원이 1882년 4월 30일부터 5월 11일까지 울릉도에 12일간 체류한 후 기록한 『울릉도 검찰 일기』에서 그 연원을 찾을 수 있다. 이규원이 울릉도에 체류할 당시 그곳에서 만난 사람들(140명)을 출신

---

24 여기서 '훈차(訓借)'는 '뜻'을 표기한 것이고, '음차(音借)'는 '소리'를 표기한 것이다.

지별로 분석한 결과, 전라도 115명(82.1%), 강원도 14명(10%), 경상도 10명(7.2%), 경기도 1명(0.7%)이었다고 한다. 특히, 이규원이 울릉도에서 만난 사람들의 대다수인 전라도 사람들은 '돌'을 '독'이라고 부르기 때문에 '돌로 된 섬'인 '독도'가 '독(돌)섬'으로 불리게 된 것은 전라도 방언 '독(돌)'에서 연유한 것임을 쉽게 짐작할 수 있다.

결국, 지금 우리가 부르는 '독도(獨島)'의 본래 어원은 '훈차(訓借)+음차(音借)' 표기 형태인 '독(돌)+島'가 결합하여 이루어진 '독島'인데, 현재는 이를 '홀로 독(獨) + 섬 도(島)'의 '獨島(독도)'로 음변(音變)시켜 부르고 있다. 다시 말해서 전라도 방언에서 '돌(石)'은 '독'으로 부르는데 지명에서 '독도, 석도'라고 부르는 곳은 모두 '돌(石)'을 '독'으로 부르는 전라도 방언에서 그 연원을 찾을 수 있다.

예를 들어, 전라남도 신안군 비금면 수치리의 '상독도(웃독섬), 하독도(아랫독섬)', 완도군 노화읍 충도리의 '석도', 고흥군 금산면 오천리의 '독도' 등은 모두 '독(돌)섬'을 나타내는 지명들이다. 이들 '독도,

까까머리 유년의 섬마을 사계

석도'는 경상북도 울릉군 울릉읍 독도리의 '독도'와 모양부터 유사하다. 또한, 소리 명칭은 '독섬'이고 한자 표기는 '독도(獨島)'라는 것도 일치한다.[25] 특히 신안군 비금면 수치리의 '웃독섬'을 한자로 '상독도(上獨島)', '아랫독섬'을 한자로 '하독도(下獨島)'로 표기하는 것은 『한국지명총람』과 "행정지도"에서 확인이 가능하다. 그렇다면 왜 '독(돌)섬'의 뜻을 가진 '독島'를 현재의 '獨島(독도)'로 표기하고 부르는 것일까? 하는 의문이 들 것이다. 아마도 이것은 동해 바다 멀리에 떠 있는 '독島'를, '홀로 외로이 떨어져 있음'에 착안하여 '獨島(독도)'로 표기하고 불러왔기 때문이라고 본다.

결론적으로 1900년 '대한제국 칙령 제41호'에 표기된 '석도(石島)'와 일본의 '군함신고 행동일지', '울도군수 심흥택의 보고서' 등에 나타나는 '독도(獨島)'는 모두 '독(돌)섬'의 한자 표기이고 이밖에 '독섬, 독島, 石섬, 石島'도 모두 현재의 '독도(獨島)'를 지칭하는 지명 어휘이다.

---

25   독도연구소(http://www.dokdohistory.com/main.do) 홍보 영상물.

제주 성산읍 '섭지코지' 지명 탐구

제주도 서귀포시 성산읍 신양리에 위치하는 '섭지코지'는 육계도[26]로써 본래의 어원은 '협지곶(狹地串)'이다. 즉, '협지(狹地)'에 '곶(串)'이 결합하여 형성된 지명 어휘이다.

'섭지코지'에는 제주도 기념물 제23-2호로 지정된 협자연대(俠子煙臺)가 남아 있는데 이는 북쪽의 오소포 연대와 성산 봉수대, 서쪽의 말등포 연대를 '불'과 '연기'로 교신했다고 전하는 사적이다. 또한, '섭지코지' 남동쪽 해안의 '선돌 바위'에는 전설이 하나 전해 오고 있다. 전설에 따르면 이곳에서 목욕하던 선녀를 본 용왕의 막내 아들이 아버지 용왕에게 선녀와의 혼인을 간청했고 용왕은 백일 후에 혼인을 약속했다. 그로부터 백일이 되던 날 갑자기 바람이 거세지고 파도가 높아져 선녀가 하늘에서 내려오지 못했다. 결국, 용왕

---

26 섬과 육지 사이의 얕은 바다에 모래가 퇴적하여 사주를 만들어 연결된 섬을 말한다.

에게 "네 정성이 부족하여 하늘이 혼인을 허락하지 않는구나."라는 말을 들은 막내아들은 슬픔에 잠겨 이곳에서 선 채로 바위가 되었다고 한다.

제주에서도 손꼽히는 관광 명소로 각광받고 있는 '섭지코지'는 봄에는 노란 유채꽃이, 가을에는 은빛 억새 물결이, 에메랄드빛 성산포 바다와 어우러져 이국적인 풍광을 자아낸다. 이렇듯 빼어난 풍광 탓에 영화나 TV 드라마의 단골 촬영 장소로도 유명한 곳이다.

그러면, 이제 제주 서귀포시 성산읍 '섭지코지[27]' 지명에 대하여 지명학의 관점에서 살펴보자. '섭지'는 본래 '좁은 땅'을 뜻하는 한자어 '협지(狹地)'에서 나온 말인데 '좁은 땅'이라는 뜻처럼 실제 이곳의 지형은 좁고 길게 이어진다. '코지'는 해안선을 따라 뾰족하게 돌출된 지형을 가리키는 곶(串), 갑(岬)의 변이형태로서 이는 지명 접

---

27   한자 표기로는 '협지곶(狹地串)'인데, '섭지코지'로 부르는 것은 /h/구개음화가 어두에 실현되는 전
     남 서부 방언적 자질이 작용한 결과이다.

미사로 흔히 쓰이는 말이다.

먼저, '섭지'라는 말에 대하여 제주도 사람들은 '재사(才士)'가 많이 배출되는 지세라는 의미로 풀이하지만, 필자는 이와 다른 견해로 '섭지'를 해석한다. '섭지'는 본래 '좁은 땅'을 의미하는 '협지(狹地)'가 전남 방언[28]에서 흔하게 나타나는 '/h/구개음화'가 실현되어 불리는 지명이라고 본다. 이를테면, 표준 발음에서는 인정하지 않지만 전라도 방언에서 '/h/구개음화'는 'ㅕ'모음이나 'ㅣ'모음 앞의 자음 'ㅎ'이 'ㅅ'으로 바뀌어 발음되는 것으로써 '협지→셥지→[섭지]'의 형태로 음변(音變)한다. 이러한 또 다른 예는 '형→셩→[성]', '힘→[심]', '힘줄→[심줄]'로 발음하는 전남 방언에서 명확히 확인된다. 혹시 "제주도 지명을 말하면서 뜬금없이 전남 방언을 언급하는가?"라고 의구심을 제기할 수

---

28 '협지곶'을 '섭지코지'로 부르는 것은 전남 서부 방언이 이 지명에 잔존하고 있음을 보여 주는 좋은 사례이다.

까까머리 유년의 섬마을 사계

도 있겠으나 본래 제주도[29]는 1946년 8월 도제(道制) 실시 이전까지만 해도 행정구역상 전라남도에 속했으며 지리적으로도 전라남도와 가장 근접해 있어서 오늘날처럼 교통수단이 발달하지 못했던 1970년대까지만 해도 선박을 이용해 전라도 사람들의 왕래가 잦았던 곳이다. 따라서 전라도 사람들이 제주도로 이주하거나 거꾸로 제주도 사람들이 육지로 이주하기 위해서는 최단 거리인 전남 서남 해안을 경유해야만 했다. 이런 까닭에 전남 방언은 자연스럽게 제주 섬 전역으로 확산하여 널리 사용되었을 것임을 쉽게 짐작해 볼 수 있다.

다음으로, '코지'는 '강가나 해안선이 뾰족하게 돌출된 지형이나 지세'를 가리키는 어휘로서 곶(串), 갑(岬)의 변이형태이다. '곶(串)'계 지명 어휘인 '코지'는 경북 포항시의 '호미곶', 황해도 용연군의 '장산곶'에서처럼 바닷가 항·포구 지역 지명에 주로 분포한다. 따라서, '코지'를 '코지곶'을 의미하는 제주 방언에서 온 말이라고 하는 것은 견강부회(牽强附會)식 풀이라고 본다. 다시 말해, '코지'는 '-고지/-구지/-코지/-쿠지/-꾸지'계 지명 접미사로써 본래 '곶(串, 岬)'에서 파생한 변이형태라고 보는데 '곶+이=고지'의 형태로 분석할 수 있다. 또한, '곶'은 도서 해안 지역 지명에 집중적으로 분포하는데, 해안선이 오목하게 들어간 지형을 나타내는 '-기미/-지미/-구미/-금'계 지명과는 대조를 이룬다.

결론적으로 제주도 지명 '섭지코지'는 '좁은 땅'을 의미하는 '협

---

29   제주도는 1946년 8월 도(道)로 승격되기 이전까지 전라남도에 속해 있었고 지리적으로도 최단 거리여서 전라도 사람들이 많이 거주하였다.

지(狹地)'가 전남 방언에서 나타나는 '/h/구개음화'가 반영되어 '섭지'로 음변한 것이며, 여기에 강가나 해안선이 뾰족하게 돌출된 지형을 가리키는 '곶'계 지명 접미사의 변이형태인 '코지'가 결합하여 이루어진 지명이라고 할 수 있다.

까까머리 유년의 섬마을 사계

신안 장산도 지명의 국어학적 고찰

-자연 마을 지명의 접미사를 중심으로-

♣ 들어가는 말

사람들이 모여들어 하나의 공동체가 형성되면 그 공동체가 크든 지 작든지에 상관없이 그것을 표시하는 명칭이 부여되기 마련이다. 또한, 공동체의 삶과 밀접한 주변의 자연물에도 자연스럽게 명칭이 부여된다. 자연물 근처에 공동체가 형성되면 그 명칭이 그대로 마을의 명칭이 되기도 한다. 바로 이들 마을이나 그 주변에 존재하는 자연물에 부여된 명칭들이 이른바 넓은 의미의 지명(地名)이다.

지명의 구조는 전후 요소로 나타낼 수 있다. 앞의 요소는 그 지명의 명명 동기나 생성 유래를 알려 주고, 뒤의 요소는 지명의 근간이 되는 핵심어의 존재 및 그 핵심어의 분포와 유형을 알려 준다. 이는 일반 언어와 달리 애초 명명 과정에서 배경이 되는 의미를 강하게 지니고 생성된다. 한 고장의 전래 지명에는 그 고장 사람들 특유의 삶의 애환과 정서가 스며 있고 향토성이 강하게 배어 있다. 또한, 지명은 지역의 방언과 불가분의 관계를 맺고 있어서 지명을 살피다 보면 심심찮게 정겨운 지역 방언을 접하게 된다.

지명은 본래 지어진 동기와 이유가 명확했지만 오랜 세월 동안 불리어 오면서 지명이 나타내던 언어의 의미를 망각하여 모르는 경우가 많고, 언어로 명명되는 까닭에 명칭이 변천되어 온 것도 적지 않다. 이는 방언보다 고착성이 강한 민족 고유어의 저층으로서 비교적 외래어의 침식을 받음이 없이 보존되어 있어 그 지역의 방언 연구에 귀중한 자료가 된다. 그리고 지명은 고유어를 소리 나는 대로 적은 음차(音借), 뜻을 새겨 적은 훈차(訓借)의 사례가 많아서 한자와 국어의 차이 및 한자를 수용하던 선주민의 태도를 알게 해 주기도 한다.

이 글에서는 국어학적 효용 가치가 큰 지명 어휘에 관한 고찰을 통해 그 명명과 유래, 접미사 유형, 차자 과정, 음운 변동 현상 등을 중심으로 기술한다. 연구 대상 지역은 전라남도 신안의 장산도(長山島)인데 특히 이곳 자연 마을 지명의 피수식부에 수반되는 접미사 유형을 중점적으로 분석 고찰한다.

♣ 신안 장산도의 연혁과 자연 마을 실태

▶장산도의 연혁

전라남도 신안의 장산도는 목포에서 서남쪽으로 39.2km 지점에 위치하고 있다. 동쪽으로는 해남의 화원반도와 인접해 있고, 남쪽

까까머리 유년의 섬마을 사계

은 진도의 조도군도, 서쪽으로는 김대중 생가가 있는 하의도와 마주하고 있다. 또, 북쪽은 퍼플교 관광지로 유명한 안좌도와 이웃하고 있다.

삼국 시대에는 백제의 거지산현(居知山縣)으로 불렸는데 인근 도서의 행정 중심지였다. '장산'이라고 부르게 된 것은 고려 태조 23년(940년)에 '장산현'이 설치되면서부터이다.

상고 시대: 마한에 속함

삼국 시대: 백제 물아부(勿阿部) 거지산현(居知山縣)에 속함

통일신라 시대: 안파현(安波縣)→압해군의 영현에 속함(경덕왕 16년, 757년)

고려 시대: 장산현(태조 23년, 940년)으로 바뀌었다가 나주목(羅州牧)에 속함

조선 시대: 지도군(智島郡)에 이속(고종 32년, 1895년)

현대: 1969년 법률 제2059호로 무안군에서 신안군이 분군되어 신안군에 편입[30]

〈지도1. 신안군 장산도의 위치와 명칭 변화〉

30   신안문화원(1999), 『신안군 향토사료지(상)』(24~41), 삼성문화사.

▶자연 마을 실태

현재 장산도는 유인도 5개, 무인도 34개, 해안선이 48km, 면적은 30.2㎢, 인구는 2천여 명 정도가 거주하고 있다. 주민의 90%가량이 본섬에서 거주하며 10% 정도는 부속섬에서 살고 있다. 고령화와 함께 육지로 이주해 가는 주민이 많아 정주 인구는 해마다 감소 추세에 있다. 산이나 구릉지를 개간하여 밭을 일구었고 간척지를 매립하여 논이나 염전을 만들어 미맥(米麥)과 천일염을 생산하고 있다. 내해(內海)에 자리 잡은 도서이기 때문에 다양한 어업은 발달하지 못하였으나 미네랄이 풍부한 천해(淺海)의 갯벌에서 생산하는 낙지는 장산도를 대표하는 해산물로 명성이 높다.

장산도는 7개 법정리와 42개 자연 마을로 이루어지는데 '이길룡 (1999:50)'에서는 다음과 같이 정리하고 있다.

법정리 명칭	자연 마을 명칭
대리(大里)	큰몰(大里), 창몰(倉村), 세트몰(新基), 대신(臺臣)터, 모개(牧溪), 삼배(三防)
도창리 (道昌里)	도창(道昌), 건너몰(社倉), 두마리(斗洞)
오음리 (伍音里)	오음(伍音), 북강(北江), 한샛골, 뒷벌(後浦), 시미(是味), 앞면(앞面), 대머리(竹頭), 너룬개(廣浦), 발막금, 가세섬
다수리 (多水里)	다수(多水), 통머리(桶頭), 신촌(新村), 달뫼(月山), 두드레, 막금, 앤두(於渡), 성주골(城子洞), 똥장골, 섬막금, 할미섬, 토끼섬

까까머리 유년의 섬마을 사계

공수리 (公需里)	공수(公需), 마추머리(馬草), 중산(中山), 비소(肥巣)
팽진리 (彭津里)	팽나리(彭津), 상용(上龍), 중용(中龍), 하용(下龍), 두루뫼(周山), 벅수머리(沙近), 범주갱이(虎皮), 활목(弓項), 축강(丑江), 굴배섬[31]
마진리 (馬津里)	마나리(馬津), 밤섬(栗島), 닥섬(楮島)

♣ 장산도 지명의 명명과 유래

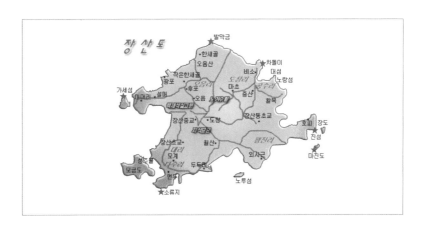

〈지도2. 장산면 관내도〉[32]

---

31 표 안에 음영 처리한 8개 지명은 현재 폐촌되어 사람이 살지 않는 마을 이름이다.

32 지도2.에서 '노루섬'으로 표기된 섬은 '굴배섬'에 대한 오기이며, '장도(獐島)'가 '노루섬'이다.

▶대리(大里)

　면 소재지 도창리에서 남쪽으로 이어지는 대리는 큰몰(大里), 창몰
(倉村), 대신(臺臣)터, 세트몰(新基), 삼배(三防), 모개(牧溪) 등의 자연 마을
로 이루어져 있으며 마을의 남쪽에는 대성산이 우뚝 솟아 있다. 이
마을은 장산도에서 호구(戶口)가 가장 많았던 마을로서 큰몰, 큰말,
큰동네 또는 대리라 하였으며 1914년 행정구역 개편에 따라 창촌,
신촌리, 대서리를 합하여 '대리(大里)'라고 하였다. 이곳은 선사 시대
의 유적인 지석묘가 잘 보존되어 있으며 고려 시대 당시 '장산현'의
현청이 있었던 곳이지만 지금은 그 터만 남아 있다.

　큰몰(大里): 면의 중앙에 있는 마을로 예부터 마을이 크다 해서 '大
里', '큰몰', '큰말', '큰동네'라고 부른다.
　창몰(倉村): 장산현의 곳집이 있었다 하여 '창촌(倉村)' 또는 '창몰'이
라고 한다.

　　　　　　　　　까까머리 유년의 섬마을 사계

대신(臺臣)터: 고려 시대 현청이 있었던 큰몰(大里)과 바로 연접해 있는 평평한 지형의 마을이다.

세트몰(新基): 대리의 북쪽에 연접하여 10여 호 남짓 작은 동네를 형성하고 사는 마을이다.

삼배(三防): 마을 앞 제방이 두 차례 붕괴되고 세 번째에 완공되었다 하여 '삼방(三防)' 또는 '삼배'라고 부른다.

모개(牧溪): 장산 목장을 관리하는 목부(牧夫)가 살던 곳으로 목장의 통문이었으며 목장의 말(馬)이 도망가지 못하게 지키는 중심지라 하여 '목에(項里)'라 하였다는 설과 대성산 아래 골짜기(안고랑)에 물이 많아서 장산 목장의 말들에게 물을 먹였던 곳이라고 하여 '목계(牧溪)'라고 하였다는 설이 전한다. 현재는 '모개'라고 부르고 있다.

▶도창리(道昌里)

면의 소재지로서 마을의 북쪽에는 토미산이 있고 동쪽에는 부

학산(浮鶴山)이, 서쪽으로는 배미산(아미산)이 자리 잡고 있다. 조선 시대 이곳에 환곡을 보관하던 창고가 있어서 도창(道倉)이라 하였는데 1914년 행정구역 개편에 따라 사창리, 두동, 오음리 일부 지역을 합하여 '도창리(道昌里)'라고 하였다. 도창(道昌), 건너몰(社倉), 두마리(斗洞) 등의 자연 마을로 이루어져 있고 이곳에는 현재 지석묘와 백제 석실고분[33]이 보존되어 있다. 또한, 수령이 300년 넘은 노거수림(老巨樹林)[34]이 마을의 중앙 도로변을 따라 길게 자리 잡고 있다.

도창(道昌): 세금을 미곡으로 징수하여 저장했던 창고가 있었다고 하여 '도창(道倉)'이라고 하였다. 본래의 지명 유래로 보면 '도창(都倉)'이라 추정되지만, 현재는 '도창(道昌)'이라고 부른다.

건너몰(社倉): 조세를 운반하던 선박이 과거 이곳에서 환곡을 실어

---

33 전라남도지정 기념물 107호-신안군 장산면 도창리 93-1번지 소재
34 전라남도지정 천연기념물 100호-신안군 장산면 도창리 278번지 소재

까까머리 유년의 섬마을 사계

나갔으며 환곡을 보관하던 곳집이 있던 곳이라 하여 '사창(社倉)' 또는 '건너몰'이라고 부른다.

두마리(斗洞): 마을 뒤의 배미산(아미산 120m)이 말(斗)에다 곡식을 가득 담아 놓은 형국이라 하여 '두동(斗洞)' 또는 '두말'이라고 한다.

▶오음리(伍音里)

면 소재지에서 2km 떨어진 곳에 자리 잡은 마을이다. 동쪽으로는 와사지 갯벌 지대를 간척하여 만든 넓은 농경지가 펼쳐져 있고 북쪽으로는 해발 208m의 오음산 아래에 자리하는 마을이다. 오음, 북강, 한샛골, 뒷벌(後浦), 시미, 대머리(竹頭), 너룬개, 앞면, 발막금, 가세섬 등의 자연 마을로 이루어진 이곳은 1914년 북강리, 시미리, 대머리를 합하여 '오음리(五音里)'라고 하였다. 이 마을의 광산에서 도자기 원료인 고령토가 생산되어 도자기 제조 업체인 'ㅇㅇ사'에서 구매해 갔으나 최근에는 폐광되었다.

오음(五音): 오음산이 다섯 봉우리이고 마을 앞 안산(案山)이 장구형인데, 예부터 소리를 잘하는 명창이 많이 배출되던 마을이라 하여 '오음(五音)'이라고 부르게 되었다고 한다.

북강(北江): 마을이 장산도의 북쪽 첫머리에 있고 바다로 나가는 길목이라 하여 처음에는 '윤구지(尹衢地)'[35]라 하였으나, 1930년 면의 관문인 이곳에 선착장이 생기면서 현재의 마을이 형성되었다. 마을

---

35 윤구지(尹衢地)란 옛날에 관리가 관할 임지를 찾아갈 때, 맨 처음으로 도착하는 길목 같은 지점으로 미리 지역의 유지나 경륜 있는 사람들이 그 벼슬아치를 영접하기 위해 나가서 기다리던 곳이다.

이 북쪽 어귀 바닷가에 위치한다고 하여 '북강(北江)'이라고 부른다. 이 마을은 지금도 장산도를 오가는 여객선의 선착장이 위치하는 곳이다.

한샛골: 마을 뒤쪽 오음산 골짜기에서 내려온 지세가 한새(황새) 형국과 같다 하여 '한샛골'이라고 부르고 있다.

뒷벌(後浦): 마을의 터가 포구(浦口)이고 오음 마을 뒤에 있다고 하여 '후포(後浦)' 또는 '뒷벌'이라고 부른다.

시미(是味): 마을 앞에 우물이 있어서 심한 가뭄에도 마르지 않고 물맛이 좋다고 하여 '시미(匙味)'라고 하였는데 지금은 한자 표기가 바뀐 '시미(是味)'라고 부르고 있다.

대머리(竹頭): 과거 이곳은 장산도에 가장 처음으로 외지의 선박이 들어와 접안했던 뱃머리였으며 마을 어귀에 대나무(竹)가 많이 자랐고 위치상 면의 서쪽 끄트머리에 있어서 '죽두(竹頭)' 또는 '대머리'라고 한다.

너룬개(廣浦): 마을 앞에 갯벌 지대가 넓게 펼쳐져 있으며 갯벌 사이에 커다란 개(도랑)가 형성되어 간조(썰물) 때에도 작은 배들이 이동할 수 있었던 포구 마을이다.

앞면 :현재는 폐촌 마을이다.

발막금: 현재는 폐촌되어 사람이 살지 않는 무인도이다.

가세섬: 현재는 폐촌되어 사람이 살지 않는 무인도이다.

▶다수리(多水里)

면 소재지에서 남쪽으로 3.5km 떨어진 곳에 자리 잡은 이 마을은 북쪽으로는 대성산을 등지고 남쪽으로는 바다와 이어져 있다. 동쪽

까까머리 유년의 섬마을 사계

으로는 농경지와 염전이 펼쳐져 있으며 서쪽으로는 막금도까지 포함한다. 다수(多水), 통머리(桶頭), 신촌, 달뫼(月山), 두드레, 할미섬, 섬막금, 막금, 토끼섬, 앤두(於渡), 성주골(城子洞), 똥장골 등의 자연 마을로 이루어져 있다. 1914년 어도리, 월산리, 통두리, 막금도, 상용리 일부 지역을 합해 '다수리(多水里)'라고 하였다. 마을 뒤쪽 대성산에는 '대성산성 터'가 남아 있으며 인근 진도와 완도를 연결했던 봉화터가 남아 있다.

다수(多水): 마을 뒤 대성산의 숲이 울창하고 사철 물이 많이 흐른다고 하여 '다수(多水)' 또는 '대수동', '대시동'이라고 한다.

통머리(桶頭): 마을의 생김새가 통(桶)같이 생겼다 하여 '통두(桶頭)' 또는 '통머리'라고 한다.

신촌(新村): 마을이 새로 형성되었다고 하여 '신촌(新村)'이라고 부른다.

달뫼(月山): 마을 동쪽에 있는 작은 산이 서산으로 넘어가는 반달처럼 보이는 형국이라 하여 '월산(月山)' 또는 '달메'라고 한다.

두드레: 마을 앞에 넓은 갯벌 지대가 형성되어 있으므로 '두드레(두들개)'라고 한다.

할미섬: 현재는 폐촌되어 사람이 살지 않는 무인도이다.

섬막금: 현재는 폐촌되어 사람이 살지 않는 무인도이다.

막금: 섬에 금 줄기가 있다고 하여 '막금'이라고 한다. 하지만 지명 유래와는 달리 지형 면에서 볼 때 바닷가 해안선이 움푹 파여 들어간 전형적인 포구 지형이라는 점에서 '-구미'계 지명이라고 본다.

토끼섬: 현재는 폐촌되어 사람이 살지 않는 무인도이다.

앤두(於渡): 마을의 건너편에 있는 막금도와 상태도(현 신안군 신의면)를 왕래하던 선박들이 접안했던 선착장이 있는 바닷가 마을로 '어도(於渡)' 또는 '연도(連島)', '앤두'라고 부른다.

성주골(城子洞): 옛날 성주(城主)가 살던 곳이라 하여 '성자동(城子洞)' 또는 '성주골'이라고 부른다.

똥장골: 이곳은 산골짜기 안에 자리 잡고 있었던 폐촌 마을인데 지형 구조상 '도장골'(도자기를 굽던 지역)에서 유래한 마을 지명으로 추정한다.

▶공수리(公需里)

면 소재지의 동쪽에 위치하고 소재지와의 거리는 4km이다. 남쪽으로는 팽진리와 접해 있고 북쪽으로는 염전이 펼쳐져 있으며 와사지 방조제 축조로 인해 넓은 간척지가 조성되어 있다. 공수(公需), 마추머리(馬草), 중산(中山), 비소(肥巢) 등의 자연 마을로 이루어져 있다. 특히, 이 마을은 전통 민속놀이 「장산 들노래」[36]가 전수 보존되고 있으며 1987년 제16회 '남도문화제'에서 「하중(夏中) 밭매기 노래」[37]로 민요 부분 우수상을 수상 하는 등 농사요(農事謠)가 발달한 마을로도 유명하다.

공수(公需): 과거 이곳에 공수전(公須田)이 있었다 하여 공수촌, 공수 또는 면 소재지 동쪽에 있어서 '동면(東面)'이라고 불렀다 한다. 일설에 의하면 마을 뒷산의 모양이 양손을 두르고 있는 형태여서 '공수(拱手)'라고 불려왔는데 지금은 한자 표기가 바뀐 '공수(公需)'라고 부르고 있다.

마추머리(馬草): 마을 앞산이 말(馬) 모양으로 아마식초(餓馬食草), 즉, 배고픈 말이 풀을 먹는 형국이라 하여 '마초(馬草)' 또는 '마추머리'라고 한다.

중산(中山): 산줄기가 길게 뻗어 이어지는 마을 가운데에 우뚝 솟은 산이 있어서 '중산(中山)'이라고 부른다.

비소(肥巢): 마을 뒷산의 지형이 비소모금(飛巢暮禽), 즉, 저녁에 새가

---

36   장산 들노래: 전라남도지정 무형문화재 21호-신안군 장산면 공수리(기능보유자-강부자)
　　'장산 들노래'는 최덕원 교수에 의해 발굴되어 1981년 제12회 남도문화제에 출연 최고상을 수상하였고, 1982년 제23회 전국민속예술경연대회에서는 국무총리상을 수상하였다.
37   1985년 김진오(장산도 출신 신안군청 공무원)가 발굴하여 마추머리(馬草) 마을에 전수 보존시켜 오고 있다.

집으로 들어오는 새집 형국이라 하여 비소(飛巢)라고 불렀다는 설과 부유한 마을이 된다고 하여 '비소(肥巢)'라고 불렀다는 설이 있다. 현재는 '안(內)비소', '밖(外)비소'로 나누어 부르고 있다.

▶팽진리(彭津里)

면 소재지에서 동남쪽 5km 지점에 자리 잡고 있는 이 마을은 북쪽으로는 공수리, 서쪽으로는 다수리와 접하고 있으며 '사근(沙近)' 남쪽 1km 떨어진 바다에 위치하는 굴배섬까지를 포함하는 마을이다. 팽나리(彭津), 상용(上龍), 중용(中龍), 하용(下龍), 두루뫼(周山), 벅수머리(沙近), 범주갱이(虎皮), 활목(弓項), 축강(丑江), 굴배섬 등의 자연 마을로 이루어져 있다.

팽나리(彭津): 과거 마을 앞에 팽나무가 군락을 이루고 있었고 이곳에 나루터가 있어서 '팽진(彭津)', '팽나리'라고 부르고 있다.

상용(上龍): 마을 뒷산의 지형이 용의 머리처럼 생겼고 마을의 터가 위쪽으로 형성되어 있다고 하여 '상용(上龍)' 또는 '용호동'이라고 부른다.

중용(中龍): 마을 뒷산의 지형과 마을의 위치가 용의 형상으로 볼 때 가운데쯤에 해당한다고 하여 '중용(中龍)'이라고 한다.

하용(下龍): 마을 뒷산의 생김새가 용의 꼬리 모양이고 마을의 터가 아래쪽에 있다 하여 '하용(下龍)'이라고 부른다.

두루뫼(周山): 마을 주변의 산이 병풍을 펴 놓은 것처럼 마을을 감싸고 있어 '주산(周山)' 또는 '두루메'라고 부르고 있다.

벅수머리(沙近): 마을의 동편 나지막한 산의 생김새가 낚싯대 모양이고 마을 앞바다에 있는 홀아비여가 벅수(ㅉ)의 형태이다. 어선과 소금배를 정박했던 뱃머리 또는 남쪽의 끄트머리라고 하여 '백수머리'라고 하였다는 설과 마을 앞에 벅수(장승)가 있었다고 하여 '벅수머리'라고 하였다는 설이 있다. 하지만 후대로 오면서 바닷가의 모래톱이 마을과 가깝다고 하여 '사근(沙近)'으로 바꾸어 부르면서 오늘에 이르고 있다.

범주갱이(虎皮): 옛날 해남 땅의 호랑이가 바다 건너 장산으로 왔는데 산신령이 나타나 호랑이를 잡아 껍질을 벗겨 주저앉혔다는 전설로 인해 마을 이름을 '호피(虎皮)' 또는 '범주갱이'라고 부른다.

활목(弓項): 마을의 생김새가 활과 같이 생겼다 하여 '궁항(弓項)' 또는 '활목'이라고 부른다.

축강(丑江): 이 마을은 예부터 선착장이 자리 잡은 마을인데 건너편 마진도를 비롯하여 육지로 사람이나 산물을 실어 나르는 항구 역할을 했던 마을이다. 장산도의 '모개', '마초', '마진', '축강' 등의 자연 마을 이름에서 유난히 말, 소에 관련되는 명칭이 자주 나타나는 것으로 보아 '축강(丑江)'이 말, 소 등의 가축을 실어 나르는 선착장으로 기능하여 붙여진 지명이 아닐까 추정해 본다. 이곳은 지금도 장산도를 오가는 2개 항로의 여객선 선착장 중 하나가 있는 마을이다.

굴배섬: 현재는 폐촌되어 사람이 살지 않는 무인도이다.

▶마진리(馬津里)

면 소재지로부터 동남쪽 8.2km 지점에 자리 잡은 부속섬인데 동쪽으로는 바다 건너 해남군 문내면과 이웃하고 있다. 또한, 남쪽

5km 지점에 위치한 율도(栗島)와 13km 지점에 위치하는 '저도(楮島)'를 포함하고 있다. 마나리(馬津), 밤섬(栗島), 닥섬(楮島) 등의 자연 마을로 이루어져 있다.

마나리(馬津): 섬의 형태와 마을 뒷산의 바위가 말(馬) 모양을 하고 있어 '마진(馬津)'이라고 부른다.

밤섬(栗島): 섬의 형태가 밤(栗) 모양을 이루고 있으며 옛날 섬에 밤나무가 많이 있었다고 하여 '율도(栗島)' 또는 '밤섬'이라고 한다.

닥섬(楮島): 과거 이 섬에 종이의 재료로 쓰였던 닥나무가 많이 자생하여 '저도(楮島)' 또는 '닥섬'이라고 부른다.

♣ 장산도 자연 마을 지명의 접미사 유형 분류

도서 해안 지역인 장산도의 지명에 나타나는 접미사는 내륙 평야지대의 지명에서 발견되는 지명 접미사 유형과는 다소 차이가 있다. 그러나 장산도는 '장산(長山)'이라는 말에서도 알 수 있듯이 여느 섬 지역과 달리 그리 높지는 않으나 산이 많고 그 산줄기가 길게 이어지는 가운데 곳곳에 마을이 형성되어 있다. 이 점은 내륙 산간지대에서 많이 나타나는 '곡(谷), 촌(村), 산(山)' 등의 지명 접미사가 장산도 지명에서도 비교적 많이 산견(散見)된다는 점을 수긍하게 해 준다. 또한, 도서 해안 지역의 특성을 드러내는 '섬(島), 나루(津), 벌/개(浦)' 등의 지명 접미사가 대체로 많이 쓰이고 있는 점도 주목할 만하다.

까까머리 유년의 섬마을 사계

그러면, 장산도의 42개 자연 마을 지명에 나타나는 지명 접미사를 유형별로 나누어 살펴본다.

▶ '-말(몰)' 型

한자 지명 접미사 '村(촌)'에 대응된다. 고어 'ᄆᆞᆯ(村)'에서 '마을'로 음전(音轉)된 것이다. 다른 취락과 구별하기 위하여 '마을'이라는 어사에 고유한 취락명을 붙여 불렀다고 본다. 국어의 어사는 2음절 또는 3음절 어휘가 압도적으로 많은 까닭에 '마을'은 '말(몰)'로 음절이 축소 생략된 것으로 볼 수 있다. 이 지명 접미사의 유형이 장산도 지명에서 가장 많이 나타나고 있다.

대리: 큰몰(大里,큰말,큰동네), 창몰(蒼村), 세트몰(新基)
도창리: 건너몰(社倉,건네몰), 두마리(斗洞,두말이)
다수리: 신촌(新村)

▶ '-골' 型

'-골[38]'은 한자 지명 접미사 '谷(곡)'에 대응되는 것으로 그 연원은 고구려계 지명 접미사 '忽(홀)'에서부터 발단된다.[39] 다른 지명에서는 '谷(곡)'이 '-실'에 대응된다. 특히, 내륙 산간 지역 지명에서 자주 나

---

38 현재 '-골'이 붙은 지명의 기원은 적어도 두 가지를 고려해야 할 것이다. 하나는 골짜기(谷)의 뜻에서 유래한 것이요, 다른 하나는 '洞'을 지칭한 '고을'의 축약형이다. 후기 중세국어에서도 '골'은 '谷, 洞, 州'와 동음으로 쓰였다는 점을 상기하면 쉽게 이해된다.
'골'과 '실'의 분포상의 차이를 보면 '골'은 도서 내륙 지역에 많이 나타나는 반면, '실'은 산간 지역에서 훨씬 우세하게 나타난다.

39 삼국사기지리지(34,35,36,37卷)에 나타나는 지명 중에서 '-忽'系 지명은 49곳에 나타나 있다. '-골/굴'은 '-올/울'로 음변되어 한자어 울(蔚)로 나타나기도 한다.

타나는 지명 접미사 '-실'은 장산도 지명에서는 단 한 곳도 보이지
않는다.

　　오음리: 한샛골(황새골)
　　다수리: 성주골(城子洞), 똥장골

▶ '-머리' 型

원래 '-머리' 型은 앞의 1. '-말(몰)' 型에서 파생된 것으로 볼 수
있다. 지역 방언에 따라 '-말/-멀, -마리/-머리, -마루/-머루/-모
루' 등으로 표기 형태를 달리 나타낸다. 한자로도 '旨(지), 馬(마), 頭
(두), 首(슈)' 등으로 표기된다.

　　오음리: 대머리(竹頭)
　　다수: 통머리(桶頭)
　　공수리: 마추머리(馬草)
　　팽진리: 벅수머리(沙近)

▶ '-벌(개)' 型

이 '-벌(개)' 型은 내륙 평야 지대에서 일컫는 지명 접미사 '-뜰/-
벌'[40]과는 다른 형태로 쓰인 지명 접미사이다. 즉, '-벌(개)'는 내륙
지역의 넓은 들판이나 평야를 의미하는 개념이라기보다 도서 해안
지역의 넓은 갯벌 지대를 의미하는 것으로 본다. 또한, '-개'는 'ㄱ'

40　'뜰/벌'은 내륙 평야 지대의 취락 명에서 흔히 발견되는데 한자어로는 '野/坪'과 대응된다.

이 탈락하여 '애'로 음변하는 용례를 중세국어에서 찾아볼 수 있는데 여기 장산도 지명에서도 발견된다. 이것은 한자 지명 접미사 '浦(포)'에 대응한다.

오음리: 뒷벌(後浦), 너룬개(廣浦)
다수리: 두드레(두들개)

▶ '-뫼(메)' 型

내륙 산간 지대 지명에 많이 보이는 '-뫼(메)'가 장산도 지명에서도 나타나는데 한자 지명 접미사 '山(산)'[41]에 대응되며 '미'로도 음변하여 나타난다. 특히, 전국의 한자어 취락명을 집계·분석한 결과 최고의 빈도를 보이는 지명이 '山(산)'이었다[42]고 한다. 이는 고유어 지명에서도 '-뫼(메)'로 나타나는 경우가 많다.

다수리: 달뫼(月山)
공수리: 중산(中山)
팽진리: 두루메(周山)

▶ '-앵이' 型

인명(人名), 어명(魚名) 등에 많이 분포하는 '-앵이(갱이/냉이/댕이/랭이/맹이/뱅이/생이/쟁이/챙이/탱이/팽이)'型의 접미사가 지명에도 나타남을 발견할 수

---

41 여기서 '山'은 실제 산 이름이 아니고 리·동(里·洞), 촌락의 명칭인 만큼 '산'의 본뜻을 벗어나 지명 접미사 형태로 굳어진 것이라고 할 수 있다.
42 1968년 문화인류학회 창립 10주년 기념 연구발표회의 발표 내용

있다. '-뱅이 : 坊', '-쟁이 : 長·亭', '-댕이 : 堂' 등이 그것이다.

  팽진리: 범주갱이(虎皮)

▶'-나루'型

'-나루'型은 도서 해안 지역의 특성을 단적으로 확인할 수 있게 해 주는 유형이다. 강이나 포구에 배를 정박하는 공간으로써 '나루'는 언어 관념상 깊은 연원을 가지고 있다. 즉, 강을 건너거나 육지와 섬을 오가도록 하는 매개체는 선박인데, 이 선박이 목적지로 하는 공간이 '나루'라는 인식은 지명에서도 자연스럽게 생겨날 수밖에 없었던 것으로 본다. '-나루'에 대응되는 한자 지명 접미사는 '津(진), 江(강), 渡(도), 港(항)'이다.

  오음리: 북강(北江)
  다수리: 앤두(於渡)
  팽진리: 팽나리(彭津), 축강(丑江)
  마진리: 마나리(馬津)

▶'-섬'型

이 '-섬'型도 7항의 '-나루'型처럼 도서 해안 지역의 특성을 드러내는 지명 접미사로 분류할 수 있다. 섬은 바다 위에 떠 있는 뭍으로써의 공간이다. 다도해를 쉽고 간편하게 부르기 위한 방법의 하나로 '-섬'型의 지명 접미사가 도서 지역에서는 널리 쓰이게 된 것으로 본다. '-섬'에 대응되는 한자 지명 접미사는 '島(도)'이다.

까까머리 유년의 섬마을 사계

오음리: 가세섬(가위섬)

다수리: 토끼섬, 할미섬

팽진리: 노루섬

마진리: 밤섬(栗島), 닥섬(楮島)

▶ '-龍(용)' 型

이 유형은 장산도(長山島-산이 길게 이어지는 섬)라는 말에서도 알 수 있듯이 지형과 밀접한 관련이 있는 지명 접미사라고 본다. 마을 뒷산의 지형이 용의 모양으로 길게 이어지는 가운데 위에서 아래로 마을이 형성되어 이를 구분하고자 上, 中, 下에 '-龍(용)'을 붙여 부른 것으로 본다. 특이한 점은 지형에 착안하여 한자 지명 접미사를 활용한 사례라는 것이다.

팽진리: 상용(上龍), 중용(中龍), 하용(下龍)

▶ '-터 / -자리' 型

'-터 / -자리' 型은 취락이 발생하기 이전에 그 자리에 다른 어떤 사적이 있었을 때 붙는 지명 접미사이다. 이는 인구 증가에 따라 취락이 팽창하거나 새로 생겨난 유형으로써 '새터(新基, 新岱里)'가 전국 각지의 지명에서 흔하게 발견된다.

대리: 대신(臺臣)터, 세트몰(新基)[43]

---

43 세트몰(新基)은 1항의 '-말(몰)' 型에서 제시한 것인데, 다시 제시한 것은 '새터'를 '세트'로 음변(전

▶기타 접미사 型

○고유어형 지명 접미사: -금(쏨), -목

-금(쏨): 막금, 섬막금, 발막금[44]

-목: 활목(弓項)

○한자어형 지명 접미사: -溪(계), -防(방), -昌(창), -音(음), -味(미), -面(면), -水(수), -需(수), -巢(소)

-溪: 牧溪(목계, 모개)

-防: 三防(삼방, 삼배)

-昌: 道昌(도창)

-音: 伍音(오음)

-味: 是味(시미)

-面: 앞面(앞면)

-水: 多水(다수)

-需: 公需(공수)

-巢: 肥巢(비소)

이와 같이 장산도 지명에서 파악되는 지명 접미사는 대략 21종으로 집계된다. 이 중 11종이 기타 접미사 형으로 분류되며 이는 다시 고유어형(2종)과 한자어형(9종)으로 나눌 수 있다. 최근 도서 지역의

남 방언적 요소)하여 발음하고 여기에 '-몰'이 붙어서 '세트몰'로 불렸다.

44 '-금(쏨)'은 '-구미, -기미, -끼미, -지미, -그미, -금' 등과 같은 하천이나 해안을 나타내는 접미사라고 할 수 있다. 이는 대체로 바다와 이어져 있는 곳이나 하천, 해안 등에서 쑥 들어간 곳을 나타낼 때 지칭하는 말이다. 장산도에서 발견되는 '-금(쏨)' 형태의 지명은 세 곳인데 모두 섬들로 이루어져 있고, 둥글거나 또는 만(灣)처럼 깊게 들어간 지형을 보인다.

까까머리 유년의 섬마을 사계

인구 감소와 지역 개발로 인해 여러 곳의 자연 마을이 폐촌, 소멸하여 그 지명들도 서서히 잊혀 가고 있다. 이제부터라도 지명 어휘에 대한 깊이 있는 연구를 통해 선주민들의 삶의 자취가 배어 있는 내 고장 지명을 지키고 보전하는 데 힘써야 한다. 아울러, 우리말 연구에 무궁한 잠재 가치가 있는 지명에 대하여 깊은 관심을 가지고 지명을 학문 연구의 한 영역으로 삼아 부단히 탐구해 나가야 한다.

♣ 차자 표기 및 음운 변동 현상으로 본 장산도 지명

▶차자 표기 형태[45]

지명을 표기하는데 차용된 석독(釋讀) 한자의 수는 다른 어느 경우보다 많다. 대부분의 지명 연구는 대체로 지명을 수집하고 그것을 분석하여 지명소를 가려내고 지명의 의미와 어원 및 유래 등을 알아내는 일에 주력해 왔다. 지명 연구에서 필수적으로 이루어져야 할 부분은 옛 지명들이 어떻게 표기되었나를 먼저 풀어야 내는 일이다. 어떤 지명이 음차(音借) 표기되어 있다면 그것은 표기 당시의 한자음으로 음독하면 족하지만 석차(釋借) 표기라면 차자(借字)의 새김, 그것도 표기 당시의 새김을 모르고는 도무지 해독할 도리가 없

---

45   고유어형 지명과 한자어형 지명의 선후 관계는 고유어형이 먼저이고, 한자어형이 나중이다. 한자가 차용되기 이전부터 고유어형 지명은 존재하였기 때문이다. 지명도 우리말이기 때문에 이것을 표기하는 문자의 존재와는 상관없이 민족의 언어 속에서 지명이 간단없이 존재하여 왔음은 확연한 사실이다. 그러나 고유어형 지명(특히 古地名) 역시 그 표기는 한자로 되어 있다. 어떤 것은 음차표기로, 어떤 것은 훈차 표기로 되어 있고 또 다른 경우로는 '음+훈' 혹은 '훈+음'과 같이 병차 표기된 것도 있다.

기 때문이다. 뿐만 아니라 지명의 차자 표기도 '음차(音借), 훈차(訓借), 음차(音借)+훈차(訓借), 훈차(訓)+음차(音借)' 등 다양한 표기 양상을 나타내기 때문에 그 표기 구조가 어떤 것인가를 명확히 파악하기는 쉽지 않다.[46]

장산도 지명의 차자 표기 형태를 음차, 훈차, 음+훈차, 기타 등의 네 가지로 분석해 보면 다음과 같다.

① 음차(音借) 표기(12개)

모개/목계(牧溪) 〈 모게 〈 목에 〈 목게 〈 목계(牧溪)

삼방(三防) 〈 삼배 〈 삼방이

도창(道昌) 〈 도창(道倉) 〈 도창(都倉)

오음(五音) 〈 오명창(五名唱) 〈 오봉(五峯)

시미(是味) 〈 시미(匙味)

북강(北江) 〈 북항(北港) 〈 윤구지(尹衢地)

다수(多水) 〈 대수동(大水洞)/대시동

어도(於渡) 〈 앤두 〈 연도(連島)

공수(公需) 〈 공수(公須)

마초(馬草) 〈 마추머리

비소(肥巢) 〈 비소(飛巢)

축강(丑江) 〈 축항(丑港)

46   도수희(1999), 『한국 지명 연구』(192), 이회문화사.

② 훈차(訓借) 표기(15개)

대리(大里) 〈 큰몰/큰말/큰동네

대신(臺臣)터 〈 현감의 누각이 있었던 터

신기(新基) 〈 세(새)[47]터몰 〈 세트몰 〈 세튼몰 〈 세툿몰

후포(後浦) 〈 뒷벌 〈 뒤의 벌판(갯벌)

죽두(竹頭) 〈 대머리

광포(廣浦) 〈 넓은개 〈 널은개 〈 너른개 〈 너룬개

신촌(新村) 〈 새몰

월산(月山) 〈 달뫼

중산(中山) 〈 중뫼 〈 가운데뫼

주산(周山) 〈 두루뫼 〈 두루메

궁항(弓項) 〈 활목

호피(虎皮) 〈 범주갱이

마진(馬津) 〈 마(馬)나리 〈 마(馬)나루/말(馬)나루

율도(栗島) 〈 밤섬

저도(楮島) 〈 닥섬 〈 닥나무섬

③ 음차(音借)＋훈차(訓借) 표기(5개)

창촌(倉村) 〈 창(倉)몰

두동(斗洞) 〈 두(斗)마리

통두(桶頭) 〈 통(桶)머리

---

47   전남 서부 방언에서는 발음 시 'ㅐ'모음이 존재하지 않는 9모음(ㅣ, ㅔ, ㅟ, ㅚ, ㅡ, ㅓ, ㅏ, ㅜ, ㅗ)체계
    를 보인다. 즉 'ㅐ, ㅔ'모음을 'ㅔ'로 두루뭉술하게 발음하고 있다.

성자동(城子洞) 〈 성주(城主)골

팽진(彭津) 〈 팽(彭)나리 〈 팽(彭)나루

④ 기타(10개)

막금, 벅수머리(沙近), 상용(上龍), 중용(中龍), 하용(下龍), 한샛골, 건너
몰, 두드레, / [앞면, 발막금, 가세섬, 똥장골, 토끼섬, 섬막금, 할미
섬, 굴배섬][48]

이처럼 장산도 지명의 차자 표기 형태를 유형별로 분류해 보았
다. 실로 지명 속에는 옛새김이 많이 숨어 있으며 이 새김들은 고금
을 망라한 것들이다. 그 가운데는 아주 뿌리 깊은 새김이 많다. 어
휘 중에 지명처럼 변화를 싫어하는 존재도 별반 없다. 그만큼 지명
은 보수성이 강하다. 이처럼 보수성이 강한 지명 속에 숨어 있는 새
김이니 그 새김은 거의 옛 모습 그대로일 수밖에 없다. 기타의 차
자 표기어에도 많은 옛새김이 간직되어 있지만 지명어의 차자 표
기 속에 숨어 있는 새김이 양적인 면에서나 표기의 다양성 면에서
오히려 우월한 위치에 있다고 말할 수 있다. 경우에 따라서 깊게 혹
은 얕게 숨어 있는 지명어의 옛새김(고유어)들을 찾아내려는 노력이
다른 곳에서의 이 방면의 작업만큼 적극적이지 못한 학계의 동향인
것만은 사실이다. 국어 어휘사 연구[49]에 있어서 기본 자료가 되어
줄 수 있는 지명어 속의 옛새김들에 대한 확보는 긴요하고도 필수

---

48 [ ]안의 지명은 현재 폐촌 마을이거나 폐촌되어 사람이 살지 않는 무인도이다.

49 지명어의 분석을 통하여 옛새김을 찾는 일에서부터 음운사, 어휘사, 문법사, 차자표기법, 지명어의
변천사 등을 기술하는데 필요한 정보를 다양하고도 풍부하게 확보할 수 있다.

까까머리 유년의 섬마을 사계

적인 것이다.[50]

▶음운 변동 현상

지명 연구에 있어 범하기 쉬운 오류는 어느 하나의 지명에 대하여 지금의 글자로 표기된 것만 보고 성급하게 그 의미를 단정해 버리는 것이다. 우리말은 우리말대로의 발음 습관이 있고 변화 과정이 있으며 지역 방언에 따라 얼마든지 다르게 표기될 수 있다. 또한, 자음동화나 연음 현상 같은 음운 변동 현상이 자주 나타나서 글자 위주의 뜻풀이는 아무런 의미가 없는 경우가 많다.

장산도 지명에서 살펴지는 음운 변동 현상을 몇 가지로 정리해 보면 다음과 같다.

'큰몰, 창몰, 세트몰, 건너몰'에서 '-몰'은 전남 서부 방언에서 '마을'을 일컫는 말인데 이는 'ᄆᆞᅀᆞᆯ〈ᄆᆞ올〈마올〈마을'로 어휘가 변천한다. 이때 'ᄆᆞ올'이 '몰(里)'로 음운 축약되어 '말'이 되고 이것은 전남 서부 방언에서 특히, 'ㅗ' 발음 사투리[51]가 많은 것을 볼 때 '몰'로 발음했다고 본다. 즉, 'ㅏ'로 되어야 할 것이 'ㅗ'로 된 것이다.

'세트몰(新基)'은 '세틋몰〈세튼몰〈세트몰'로 음변되면서 자음동화와 'ㄴ'탈락을 거친다.

'한샛골, 뒷벌'에서는 사이시옷을 첨가하여 '한새+ㅅ+골', '뒤+ㅅ

---

50 도수희(1999), 『한국 지명 연구』(220~222), 이회문화사.

51 "폴죽에 포리가 포뜩포뜩한디야? 폴로 폭 쪼차라우."에서처럼 '팥죽'을 '폴죽'으로, '파리'를 '포리'로, '팔'을 '폴'이라 한다.

+벌'로 분석해 볼 수 있는데 각각 '한새꼴', '뒤뺄'로 발음되어 사잇소리현상이 나타난다.

'똥장골'은 원래 '도장골'에서 유래한 지명으로써 이것이 '동장골'로 불리다가 다시 '똥장골'로 불려 오는데, 이는 섬 지역 특유의 거칠고 억센 된소리 발음의 경음화가 살펴지는 지명이다.

'통머리, 대머리, 마추머리, 벅수머리'에서 접미사 "-마리/머리"는 '말이〈마리〈머리(頭)'의 형태로 음운이 변화한다.

'두마리'에서는 '말이〈마리(洞)'로 이어서 소리나 음절의 끝소리 규칙(연음 현상)이 파악된다.

'달뫼, 두루메'에서 '뫼'가 '메'로 변해 왔다는 점을 생각해 볼 수 있다. '뫼'의 뿌리말은 '몰(높음, 上)'이었는데 후대로 내려오면서 뒤에 접미사가 붙고 이것이 연철되어 'ᄆᆞ리'로 되면서 '산(山)'의 뜻으로 옮겨진다. 즉, '몰〈몰+이〈몰이〈ᄆᆞ리'로 변천해 왔는데 'ᄆᆞ리'는 세월이 흐르면서 'ㄹ'음이 없어진 'ᄆᆞ이'가 되고 이것이 축약되어 '미'가 된다. 이는 다시 '뫼' 또는 '메'로 변모했다. 반고설모음인 'ㅚ'는 그 앞에 'ㅁ'이나 'ㅂ'과 같은 입술소리의 자음이 놓일 때 'ㅔ'로 변한다. 즉, 입술소리에 끌려 더 전설음인 'ㅔ'로 변하는 것이다.[52]

---

52   배우리(1994), 『우리 땅이름의 뿌리를 찾아서 1·2』(143~144.), 토담.

까까머리 유년의 섬마을 사계

'대시동, 팽나리'에서 '대수동〈대시동', '팽나루〈팽나리'로 'ㄹ'음 뒤의 'ㅜ'모음을 'ㅣ'모음으로 바꾸어 발음하는 전설모음화[53]가 나타난다. 이는 발음을 보다 간편하게 하고자 하는 전남 서부 방언의 자질이 작용한 결과라고 본다.

'너룬개'는 원래 '넓은+개(廣浦)'의 어원에서 음운 변화 과정과 방언적 요소가 작용하여 불려진 마을 이름이라 할 수 있다. 즉, '넓은개'가 '널은개'[54]로 'ㅂ' 탈락을 거치고, 다시 '널은개'는 '너른개'로 연음 현상을 거친 후, 또다시 '너룬개'로 바뀐다. 이때 '너룬개'는 'ㅡ'모음을 'ㅜ'모음으로 바꾸어 발음하여 모음조화적 요소도 드러난다.

'두드레'는 원래 '두들개'에서 'ㄱ'이 탈락[55]하여 '두들애〈두드래〈두드레'로 연음 현상을 거치고 발음 시 전남 서부 방언의 특징('ㅔ'와 **'ㅐ'의 발음을 명확히 구분하지 않고 발음함**)이 작용하여 음변한 것으로 본다.

'모개'는 '목계(牧溪)'에서 이중모음 'ㅖ'가 단모음'ㅔ'로 바뀌어 '목게〈목에〈모게〈모개' 등의 차례로 음변되면서 'ㄱ'탈락, 연음 현

---

53 전남 서부 방언에서는 'ㄹ'음 뒤의 'ㅜ'모음을 'ㅣ'모음으로 바꾸어 발음하는 특별한 유형의 전설모음화가 나타나는데, 예를 들면, '국수〈국시, 밀가루〈밀가리, 도끼자루〈도끼자리, 칼자루〈칼자리' 등을 들 수 있다.

54 '넓다'는 '널다'에서 나온 듯 ☞ '널다〉넓다〉넙다'
    국어학자 중에는 현대의 표준어 '넓다'를 '널다'와 '넙다'의 중간 과정으로 보기도 한다. 이것은 '넙다'의 어근 끝소리 'ㅂ'앞에 'ㄹ'이 첨가된 것으로 보기가 어렵다고 보기 때문이다. '넓다'의 원래말이 '널다'인지 '넙다'인지는 더 연구해 볼 문제이기는 하지만, 지금의 표준어 중에 '널찍이', '널은(너른)', '너럭바위', '너름새(떠벌려서 주선하는 솜씨)', '널리' 등 '널'을 어근으로 하는 말들이 많은 것은 주목할 만하다.

55 중세국어에서 'ㄱ'이 탈락하고 음가가 없는 'ㅇ'으로 남아서 음운 변천을 겪는 말을 흔히 찾아볼 수 있다. '-개'가 '애/에'로 나타나는 예가 그것이라 할 수 있으며, 용례는 '두들개〈두들애, 목계〈목에' 등을 들 수 있다.

상 그리고 'ㅔ'와 'ㅐ'를 명확히 구분하여 발음하지 않는 전남 서부 방언의 자질이 드러난다.

위의 내용을 통해 장산도 지명에서 파악되는 음운 변동 현상은 모음 축약, 자음탈락, 자음동화, 음절의 끝소리에서 연음 현상, 사잇소리현상, 경음화, 전설모음화, 모음조화 등으로 다양하게 파악된다. 또한, 전남 도서 지역 특유의 방언적 요소(모음 교체)가 강하게 드러난다는 점을 들 수 있다.

♣ 지명의 언어·사회학적 활용 가치

지명은 언어의 특수한 표현이므로 지명의 분석을 통해서 우리의 옛말, 음운 변화, 방언, 말의 꼴과 뜻의 변천, 국어의 계통 등 그 구조 원리와 변천 과정을 분석할 수 있어서 언어 분야의 연구에 귀중한 자료가 된다. 그리고 인간 거주의 역사, 한 민족의 구성과 이동 경로, 주변 민족과의 민족적·문화적 관계와 형성을 규명하는 데에도 큰 보탬을 준다. 한국 지명은 동북아시아를 비롯하여 한국의 인근 지명과 비교되는 것으로 선사학, 인류학 등과 관련지어 보아야 해결될 부분도 있다. 인간은 자연과 부단히 투쟁, 조화하며 농경지, 교통로, 촌락의 개척을 끊임없이 지속해 오고 있어서 지명은 대지의 개척에 따라 생성, 소멸하는 인문 현상이므로 인문지리학적 연구가 지명 이해를 위하여 꼭 필요하다.

또한, 지명 전설과 유래담은 설화문학의 보고(寶庫)로서 그 지역에

까까머리 유년의 섬마을 사계

서 살다 간 조상들의 훈훈한 얼과 정신이 스며들고 배어 있다. 지명은 옛사람들의 정신적 심층에 자리 잡은 생활 신앙과 사고방식, 자연관과 의식 구조, 민속과 전통, 관행 의식상의 여러 양식을 알려 주기도 한다. 그리고 행정의 필요에서 생긴 관직, 토지 제도 등 법제를 말해 주기도 하며 그 지역의 특산물이나 역사상 중요한 암시를 주는 유적까지도 알려 준다. 이처럼 지명은 인간이 지상 생활을 영위하기 위해 산출시킨 사회 문화적 도구라고 할 수 있으므로 그 내재성은 지상에 놓인 특수어이며 그 외연성은 인간 생활과 같이 복잡하고 미묘한 것이라고 할 수 있다.

♣ 맺는말

이상과 같이 살펴본 전라남도 신안 장산도 지명의 국어학적 고찰 (자연 마을 지명의 접미사를 중심으로)에서 파악되는 특징은 순수한 우리말에서 유래한 지명과 한자어 지명이 병용되고 있음을 알 수 있다. 시대의 흐름에 따라 고유어형 지명들이 한자어형 지명들로 변화되어 불려지고 있으며 음운의 변천 과정을 겪었던 것들이 상당히 많음을 알 수 있다. 즉, 장산도 지명에서 파악되는 음운 변동 현상은 모음 축약, 자음동화 및 음절의 끝소리에서 연음 현상 그리고 사잇소리현상, 경음화, 전설모음화, 모음조화 등의 다양한 음운 변화 양상이 나타난다. 또한, 전남 서부 방언 중에서도 도서 해안 지역 특유의 거칠고 억센 어감을 느끼게 하는 사투리 발음의 지명들도 꽤 파악된다는 점이 특기할 만하다.

장산도 42개 자연 마을 지명의 차자 표기 형태를 보면, 음차 표기 (12개), 훈차 표기(15개), 음차+훈차 표기(5개), 기타(10개)로 나눌 수 있다.

장산도 지명의 명명 관계를 지명 접미사와 관련하여 살펴보면 도서 해안 지역만의 특수성과 지형 및 지세를 활용한 지명들이 대부분을 차지한다는 점이다. 사면이 바다인 까닭에 섬 지역 장산도는 바다와 관련한 지명 접미사 '-개(浦), -나루(津, 江, 渡, 港), -섬(島)'型이 상당수 분포한다. 이밖에 '장산(長山)'이라는 말에서도 알 수 있듯이 산과 지형에 뿌리를 둔 '-골(谷), -뫼/메(山), -용(龍)'형의 지명도 많이 발견된다.

장산도에서 파악되는 지명 접미사는 대략 21종으로 집계된다. 이 중에서 11종이 기타 접미사 형으로 분류할 수 있으며 이는 다시 고유어형(2종)과 한자어형(9종)으로 나눌 수 있다. 최근 도서 지역의 인구 감소와 지역 개발로 인해 여러 곳의 자연 마을이 폐촌, 소멸하여 그 지명들도 서서히 잊혀 가고 있는 것이 현실이다.

앞으로 우리에게 남은 과제는 지명 어휘에 대하여 국어학의 관점에서 다각적이고 깊이 있는 연구를 통해 우리말 연구의 지평을 넓혀 가는 일이라고 본다.

까까머리 유년의 섬마을 사계

■ 참고 문헌

* 김기빈(1995),『일제에 빼앗긴 땅이름을 찾아서』, 살림터.

* 김기빈(1996),『역사와 지명』, 살림터.

* 도수희(1999),『한국 지명 연구』, 이회문화사.

* 목포문화원(2000),『전라도 사투리 구연』, 태영인쇄공사.

* 배우리(1994),『우리 땅이름의 뿌리를 찾아서 1・2』, 토담.

* 서상준(1997), 영산강 유역의 방언,『영산강유역사연구』, 날빛.

* 신안군지편찬위원회(2000),『신안군지』, 전일실업(주) 출판국.

* 신안문화원(1994),『내 고향 내 산하』, 성림문화사.

* 신안문화원(1999),『신안군 향토사료지(상)』, 삼성문화사.

* 오홍석(1995),『땅이름 나라얼굴』, 고려원미디어.

* 이근규(1977), 충남 지명고(2),『새국어교육』, 25.

* 이길룡(1999),『신안군은 소왕국, -장산을 중심으로-』, 장산유적보존위원회.

* 이돈주(1978),『전남방언』, 형설출판사.

* 이돈주(1994), 지명의 전래와 그 유형성,『새국어생활』, 4.

* 장산면(1994).『영원한 내 고향 장산』, 장산면사무소.

* 최범훈(1969), 국어 사회학의 일고찰,『새국어교육』, 13.

* 최범훈(1975), 고유어 지명 접미사 연구,『새국어교육』, 22.

* 한비야(1999),『바람의 딸, 우리 땅에 서다』, 푸른숲.

까까머리 유년의 섬마을 사계

초판 1쇄 발행 2021. 12. 20.

지은이 박정호
펴낸이 김병호
편집진행 임윤영 | **디자인** 정지영

펴낸곳 주식회사 바른북스
등록 2019년 4월 3일 제2019-000040호
주소 서울시 성동구 연무장5길 9-16, 301호 (성수동2가, 블루스톤타워)
대표전화 070-7857-9719 **경영지원** 02-3409-9719 **팩스** 070-7610-9820
이메일 barunbooks21@naver.com **원고투고** barunbooks21@naver.com
홈페이지 www.barunbooks.com **공식 블로그** blog.naver.com/barunbooks7
공식 포스트 post.naver.com/barunbooks7 **페이스북** facebook.com/barunbooks7